KB153957

변사
기담

양진채 장편소설

변사 기담
© 양진채

| 1판 1쇄 발행 | | 2016년 12월 24일 |
| 1판 5쇄 발행 | | 2021년 4월 15일 |

지은이		양진채
펴낸이		정홍수
편집		김현숙 이진선
펴낸곳		(주)도서출판 강
출판등록		2000년 8월 9일(제2000-185호)

주소		서울시 마포구 동교로 17안길 21(우 04002)
전화		02-325-9566
팩시밀리		02-325-8486
전자우편		gangpub@hanmail.net

값 14,000원
ISBN 978-89-8218-217-4   03810

이 도서의 국립중앙도서관 출판예정도서목록(CIP)은 서지정보유통지원시스템 홈페이지 (http://seoji.nl.go.kr)와 국가자료공동목록시스템(http://www.nl.go.kr/kolisnet)에서 이용하실 수 있습니다.(CIP제어번호: CIP2016030752)

*이 소설은 아르코문학창작기금 수상작가 작품입니다.
*잘못 만들어진 책은 구입처에서 교환해드립니다.

CINEMA
차례

일러두기

소설에 나오는 변사의 연행 대본은 『유명 변사해설집』(김영무 편저, 도서출판 창작마을), 『조선시나리오 선집1』(김수남 편저, 집문당)을 참조했음을 밝힙니다.

1

기담은 꿈을 꾸었다. 종잇장처럼 얇고 소용돌이처럼 어지러운 꿈이었다. 수많은 불빛이 기담을 에워쌌다가는 부서졌다. 그것이 불빛이었음에도 기담은 불안했다. 둥글게 퍼지지 않고 날처럼 갈라지는 빛이 기담의 몸을 조각낼 것만 같았다. 죽음은 늘 가까이 있었다. 빛이라고 해서 비껴갈 리 없었다. 기담은 빛을 어쩌지 못하고 웅크려 앉아 무릎 사이에 고개를 파묻었다. 저 알알이 부서지는 빛을 어디서 보았던가. 황홀하지만 아프게 쏘아대는 불빛. 어디서, 어디서. 기담은 불빛에 눈이 멀어버린 짐승처럼 꼼짝 못하다가 꿈에서 깨어났다. 눈을 떴으나 쉽게 움직이지 못했다. 아직도 불빛이 어지럽게 휘도는 듯했다. 기담은 끙, 돌덩이

같은 신음을 내뱉으며 돌아누우려다 어렵사리 그 빛이 제물포구락부에서 보았던 불빛이라는 걸 생각해냈다. 생각해냈다는 게 놀라울 만큼 오래된 기억이었다.

요 며칠 꿈자리가 어지러웠다. 깨어도 꿈은 선명했다. 매일 똑같은 날을 살고 있는 기담에게는 어느 것이 꿈이고 현실인지 분간이 되지 않았다. 꿈도 현실도 모두 제 삶이 아닌 것 같았다. 모두가 한 통의 편지 때문이었다.

우편배달부가 대문을 두드린 것은 기담이 마루턱에 앉아 마당에 얼기설기 피어 있는 꽃 주위를 바쁘게 날아다니는 나비에게 눈길을 주고 있을 때였다.

"할아버지, 할아버지 이름이 윤기담 씨 맞죠?"

기담은 고개를 끄덕였다.

"역시 제대로 찾은 모양이네. 할아버지 혹시 이정애란 분 아세요?"

"……"

기담이 무슨 말인가 미처 알아듣기도 전에 심장이 빠르게 뛰고 목구멍에서 무언가가 울컥 복받쳤다. 이것이 꿈인가 생시인가. 이자의 입에서 이정애라는 이름이 나오다니. 기담은 짓무른 눈을 쏨뻑였다. 이생에서는 다시 들을 수 없을 거라 생각했던 이름이었다.

"국제우편이에요. 할아버지, 제가 이 집 찾느라고 얼마나 힘들었는지 아세요? 이 동네가 내내 이름이 안 바뀌었다지만 이 지번만으로는 어림없었⋯⋯"

기담은 우편배달부가 무슨 말을 하고 있는지 더는 귀에 들어오지 않았다. 편지를 받아 쥔 손이 떨리고 무릎이 꺾였다. 가까스로 마루턱에 주저앉았다. 잊지 않고 있었단 말인가. 나를 잊지 않고 있었단 말인가. 그 먼 타국 땅에서 나를 잊지 않고 있어주었어. 기담은 우편배달부가 돌아간 뒤에도 넋을 놓고 앉아 있었다. 그러다 나비를 보았다. 산수국의 화려한 헛꽃 주위를 맴도는 나비.

나비처럼 헛것에 홀린 것일까. 기담은 제 손에 쥔 편지를 보고도 믿을 수가 없었다. 차마 뜯을 수는 더더욱 없었다. 이토록 오랜 세월 뒤에 보낸 편지에 무엇이 쓰여 있을지 읽기가 겁이 났다. 기담은 편지를 서랍에 넣어두었다. 자리에 누웠다가도, 마당의 꽃을 보다가도 텔레비전을 보다가도, 밥을 먹다가도 기담은 쫓기듯 서랍을 열어보았다. 거기 이정애, 그러니까 묘화의 편지가 있었다. 정환이 술에 취해 헛소리처럼 변사 흉내를 내며 영화 해설을 한 것은 그런 어지러운 날 중 하루였다.

막 잠이 들려고 할 때였다. 마루에서 기척이 들렸다. 기담의 증손자 정환이었다. 선혜의 셋째아들의 아이라고 했던가. 일 년에 한두 번 얼굴 보기도 힘든 촌수였다. 그나마 선혜가 결혼을 하고 자식들을 다 분가시킨 뒤 남편이 죽자 기담의 집으로 들어오면서 왕래가 생긴 것이었다. 빼놓으려던 틀니를 다시 끼웠다. 녀석이 방문이라도 두드리고 들어왔다가 쪼그라든 입을 보게 될까 봐서였다. 녀석은 기담의 집을 제집처럼 드나들더니 얼마 전부터는 아예 짐을 싸들고 와서는 건넌방에 기거했다. 영화를 만든답시고 설치고 다니는 녀석이었다. 제 방으로 들어갈 줄 알았던 녀석이 난데없이 소리를 높였다.

청춘, 푸를 청, 봄 춘. 말 그대로 푸르른 봄의 시절, 청춘. 청춘의 끓는 피가 아니라면 얼마나 쓸쓸한 인생일까 싶지만, 또 그놈의 끓는 피는 얼마나 많은 청춘들을 초조함과 방황 속으로 밀어 넣었던가. 그러나 어쩌랴, 슬퍼도 내 청춘이요 못나도 내 청춘인 것을. 울음을 머금고 돌아설 수밖에 없었던 그 시절 그 청춘의 사연, 경성을 떠들썩하게 한 슬픔과 낭만의 연애사. 청춘의 십자로, 자 그럼 지금부터 시작하겠습니다.

기담은 흠칫 놀랐다. 심장이 빠르고 높게 벌렁거렸다. 이 녀석이 지금 무슨 짓을 하고 있단 말인가. 변사 흉내를 내고 있지 않은가! 그 옛날 무성영화 「청춘의 십자로」를 연행하고 있지 않은가! 기담은 이 사태를 종잡을 수 없었다.「청춘의 십자로」를 저 녀석이 어떻게 알고 저리 지껄일 수 있단 말인가. 저 우스꽝스러운 변사 흉내는 또 무엇이란 말인가!

기차는 달린다. 어둠을 지나면 밝은 세상이 나오는 법이 지만 기차는 그것을 아는지 모르는지 그저 묵묵히 철길 위 만을 달릴 뿐이다. 아, 저 멀리 보이는 것이 경성역 지붕. 그렇다, 경성이다. 말은 키워 제주도로 보내고 사람은 키워 경성으로 보낸다는 옛말처럼 온 조선의 청춘들은 오늘도 꾸역꾸역 경성으로 몰려든다. 청춘들의 사랑과 이별, 희망 과 절망의 용광로, 여기는 1934년의 경성이었던 것이었던 것이다.

"그마안!"

기담은 벌떡 일어나 방문을 열고 소리쳤다. 온몸이 부르 르 떨렸다.

"가미 어데서 그따우 대먹지 모단 지꺼리르!"

기담은 자신이 말을 하고 있다는 것을 미처 몰랐다. 낯 선 목소리가 귀에 들릴 때에야 자기 생각과 똑같은 말이 허 공을 가르고 있다는 것을 알았다. 말을, 말을 했다! 기담은 자신에게 놀랐다. 혀를 잘린 이후 스스로 닫았던 입이었다. 어눌한 혀를 놀리고 싶지 않았다. 이렇게 입을 열게 되리라고는 생각지도 못했다. 다리가 후들거려 당장이라도 주저앉을 것만 같았다. 무엇엔가 홀린 것 같았다. 녀석이 변사로서의 마지막 자존심을 건들지만 않았다면 기담은 평생 입을 다물었을 것이다.

녀석이 놀라 고개를 번쩍 들었다. 할아버지가 말을 하다니! 녀석도 기담만큼이나 놀랐다. 얼굴이 순식간에 벌겋게 달아올랐다. 서로 얼굴을 마주볼 뿐 말이 없었다.

침묵을 깬 건 정환이었다.

"그러니 도와주세요! 할아버지가 절 좀 도와주세요!"

정환이 무릎을 꿇고 고개를 조아렸다. 기담은 거칠게 방문을 닫고 스르르 주저앉았다.

기담은 흥분을 가라앉히기 위해 눈을 감고 숨을 깊숙이 들이마시고 내뱉기를 되풀이했다. 정환이 「청춘의 십자로」를 가지고 변사 흉내를 냈다는 사실도 믿기지 않았고, 자신이 입을 열어 말을 했다는 것도 실감 나지 않았다. 녀석이 제 방으로 비척거리며 들어가는 소리가 들렸다. 어디서 저런 놈이 증손자라고 나타났단 말인가. 소용돌이 속으로 빨려 들어가기라도 하듯 어지러웠다.

한 편의 영화가 끝나고 관객 모두가 빠져나간 뒤의 정적. 변사를 그만둔 뒤로 기담의 삶은 그 정적과도 같았고 그 정적이 맞춤 양복처럼 제 몸에 딱 맞는다고 생각했다.

외롭고 쓸쓸할 때조차 과거를 추억하지 않았다. 변사로서의 생이 통째로 그의 삶이 아닌 듯도 했고, 그 생만이 전부인 듯도 했다. 고스란히 들어낸 삶. 그렇게 들어낸 삶이 다시 기담을 부르고 있었던 것이다.

기담은 얼마쯤 넋이 나가 있다가 비척거리며 화장실로 가 입을 벌려 틀니를 꺼내 닦았다. 틀니의 선명한 잇몸과 튼튼한 이가 기담을 질리게 했다. 기담의 이는 아래 앞니 두 개가 전부였다. 잇몸도 무너진 지 오래였다. 틀니를 껴도 음식을 씹는 일이 쉽지 않았다. 틀니를 끼우려다 말고 기담은 제 입을 크게 벌려 거울에 바짝 갖다 댔다. 늙은 짐승의 누리끼리한 이 두 개와 그 안쪽으로 축축하고 냄새나는 검은 동굴. 기담은 저도 모르게 입을 다물고 침을 꿀꺽 삼켰다. 목뼈가 울뚝 솟았다가는 내려갔다. 한때는 저 목울대를 타고 말이 향연을 벌였다.

「청춘의 십자로」. 정환의 어쭙잖은 흉내에 벼락같이 화를 냈지만 한편으로는 와락 반가움이 이는 것도 어쩔 수 없는 노릇이었다. 그것이 「청춘의 십자로」라는 영화를 생각나게 해서인지, 변사를 흉내 낸 말투 때문인지 잘 모르겠지만 기담은 벌렁거리는 가슴 한편에서 일던 흥분을 좀처럼 진정할 수가 없었다.

자리에 누웠지만 잠이 오지 않았다. 리듬을 타던 정환의 목소리가 메아리처럼 귓전을 맴돌았다. 정환이 매일 카메라를 들고 나가 무언가를 찍고 돌아오는 눈치였다. 한밤중에도 불이 켜진 날이 많았다. 저 아이를 붙든 영화란 무엇인가. 선생께 영화란 무엇입니까. 묘화의 물음이 다시금 떠올랐다. 영화 해설을 하는 내내 화두처럼 붙들던 말이었다. 기담은 일어나 서랍을 열었다. 묘화의 편지를 쉬이 뜯지 못한 것은 그 옛날의 낭창한 날들을 다시 떠올리고 싶지 않았기 때문인지도 몰랐다. 그렇게 된다면 기담으로서는 더 이상 버틸 재간이 없을 것 같았다. 기담은 자신이 이 나이 되도록 정정한 것은 지루하기 짝이 없는 고요한 삶이 한몫을 거들었다고 믿었다. 이 밤, 기담은 그 모든 것이 다 소용없는 일이라 여겨졌다. 지금까지 버틴 것이 어쩌면 도려냈다고 생각하는 그 삶 속의 무엇, 묘화의 편지 같은 그 하나를 잡기 위한 것이었을지도 모른다는 생각까지 들었다.

기담은 지칼을 꺼내 편지 봉투를 열었다. 자꾸만 눈앞이 흐려져 글자들이 가물거렸다. 글자를 오려내기라도 하듯 한 자 한 자 천천히 읽어나갔다. 거기에 묘화, 아니 정애의 숨결이 살아 있었다.

선생님께.
이 편지를 쓰기까지 많은 날을 망설였습니다. 이제 와

서 이 편지가 무슨 소용이 있을까, 선생님께 닿기나 할까, 닿는다면 또 어쩔 것인가. 답도 없는 물음을 합니다. 늙어도 늙지 않는 미련을 어쩌지 못해 결국 펜을 들었습니다. 세월은 참 많이도 변했습니다. 전화만 있으면 여기서 한국에 있는 사람 목소리를 들을 수도 있고, 컴퓨터로 편지를 주고받을 수도 있고, 비행기를 타고 오갈 수도 있습니다. 저는 그 많은 세월 아무것도 하지 않았습니다.

저는 폴페로라는 마을에 살고 있습니다. 바닷가 마을이어서 저녁이면 포구까지 산책을 나가기도 합니다. 제가 살던 그곳과는 많이 다르긴 해도 비릿한 바다 냄새를 맡는 것만으로도 다행이라 생각하는 곳입니다. 그러나 오후 세시만 되면 어두워지는 이곳 겨울은 뼛속까지 시립니다. 뼈에 구멍이 숭숭 뚫린 느낌입니다.

무슨 말을 해야 될지 모르겠습니다. 사실 선생님이 저를 기억이나 하실까 두려움도 있습니다. 우린 너무 오랫동안 연락을 주고받지 못했으니까요.

어쩌자고 이렇게 펜을 들었는지, 이 편지를 끝맺을 수는 있을지, 우편으로 부칠 수 있을지 겁이 납니다. 이 편지는 바람이 전하는 말. 바람처럼 떠돌다 가뭇없이 사라질 편지일지도 모르겠지요.

병원에서 폐암 진단을 받고 나오는 길에 문득 이렇게

죽을 수도 있구나 생각하니 선생님이 그리워졌습니다. 진측에 어떻게든 찾아볼 생각을 하지 못한 걸 후회했습니다. 저는 여기서 잘살았습니다. 그런데 아프다니까, 살아갈 날이 얼마 남지 않았다니까 왜 선생님이 떠오른 것일까요. 새벽 바닷바람이 폐를 망쳤을 거라고들 합니다. 그래도 눈을 뜬 새벽이면 바닷가로 나가지 않고는 견딜 수가 없었습니다. 제물포의 그 바다가 아직도 눈에 어른거립니다.

하고 싶은 말은 많은데 암 덩어리처럼 딱딱하게 굳어 도무지 풀어지질 않습니다.

선생님, 살아, 계신가요?

극장 안을 가득 울리던 선생님의 목소리가 사무치게 그립습니다.

이제까지 아무렇지 않게 잘살아왔는데, 갑자기 선생님의 모든 것이 궁금해 참을 수가 없습니다. 그것은 소리 없이 다가오는 암세포의 움직임처럼 고통스럽습니다. 이 편지가 떠돌다 사라지지 않기를, 죽기 전에 단 한 번만이라도 선생님의 목소리를 들을 수 있기를 간절히 소망합니다.

기담은 뜬눈으로 밤을 새웠다. 잠이 든다면 다시 일어나지 못할 것 같았다. 밤새 편지를 읽고, 또 읽고, 또 읽었다.

몇 번이고 수화기를 들었다가 다급하게 울리는 기계음에 끊고 또 끊었다.

　새벽녘에 잠이 든 기담은 점심때가 다 되어서야 일어났다. 어젯밤 그 소란에도 꿈쩍없이 자던 선혜가 여러 번 들여다봤을 시간이었다. 기담은 물때가 표시된 달력을 살펴보고는 옷을 챙겨 입었다. 선혜가 밥을 차리려 했지만 손을 내저었다. 정환이 오늘은 외출도 하지 않은 채 기담의 눈치를 살피는 듯했다. 기담은 지팡이를 찾아 들고 손짓으로 따라오라고 했다. 정환이 기담이 어디를 가려는지 영문도 모르고 신을 꿰었다.

　안개가 걷히지 않고 꾸물거렸다. 길이 좁아지고 낮은 슬레이트 집이 몇 채 보였다. 유리문의 색 바랜 선팅지에는 바지락칼국수니, 주꾸미볶음이니 하는 메뉴가 간판 대신 붙어 있었다. 플라스틱 둥근 의자가 어두운 가게 한 귀퉁이에서 포개진 채 먼지를 뒤집어쓰고 있었다. 골목 입구에 게와 새우 조개 등을 함지박에 담아 파는 곳을 몇 사람이 기웃거렸다. 바람이 불었고 비릿하면서도 구린 바다 냄새가 맡아졌다. 칼국수집 맞은편, 담장이 높은 골목 안으로 기담이 발을 들여놓았다. 왼쪽은 공장 시설물을 막기 위해 마름모꼴 철망이 쳐져 있었고 오른쪽은 회백색 담이었다. 둘이 걷기에도 좁은 골목이라 정환은 기담의 뒤를 따라 걸었다.

골목을 두 차례 꺾어 들자 막다른 집처럼 난데없이 포구가 드러났다. 정환은 아연했다. 이 동네에 정환이 가보지 않은 길은 수두룩했다. 아무리 그래도 이런 골목길을 지나 포구가 나타나리라고는 상상도 못했다.

작은 포구였다. 생선을 파는 열 평 남짓한 횟집이 왼편으로 몇 군데가 있을 뿐 오른편으로 두어 걸음만 옮긴다면 바로 바다 아래로 떨어질 정도의 길이 전부였다. 포구라고 부를 수도 없을 만큼 작은 곳이었다. 배를 댈 만한 곳도 없었다. 이 도시에 이렇게 작은 포구가 골목 사이에 숨어 있다는 것 자체가 신기했다.

기담이 그중 가운데 횟집으로 들어갔다.

"오늘은 혼자가 아니시네요? 게다가 배는 벌써 들어왔다가 나갔는데. 어떻게, 오늘은 병어가 물이 좋은데 드릴까요?"

풋고추와 오이 당근을 썰어 담은 접시를 내려놓으며 주인이 말했다. 기담은 고개를 끄덕였다. 혼자 왔을 때는 이가 성치 않은 걸 알고 풋고추니 하는 것들은 내오지 않는데 정환과 같이 오니 주는 모양이었다. 이제 푸른 것들, 싱싱한 것들은 기담의 것이 아니었다. 데치거나 삶거나 쪄야 했다. 무른 것, 부드러운 것, 씹히지 않고 삼킬 수 있는 것들이 좋았다. 이 집을 드나들기 시작한 지 얼마나 되었나. 새

롭거나 낯선 것들은 불편했다. 늘 먹던 것, 늘 입던 것, 늘 가던 곳이 좋았다. 기담은 서비스로 홍합탕을 내오는 여주인의 주름진 눈가를 새삼스럽게 바라보았다.

늘 물때에 맞춰 산책을 나왔다. 방에 걸린 선박회사에서 나온 달력에는 만조와 간조가 표시되어 있었다. 만조 시간보다 두 시간 반쯤 일찍 나서면 물이 들어오는 걸 만날 수 있었다. 산책은 물이 들어오는 시간에 맞춰 매일 반 시간꼴로 늦춰졌다. 해가 진 뒤에 물이 들어올 때는 나가지 않았다. 그럴 때는 꼭 물 들어오는 시간에 맞추지 않고 포구를 돌아 집으로 돌아왔다. 기담이 포구 주변을 돌듯, 묘화도 해안가를 돌았던 것일까. 이 작은 포구는 배가 들어와야 잠깐 활기를 띠었다.

기담 눈치를 보며 주춤하던 정환이 소주를 몇 잔 들이켜더니, 벌떡 일어나 고개를 숙였다.

"할아버지, 어젠 죄송했어요."

기담이 정환의 빈 소주잔에 술을 채웠다. 정환은 그 잔을 급하게 비웠다. 기담이 채우고 정환이 마시고, 그 잠깐 사이 바다를 보았다. 몇 잔 마신 것 같지 않은데 언제부턴가 정환이 취해 있었다. 병어찜은 머리와 뼈만 남아 제 속을 드러내고 있었다. 어제 술이 깨기도 전에 다시 취한 모양이었다. 갑자기 정환이 할아버지, 하고 기담을 불렀다.

"할아버지, 저는 독일 영화가 좋아요. 얼마 전에 「롤라 런」이란 영화가 개봉됐는데 진짜 끝내줬어요. 열 번도 더 봤을 거예요. 톰 튀크베어라는 감독이 만든 거예요. 한마디로 롤라가 뛰고, 뛰고, 또 뛰는 이야기예요. 20분 안에 10만 마르크를 구하지 않으면 조폭에 의해 죽게 되는 애인 마니를 위해 롤라는 뛰어요. 단순무식한 영화예요. 근데 톰은 시간을 비틀어 세 번이나 똑같은 상황을 펼쳐내요. 첫번째 뜀박질에서는 경찰 총에 맞고 쓰러진 롤라의 눈으로 줌인하고, 두번째 뜀박질은 첫번째와 비슷하지만, 사소한 부분에서 조금씩 균열이 생기고 그것 때문에 마니는 죽게 되죠. 세번째는 마니의 플래시백. 롤라는 다시 뛰어요. 결국은 누구도 죽지 않고, 덤으로 10만 마르크도 갖게 된다는 해피엔딩이죠. 롤라와 마니. 20분. 세계는 그들을 중심으로 돌아가요.

할아버지, 귀찮더라도 들어주세요. 이 영화가 놀라운 건 카메라가 그들을 비추지 않을 때는, 비디오 모니터 영상이라는 다른 장치로 칸을 나눠서 '여기는 우리의 세계다'라는 점을 확실히 하고 있어요. 또 중간에 만나는 우연적인 인물들의 미래를 플래시 효과와 함께 몽타주로 보여주면서 그들만의 세계를 잠깐씩 드러내고 있죠. 인간은 그 시간과 색깔만 다를 뿐 언제나 같은 상황 속에 놓이는 거예요. 사소한 순간의 선택이 인생 전체로 이어지는 거예요. 톰이 만든 현란한 기교와 스타일은 드라마와 맞물리며 이미지와 담론을 마구 만들어내요. 그러니까 톰이 걸작 중의 걸작인 「향수」를 만들 수 있는 거예요. 향기를 눈으로 볼 수 있게 영화로 만들려는 생각을 누가 할 수 있을까요.

할아버지, 저는 정말 좋은 영화를 만들고 싶어요. 영화 생각만 하면 가슴이 뛰어요. 사실 졸업 작품으로 만들기는 했죠. 그건 제가 봐도 허접했어요. 오십대 존재감 없는 가장을 다룬 영화였는데, 그 영화만 생각하면 자다가도 이불을 걷어차요. 그런 거 말고요. 나만이 만들 수 있는 영화가 있을 거 같아요. 할아버지, 제가 할아버지가 변사였다는 얘길 듣는 순간, 얼마나 가슴이 뛰었는지 아세요? 「롤라런」을 처음 봤을 때처럼 흥분해서 그날 얼마나 미친놈처럼 거리를 쏘다녔는지 몰라요. 그냥 마구 쏘다녔어요. 그렇게라도 하지 않으면 흥분을 가라앉힐 수가 없었거든요."

정환이 영화 얘기를 주절거릴 동안 물이 빠져나가고 갯고랑이 보이기 시작했다. 배가 들어오지 않으니 울어대는 갈매기들도 보이지 않았다. 정환이 분명 영화 얘기를 하는 줄은 알겠는데 알아들을 수 있는 말은 없었다. 무성영화 시절 변사는 영화의 꽃이자 전부라 해도 과언이 아니었다. 그때의 기담은 영화에 대해 모르는 게 없었다. 아니, 온통 영화만 있었다. 그런데 언제부턴가 기담은 영화를 봐도 도대체 무슨 말인지, 무슨 내용인지 알 수가 없었다. 알 수 없는 정도가 아니라 어지러울 지경이었다.

며칠 전 정환이 보여주었던 영화를 떠올렸다. 농사짓는 노인과 삼십 년을 함께 산 늙은 소의 마지막을 다룬 영화를 텔레비전으로 보았다. 녀석의 아비가 텔레비전을 최신으로 바꿔주면서 보고 싶은 영화가 있으면 말씀만 하시면 다 텔레비전으로 볼 수 있게 해드리겠다고 했다. 아무 생각 없이 영화를 보기 시작했는데 영화가 시작되고 끝날 때까지 화면에서 눈을 떼지 않았다. 소가 죽고 묻히게 될 때는 눈가를 씀벅이기도 했다. 생이 이렇게 허무한가, 생각했다. 아직 전화부에는 친구들의 이름과 번호가 그대로 있는데 이젠 걸어야 받을 수 있는 번호도 몇 개 안 남았다. 친한 친구나 친척들이 하나둘 사라질 때마다 과거가 지워지는 기분이었다. 전화부에만 살아 있는 그들은 이젠 묻힌 과거가 되었다.

골목을 빠져나온 기담은 잠깐 걸어온 길을 되돌아보았다. 정환이 비틀거리며 따라오고 있었다. 기담은 안개에 싸여 온통 어른거리는 것투성이를 바라보았다. 기담은 잊지 않았다. 처음 기철과 영화를 보던 때를. 기담은 영화를 보고 온 뒤 며칠 동안, 영화의 장면 장면이, 해설을 하던 변사의 목소리가 그대로 떠올라 뒤척여야 했다. 배를 타고 나가보지 않은 미지의 세계와 맞먹는 어떤 세계가 극장 안에서 펼쳐지고 있었다. 떨리던 며칠 뒤 다시 극장을 찾았을 때 기담은 자신의 길이 오롯이 여기 있음을 알았다. 그때 뛰던 심장 소리를 지금도 기억할 수 있었다. 지금 정환의 가슴에서도 그 소리가 들리고 있는지도 몰랐다.

2

 탈탈거리며 돌아가는 대형 선풍기는 더운 바람만 내보내고 있었다. 화장실 암모니아 냄새, 땀 냄새, 젖내, 암내, 값싼 분내까지 온갖 인간 군상이 풍기는 냄새가 총망라된 극장 안은 숨쉬기가 곤란할 지경이었다. 게다가 선풍기 모터 엔진이 과열되었는지 고무 타는 냄새까지 한 겹을 더했다. 왼쪽 앞자리에 앉은 기생들은 연신 합죽선을 활랑활랑 부쳐댔다. 그 뒤로 아낙네들이 앉고, 오른쪽엔 남정네들이 앉았다. 자리는 좁게 끼어 앉고도 모자라 통로까지 꽉 들어찼다. 용케 들키지 않고 변소 창문을 타고 넘어온 아이 몇도 중간에 자리를 잡고 있을 터였다.

 객석은 탄식이 흐른다. 벌써 코를 훌쩍이는 이, 손수건을 꺼내 드는 이로 술렁였다. 기담은 스크린에서 눈을 떼지 못했다. 물론 귀는 변사 김익호를 향해 열어놓은 상태였다.

영화 속 주인공 정순이 아버지 묘를 바라본다. 그녀의 손에는 독약이 들려 있다. 김익호는 목울대를 세우고 목소리를 보통 때보다 높고 가늘고 구슬프게 뽑는다.

은식 씨! 죽음은 모든 것을 이길 수 있겠지요? 제가 이렇게 죽더라도, 내 몸이 이 독약으로 말미암아 다 타들어가더라도 내 사랑은 결단코 죽지 않을 거예요. 내 사랑은 절대 타들어가지 않을 거예요. 영원히, 영원히 당신 품에 안길 거예요. 이제 저는 갑니다. 은식 씨! 당신의 가슴속에서 저를 영원토록 살게 해주세요.

여기저기서 숨죽여 훌쩍이는 소리가 들린다. 정순은 화가 은식을 사랑하지만 엄마와 오빠에 의해 원치 않는 이와의 결혼을 강요당하고, 이제 죽음으로 맞서고 있는 것이다. 정순은 죽음 직전에 오빠에게 발견되지만 독이 서서히 몸에 퍼지고 있었다. 오빠는 정순을 안고 집으로 돌아오고, 집에 와 있던 은식의 품에 안긴다.

정순 씨! 어쩌다가 이리되었단 말이요. 가려거든 함께 갈 것이지, 혼자 얼마나 무서웠을 테요. 이제라도 당신을 내려

놓지 않으리다. 아직 남아 있는 따뜻한 기운이 사라질 때까지, 전신에 흐르는 따뜻한 피가 다 식을 때까지, 언제까지고 당신을 이렇게 안고 있으리다.

청춘이 가는구나, 애달픈 청춘이구나. 이 둘의 사랑을 누가 갈라놓았단 말인가. 무엇이 이리도 야속하단 말이냐. 아, 청춘, 청춘, 죽음도 갈라놓지 못할 청춘의 꽃이여.

기철이 팔꿈치로 기담을 쳤다.

"야, 조용히 좀 해!"

기담은 그제야 자신도 모르게 변사의 말투를 흉내 내고 있는 자신을 보았다. 흉내를 내려고 의도하지 않아도 영화에 몰입하다 보면 자신도 모르게 대사를 따라 하는 경우가 많았다. 극의 전개가 빠를 땐 속으로 웅얼거리는 수준을 벗어나 목소리가 커졌다. 기담에게도 오늘이 저번보다 훨씬 재미있었다. 똑같은 영화고 이미 한 차례 봐서 뻔할 수 있었는데도 더 재미있다고 느낀 것은 순전히 김익호 변사 덕이었다. 오늘 그의 말재간은 다른 날보다 훨씬 더 유연했고, 격정적이었고 재치 있었다.

청춘의 꽃이여. 마지막 해설의 여운이 머릿속에서 떠나지 않았다. 박수 소리가 쏟아져 나오고 우르르 일어나는 관객들로 극장 안이 혼잡했다. 기담은 출구로 걸어나가다가 자신도 모르게 기생 명선의 손을 잡고 나가는 여자에게 눈

길이 머물렀다. 길게 땋아 내린 머리카락은 한 올 흐트러짐
이 없었고, 단아한 이마에 외까풀 아래 눈은 시원하게 트
여 있었다. 그 안의 검은 눈동자는 잘 익어 떨어지기 직전
의 검붉은 버찌처럼 맑고 깊었다. 게다가 앙다문 입 모양은
영화를 보는 내내 흐트러짐 없었던 듯 보였다. 명선을 향해
설핏 웃을 때면 양볼에 팬 보조개가 한껏 성숙해 보이기도
했다. 기담은 그 여자에게서 눈길을 떼지 못했다. 기담이
눈을 못 떼는 것이 아니라 여자가 그의 눈길을 잡고 놓아주
지 않는 것 같았다. 온갖 군상들이 모여 있는 극장 안에서
영화 한 편에 한 생이 흘러간 듯한 표정들의 사람들과는 확
연히 달랐다. 자신의 감정을 쉽게 드러낼 것 같지 않은 도
도함이 있었다. 근접하기 힘든 위의가 서렸다. 처음 보는
이였는데 어찌된 일인지 처음은 아닌 듯도 했다. 그이가 스
치고 지날 때까지도 기담은 넋을 놓고 바라보기만 했다.

"어쭈, 얘 봐라, 아주 혼이 나갔네. 야, 침이나 좀 닦아라."

기철이 옆구리를 쳤다.

"명선이 옆에 있는 여자, 기생인가?"

"모르겠는데. 근데 어디서 본 얼굴인데, 가만있어봐라.
그거참, 생각날 듯 생각날 듯 안 나네."

기철이도 명선 옆의 여자를 뚫어지라 바라보았다.

"네가 저 여잘 어디서 봐?"

"아, 글쎄 어디선가 봤다니까. 내가 또 사람 기억하는 데 선수잖냐."

기담은 명선 옆에 있는 여자를 본 순간, 투명한 유리를 떠올렸다. 기담은 그 유리를 제물포구락부에서 처음 보았다. 제물포구락부는 조계지 안에 있는 양인들 사교장이었다. 지금은 조계지가 없어지긴 했지만 있을 때와 크게 다르지 않았다. 조계지에는 일인, 청인, 양인들이 각자 땅을 차지하고 살고 있었다. 바다가 바라보이는 응봉산 아래, 가장 좋은 땅이었다. 일본인들이 그곳에 자리를 잡고 조계지를 형성한 뒤부터 우리나라 사람들은 웬만해선 근처도 안 가는 곳이 되었다. 그러나 기담은 일부러라도 그쪽을 넘나들었다. 새롭게 밀려드는 거대한 흐름을 가장 잘 알 수 있는 곳이 조계지 안이었다. 밀려드는 신문물을 누구보다 먼저 받아들여 변화하고 싶었다.

어느 날인가 제물포구락부에서 호화 연회가 벌어졌다. 기담은 유리창 너머 홀 안에 있는 양인들을 바라보았다. 어떤 잣대는 없었다. 그저 신기할 뿐이었다. 홀 안에서는 처음 들어보는 악기 소리가 간혹 들리는 웃음에 섞여 문밖으로 새어 나왔다.

벽안(碧眼)의 여인들은 한결같이 터질 듯한 가슴을 아슬아슬하게 가리고, 허리를 잔뜩 졸라맨 드레스를 입고 있었다. 주름이 겹겹으로 잡혀 활짝 편 목단처럼 부푼, 발목까지 닿는 화려한 드레스는 기담을 압도하고도 남았다. 남자들은 흰 와이셔츠에 양복을 입었다. 그 양복이란 게 윗옷이 앞은 허리까지 덮고 뒤는 엉덩이까지 새초롬히 내려온 게 매미가 날개를 접은 모양 같았다. 양인들에게 옷이란 추위나 더위를 막아주고 가릴 곳을 가리는 용도가 아니었다. 그것을 뛰어넘는 여유와 멋이 묻어났다. 그렇게 치장을 하고 음악을 듣고, 춤을 추고 술을 마셨다. 먹고사는 것조차 녹록지 않은 기담에게는 그 모든 것이 잡을 수 없는, 그러나 어떻게든 잡고 누리고 싶은 것이었다. 그 여유가 부러웠다. 기담은 그렇게 넋이 나간 채 오랫동안 홀 안에 눈을 박고 있었다. 그러다가 기담은 그것을 보았다. 유리라고 했다.

그들이 들고 있는 속이 다 들여다보이는 잔에는 붉은 술이 담겨 있었다. 양인들은 술을 마시기 전 두어 번 그 유리잔이라는 것을 둥글게 흔들었는데 그때마다 유리잔에 담긴 검붉은 술이 타원을 그리며 흔들리는 것이 그대로 보였다. 투명하고 단단한 저것, 얇으면서도 매끄럽게 빠진 저것, 유리. 기담은 사기나, 놋, 은잔은 보았지만 저리 맑은 재질의 그릇은 본 적이 없었다. 무엇이든 그 유리라는 것에 담기면 거짓을 부릴 수 없는, 어떤 것도 감추지 않고 온전히 다 드러내야 할 것만 같았다.

천장 한가운데서 알알이 매달려 불빛을 수만 갈래로 나누며 어둠을 희롱하듯 영롱하게 빛을 반사하는 것도 투명한 유리였다. 물처럼 맑으면서 사기처럼 단단한 저것. 어떤 것을 가지고 어떻게 만들어야 세상의 색이란 색은 몽땅 빼낸 채, 맑은 빛깔로 도도한 자기 형태를 유지할 수 있는 저것을 얻을 수 있단 말인가. 저것을 만들어낼 줄 아는 저 양인들은 도대체 어떤 사람들이란 말인가. 기담은 오랫동안 그 유리란 것에 홀려 있었다. 그러다 문득 자신의 코를 짓누를 듯 막고 있는 창문도 유리로 만들어졌다는 것을 알았다. 유리 덕분에 안을 들여다볼 수 있었던 것이다. 기담은 검지로 유리 끝을 대어보았다. 차갑고 맑고 단단한, 그러면서도 얼음과 다르게 녹지 않는 냉정한 것이었다.

처음부터 유리라는 이름을 안 것은 아니었다. 나중에 그런 모든 것의 재료가 '유리'라는 것을 알았을 때, 기담은 자신도 모르게 유리, 하고 내뱉었다. 유리라고 발음하는 순간 맑고 투명하여 무엇이든 비추고 빛을 발하는 그것이 그 앞에 서 있는 듯했다. 기담은 훗날 그런 전등을 샹들리에라고 부른다는 것을 알았다. 또한 그 샹들리에라는 것은 유리가 아니라 크리스털이란 이름의 돌이라는 것도 알았다. 하지만 그것은 먼 훗날의 일이었다. 유리라는 이름을 처음 듣는 순간 그날의 그 눈부시게 빛나던 별빛을 고스란히 떠올릴 수 있었는데 그 이름만큼이나 우아한 등불이었다.

그런데 어쩐 일일까. 명선 옆에 있던 여자를 본 순간 유리가 떠오른 것은. 그 여자의 맑은 이마 때문이었는지, 거짓을 말할 수 없을 것 같은 눈빛 때문이었는지, 가까이하기 어려운 위의 때문이었는지 기담은 잘 알지 못했다. 다만 제물포구락부에서 보았던, 아련하게 취해버릴 것만 같은 그 영롱한 유리 불빛, 유리잔 안에 흔들리던 포도주, 코와 볼에 닿던 유리의 차가운 느낌이 고스란히 되살아났다. 기담은 고개를 흔들었다.

역으로 가는 골목 어귀에서 기담은 가지에 매달린 살구만 한 개복숭아를 잡아챘다. 소맷부리에 대충 문지른 그것을 씨가 씹히지 않도록 베어 물었다. 입안은 신맛과 떫은맛으로 얼얼했다. 몇 번 씹고는 뱉어버렸다. 먹던 것도 길가 한쪽에 던졌다. 입안을 감도는 떨떨하고 뻑뻑한 맛이 묘하게 기담을 당당하게 했다.

"너 변사 흉내를 제법 내던데?"

"아까는 시끄럽다더니?"

"아까는 아까고. 비싸게 굴지 말고 한번 해봐, 내가 잘 들어줄게."

기담은 목소리를 가다듬었다.

"은식 씨! 죽음은 모든 것을 이길 수 있겠지요? 제가 이

렇게 죽더라도, 내 몸이 이 독약으로 말미암아 다 타들어가
더라도 내 사랑은 결단코 죽지 않을 거예요. 내 사랑은 절
대 타들어가지 않을 거예요. 영원히, 영원히 당신 품에 안
길 거예요. 이제 저는 갑니다. 은식 씨! 당신의 가슴속에서
저를 영원토록 살게 해주세요."

"캬아, 내가 여자라면 당장 속곳 벗어던졌다."

"하여튼 생각하는 거라곤. 인마, 남의 순정을 그렇게 무
참히 짓밟으면 되겠냐?"

김익호 변사는 여배우 목소리를 가늘게 뽑았지만 기담
이 생각할 때, 이 극에서의 여배우는 가늘어도 당차고 그러
면서도 애절한 여운이 남아야 할 것 같았다. 김익호가 흉내
내는 목소리와는 다른 진폭과 장단이 필요했다. 기담은 몇
번 같은 대사를 외워보다가 어느 순간 자신의 목소리에 취
해 코끝이 찡해졌다. 어릴 때부터 사람들 목소리 흉내는 기
막히게 낸다는 소릴 들어오던 터였다. 영화를 보고 나면 기
담은 대사를 거의 외우다시피 했다. 어떤 부분은 김익호보
다 더 실감 나게 할 자신이 있었다.

봄가뭄을 해갈이라도 하려는 듯, 어제는 제법 많은 비가
내렸다. 그 덕분인지 시궁창 냄새가 진동하던 수채에도 제
법 맑은 물이 넘쳐흐르고 있었다. 공기도 한결 맑아 오늘
같은 날은 인천역으로 가면 행락객깨나 구경할 터였다. 행

락객들은 경성에서 오는 신문물이었다. 바다에서 들어오는 신문물이 물건들이라면 경성에서 기차를 타고 내려오는 신문물은 사람이었다. 사람 구경도 재미가 쏠쏠했다. 기담은 기세 좋게 흐르는 마을 옆 개울물 소리를 들으며 다시 김익호가 했던 영화의 한 대목을 흥얼거렸다. 갑자기 기철이 그의 등짝을 억센 손바닥으로 픽 소리 나게 후려치며 말했다.

"그렇지! 생각났다! 그 여자, 터진개에 빠진 너를 구해준 여자!"

"무슨 소리야? 나를 구해준 여자라니?"

"아까 기생 명선이 옆에 있던 여자, 그때가 언제냐, 작년 여름 장마 때 터진개에 빠진 너를 구해준 여자라고."

"도대체 무슨 소릴 하는 거야?"

"틀림없다고. 내 눈, 내 기억력은 아무도 못 당할걸!"

기담은 자신도 모르게 낮은 신음을 흘렸다. 정말 그때 그 여자였을까. 기담으로서는 전혀 기억에 없었다. 그러나 터진개에 빠져 죽을 뻔했던 기억은 지금도 몸서리쳐지도록 선연했다. 전날 밤부터 아침까지 내린 장맛비로 수로의 물은 한껏 불어나 기세 좋게 흐르고 있었다. 누군가 수로를 가리키며 물고기들이 휩쓸려 내려온다고 소리쳤다. 동네 아이들은 누구랄 것도 없이 담벼락에 걸린 바구니 등속을 들고 수로로 달려갔다. 어른들은 부엌이나 광으로 들어온 물을 퍼내느라 정신이 없었지만 아이들은 어떻게든 집을 빠져나와 쏜살같이 수로로 내달렸다. 빗줄기는 그쳤지만 정말 물고기들이 불어난 물을 따라 흘러가고 있는 게 보였다. 아이들은 돌다리 하나씩을 차지하고 서서 일렬횡대로 바구니를 갖다 댔다. 기담은 무릎까지 스치는 강하면서도 부드럽고, 그러면서도 차가운 물살을 그 틈새에서도 즐기고 있었다. 물고기들이 바구니 사이를 용케 빠져나가기도 했다. 하지만 바구니에는 금방 어른 손바닥만 한 통통한 물고기들이 가득 찼다. 그렇게 얼마를 잡았을까. 기담은 허리가 아파 뒤로 몸을 젖혔다. 그 순간, 돌다리가 흔들리면서 휘청거리는가 싶더니 바로 물속으로 빠졌다. 어어. 그러고는 어찌해볼 수도 없이 물살에 쓸려 떠내려갔다. 기담은 무엇이든 손에 잡히는 것을 잡으려 했지만 물고기를 잡느라 힘이 빠져서인지 무엇인가를 잡았다가도 놓치곤 했다. 기담은 이대로 죽을지도 모른다는 생각을 했다. 그러자 기다렸다는 듯이 몸이 얼어붙었다. 그렇게 정신을 잃었다. 희미하게 누군가 겨드랑이를 껴잡는 게 느껴졌지만 그것으로 끝이었다. 물을 토해내며 정신을 차렸을 때, 빙 둘러선 아이들의 파랗게 질렸던 얼굴이 한순간 펴지는 게 보였다. 살았다! 아이들은 이구동성으로 외쳤다. 정신 차려봐. 기철이 세차게 기담의 뺨을 두어 차례 갈겼다.

그 뒤로 아이들이 기담을 보면 실실 웃었다. 기철에게서 기담을 구해준 사람이 또래 여자라는 소릴 들었다. 못 보던 여자애라고 했다. 아이들이 뛰어 내려가며 발을 동동 구르고 있을 때 그 여자애는 한 치 망설임도 없이 치마끈을 풀고 속바지 차림으로 뛰어들어 기담을 구했다는 것이다. 수영 솜씨도 놀라웠지만 기담을 끌어낸 뒤에도 기담의 배 위에 올라타 두 손바닥을 겹쳐 대고 누르기를 반복하며 정신을 차리게 했다는 것이다. 기침을 하며 물을 토해낼 때에야 기담에게서 내려와 태연히 벗어두었던 치마를 둘러 입고 뒤도 돌아보지 않고 총총히 내려가더라는 것이다. 모두 놀라 얼이 빠져 있을 때였고, 깨어난 기담에게 정신이 팔려 그 여자가 어디로 사라졌는지 몰랐다고 했다. 기철은 처음 보는 얼굴이라고 했고, 당찬 기세가 놀라웠다고 했다. 그때, 그 이마며 눈매가 극장에서 본 명선 옆에 있던 여자와 똑같다는 것이다. 기담은 한동안 놀리는 아이들 때문에 귀찮기도 했지만 죽을 뻔한 자신을 구해준 그 여자가 몹시 궁금했다. 그 뒤로 아무도 그 여자를 보았다는 아이가 없었다.

기적 소리가 들렸다. 기차가 역으로 천천히 미끄러져 들어왔다. 개찰하고 나오는 사람들은 색색의 한복이나 양장을 빼입은 젊은이들이 많았다. 양산을 든 여인, 챙이 넓은 모자에 공작의 깃털까지 꽂은 여인, 중절모를 쓴 남자들도 보였다. 그들은 역사를 빠져나오자마자 코를 킁킁거려 바다 냄새를 맡았다. 부푼 가슴이 오르내렸다. 그렇게 바다 냄새나는 곳을 향해 걷다 보면 날리던 연분홍 벚꽃들이 모자나 양산 위로 내려앉았다. 몇 년 전 철도국에서 월미도에 유원지를 조성한 뒤로는 점점 행락 인파가 늘었다. 역에서 내린 사람들은 역사에서부터 월미도까지 이어진 둑길을 따라 벚꽃놀이를 즐겼다. 바닷물을 데워 만든 해수탕을 즐기려는 사람들도 많았다. 날이 갈수록 월미도는 전국 최고의 관광명소가 되었다. 경성에서 한두 시간이면 바다를 볼 수 있으니 나들이로는 단연 최고였다. 게다가 월미도에는 해수탕이 있어, 그 물로 목욕하고 나면 웬만한 피부병은 다 낫는다는 소문까지 있어 더욱 인기가 높았다. 전국각지에서 찾아들지만 아무래도 경성에서 오는 사람들이 많았다. 해수 온천을 즐기고 일본식 요정인 용궁각까지 다녀오는 코스는 돈 있는 치들이라면 누구나 즐기고, 또 즐기고 싶어 하는 코스였다. 용궁각은 밀물 때면 건물을 떠받치고 있는 기둥이 물에 잠겼는데 그럴 때 용궁각은 그야말로 바다 위에 떠 있는 듯하여 노을 지는 저녁이면 저녁대로, 안개 낀 날이면 운무에 가려진 대로 운치를 더했다.

　기담은 기철과 역사 한쪽에 서서 그들을 바라보았다. 경성에서 오는 사람들과 지방 사람들은 차림새에서부터 달랐다. 한복을 입었건, 양복을 입었건 묘하게 달랐다. 기담은 그들을 한눈에 분간할 수 있었다. 그게 기담을 위축시키기도 했다. 그들도 기담을 그렇게 알아볼 것 같아서였다. 갯가 촌놈이라고.

기담과 기철은 그들을 따라 둑길을 걸었다. 바닥은 온통 연분홍 꽃길이었다. 만개한 벚꽃이 바다에서 불어오는 바람에 실려 난분분했다. 다른 해보다 꽃들이 유난스레 많이 피었다. 기담과 기철은 포구로 향했다. 포구까지 가는 데 어떤 목적이 있었던 것은 아니었다. 그냥 행락객에 묻혀 봄을 누리는 호사를 부려보고 싶었다. 코끝을 간질이는 바람이 불었다. 기담은 앞에 가는 여인의 양산 위로 하늘하늘 벚꽃잎 몇 장이 내려앉는 것을 보았다. 꽃잎은 양산에 수놓은 꽃처럼 잘 어울렸다. 문득 극장에서 보았던 그 여자를 떠올렸다. 그 여자에게도 저런 양산이 잘 어울릴 것 같았다. 기담은 말 한 번 섞어본 적 없는 그 여자와 벚꽃놀이를 가고 싶다는 생각을 했다. 겨드랑이 사이로 들어오던 그 손길이 되살아났다. 물길에 휩쓸려가는 꿈속에서조차 그 손길은 부드러웠다.

멀리 내항에는 정크선이 들어왔는지 지게꾼들이 배에서 내린 물건을 실어나르느라 바빴다.

처음 갑문이 열리던 날 기담은 아버지와 월미산 중턱에서 배가 들어오는 것을 보았다. 아버지는 갑문이 열리고 다시 닫힌 뒤 바닷물이 차오르고 배가 움직일 때까지 뒷짐을 진 채 몸을 건들건들 흔들며 정크선을 바라보고만 있었다. 포구의 배들과는 비교도 안 될 만큼 크고 육중한 흰 정크선은 산등성이 먼 거리에서 보기에도 눈에 확 띄었다. 바다를 압도하고도 남을 위용이었다. 기담도 아버지가 숨 쉴 때마다 희미하게 풍겨 나오는 곡주 냄새를 맡으며 배가 느리게 움직이는 모습을 무연히 지켜보고 있었다. 그때였다. 아버지가 주변을 둘러보고 헛기침을 하더니 더는 못 참겠다는 듯 몸을 틀고, 바지춤을 내려 오줌을 쌌다. 보는 사람은 없었다. 오줌 소리가 정적을 뚫고 풀밭에 푸두둑 떨어졌다. 기담도 바지를 내리고 허리에 두 손을 얹은 다음, 배를 내밀고 잔뜩 힘을 주어 오줌발을 내쏘았다. 그러잖아도 마렵던 차여서 오줌 줄기는 잠깐 동안 기세 좋게 뻗어 나갔다. 멀리 있는 배가 오줌 줄기에 가려 잘 보이지 않았다.

"두렵구나. 서책 어디에도 나와 있지 않던, 보도 듣도 못한 세상이 저 배에 실려 들어오고 있구나. 개벽 세상이 진정 이것이란 말인가."

아버지가 아무 일 없었다는 듯 조금 뒤에 말했다. 기담은 그때 아버지의 한탄과 풀숲에 떨어진 오줌 방울과 정크선의 흰빛을 오래도록 잊지 못했다. 기담이 소리를 불어넣고 싶어 안달하는 영화도 그날의 정크선에 실려 들어온 한 세상인지도 모를 일이었다. 기담은 두려움 속에서도 가슴이 벅차오르는 어떤 것도 놓치지 않았다.

배 안에는 처음 보는, 생각지도 못한 놀라운 물건들이 그득하다고 했다. 하꾸라이라 불리는 박래품들은 짐을 풀지도 않은 채 기차에 실어 경성으로 갔다. 정교한 세공품, 금박을 입힌 향로나 불상, 향이 곱고 고운 가루분, 갖가지 빛깔의 비단, 비누 등도 있었다. 아마 유리로 만들어진 무언가도 있을 터였다.

동네는 들썩였고, 사람들이 몰려들었다. 조계지의 일인들이나 청인들은 날로 늘어 여기가 누구네 땅인지 분간하기 어려울 지경이었다. 기담은 이 땅에 분명 길이 있으리라고 생각했다. 지금은 몰래 영화를 보고 역이나 항구를 기웃거리지만 막노동꾼으로 살고 싶지는 않았다. 그렇다고 창고 같은 공장에 갇혀 하루 종일 나무를 토막 내거나 얼음을 얼리는 일을 하고 싶지도 않았다. 자신을 변신시켜줄 길이 머지않아 보이리라고 생각했다. 어떤 실체와 맞닥뜨리고 싶었는지도 몰랐다.

기담은 자신을 둘러싼 모든 것들이 지금껏 자신과 동떨어져 있었다는 생각을 했다. 무엇 하나 착 붙어 있질 않았다. 늘 거리감이 있었고, 비껴났고, 부유하는 듯했고, 비위가 상했고, 불명확했다. 그래서 언제나 목말랐다. 어딘가에 자신의 진짜 삶이 준비되어 있는데 아직 그곳을 못 찾고 있을 뿐이라고 생각하면 애가 탔다. 그런 기담 앞에 나타난 것이 영화였고 변사 김익호였다.

기담은 처음엔 장막에 나타나 움직이는 사람들로 기겁할 만큼 놀랐지만, 곧바로 영화에 빠졌고, 변사의 말에 홀렸다. 그 홀림 속에서 기담은 자신의 길을 보았다. 말을 똑부러지게 하거나 남 흉내를 잘 내는 것이 이렇게 뿌듯한 자부심으로 온 적이 없었다. 그것은 자신의 실체와 맞닥뜨리는 것일 뿐만 아니라 자신을 한 단계 높은 차원으로 끌어올리는, 그러니까 더럽고 구질구질한 썩은 냄새 나는 굴 껍데기와 다를 바 없는 삶의 유일한 탈출구로 여겨졌다. 근거 없는 자신감이기도 했지만 그 생각은 확신에 가까웠다. 영화 같은 삶을 꿈꾸었다. 기담은 자신을 알고 있는 모든 사람에게 자신의 다른 모습을 보여주고 싶었다. 기담은 그런 생각 틈으로 비집고 들어오는 그 여자에 대한 생각을 뿌리치지 않았다. 바다를 바라보고 자신의 미래를 생각하는 동안 기담은 끊임없이 그 여자를 의식하고 있었다. 단 한순간의 만남이었는데 물속을 뛰어들 때처럼 기담의 삶 속으로 성큼 들어와버린 그 여자를 어쩌지 못했다.

기담은 기철과 부두로 향했다. 부두와 가까워질수록 온통 조기 천지였다. 마당에 조기를 널어 말리지 않는 집이 없었다. 벌써 4월 끝자락이니 이제 6월까진 부두가 가장 흥청거릴 때였다. 대나무 통을 바다 깊숙이 꽂아 귀를 대고 있으면 조기들 울음소리를 들을 수 있다고 했다. 바다 깊은 곳을 대롱에 의지해 귀를 대고 있으면 한여름 논에서 우는 개구리 울음소리 같은 조기 떼 울음소리를 들을 수 있다고 했다. 전국의 배들이 조기 떼를 따라 움직인다고 했다. 지금 연평도에 모여 있는 배들도 저 아래 흑산도에서부터 조기 떼의 움직임을 쫓아온 배들이었다. 몇천 석의 배들이 바다 위에서 먹고 자면서 조기 떼를 따라 움직였다.

"돈 실러 가세, 돈 실러 가세. 연평 바다로 돈 실러 가세."

"연평 바다에 포개진 조기 우리네 배가 다 잡아가세."

벌써 여기저기서 뱃노래가 흥청거리며 흘러나왔다. 조기가 얼마나 많았으면 포개져 있다고 노래할까. 기철은 이때쯤엔 바다에 빠져도 조기가 떠받쳐줘서 죽을 일은 없다고 했다. 기를 돋우는 생선이었고, 바다의 돈이었다.

"어여 어여디여차 어여, 조기야 부서야, 어디를 갔다가 이제 왔느냐…… 연평 바다에 들어오는 조기, 양주 부부만 냉기구서, 다 잡아냈다 어여디여차 어여."

조기 철에는 어디서나 흔하게 들을 수 있는 노래였다. 노래는 조기가 연평도를 떠날 때까지 돌림노래처럼 끝없이 돌았다.

부두에 가까워질수록 꽹과리 소리가 요란했다. 구경꾼들이 발 디딜 틈 없이 많았다. 풍어제를 여는 모양이었다.

구경꾼들 사이로 고개를 디밀었다.

"동방에 청제용왕, 남방에 적제용왕, 사해수부 용왕님네 다 머리 큰 지숙으로다 배를 지고 연평도 풍어제를 기원하니 항아동천 주웁소서."

무녀의 주문이 끝나자 흑돼지 새끼를 바다에 던졌다. 꽹과리 소리와 밀려드는 사람들로 더는 구경하기 힘들었다. 기담은 기철의 손을 잡아끌었다.

기철은 연평도에 파시(波市)가 설 때쯤 상선을 타고 막일꾼으로 따라가 조기를 받아 오는 일을 하기도 했다. 조기잡이 배들은 조기를 따라 움직이며 잡아야 해서 잡은 조기를 실어갈 배가 필요했다. 그런 일들이 바다 위에서 이루어졌다. 잡은 조기를 흥정하고 팔고, 이동하는 동안 바다 위에는 수천 석의 배들로 이루어진 거대한 시장이 섰다. 파시였다. 파시에는 사람들이 넘쳐났고, 돈이 넘쳐났고, 객줏집이 넘쳐났고 여자와 술이 있었다. 조기 떼의 울음소리가 계속되는 한 어촌 촌구석의 불은 화려하게 타올랐다. 바다와 면

한 연평도를 중심으로 한 조기 파시가 이루어지면 이곳도 마찬가지였다. 고된 노동이 홍 속에 묻혔다. 며칠 뒤면 기철도 곧 배에 오를 것이다. 그러면 한동안 녀석의 주머니는 두둑할 것이고, 그 주머니를 따라 여자들이 붙을 것이다.

사실 기담은 언제가 조기 철인지 잘 몰랐다. 다만 언젠가 부두에서 조기를 싣고 나오는 리어카에 벚꽃잎이 떨어져 있는 것을 보았다. 그래서 기담은 벚꽃이 지기 시작할 때면 조기 철인 줄 알 뿐이었다.

포구는 온통 조기를 팔고 사고 나르느라 난리였다. 마을 사람들이 지전을 만져볼 수 있는 이때를 놓치지 않으려고 너도나도 일에 매달렸다. 그렇게 매달려도 될 만큼 조기가 넘쳐났다. 크기에 따라 값어치가 차이가 났다. 상품 가치가 떨어지는 조기들이 집마다 채반에 받쳐 말라갔다. 밥상에 조기를 올릴 수 있는 유일한 때이기도 했다. 그때는 제물포 전체가 들썩였다.

물이 차고 배가 들어오면 부두는 늘 수십 척의 크고 작은 배들이 깃발을 펄럭이며 몰려들었다. 배에서는 철따라 새우, 꽃게, 전어, 우럭, 갈치, 가오리 등이 그득했다. 사람 키만큼 큰 민어가 배마다 넘쳐날 때도 있었다. 뱃전에 늘어선 젓갈 파는 가게들. 팔딱 뛰는 생선과 그 속을 파고드는 사람들의 온갖 고함, 지게꾼들의 바쁜 걸음만큼 길을 비키라고 외치던 소리, 질펀한 웃음이 있었다. 술집마다 생선으로 끓인 탕이 있었고, 술이 넘쳐났다.

배가 들어올 때 활기차던 몇 시간만 지나면 물 빠지는 시간에 맞춰 부두는 조용해졌다. 그다음은 갯벌의 시간이었다. 낙지를 잡거나 바지락을 캐고 굴을 따는 동네 아낙들의 바쁜 손놀림만이 있었다. 바다에서 먹고사는 사람들은 물이 들어오고 나가는 것으로 시간을 가늠했다.

기철이 기담의 소매를 잡아끌어 줄줄이 늘어선 매운탕집으로 들어섰다.

"홍란이는 공장 잘 다니지?"

술이 몇 잔 들어가고 탕이 식어 비린내가 날 무렵 기철이 물었다. 기철이 술까지 사주며 기담에게서 듣고 싶었던 말은 홍란의 소식인지도 몰랐다. 기철은 무심한 듯 물었지만 오래전부터 기철이 기담의 여동생 홍란을 마음에 두고 있다는 것을 잘 알고 있었다. 옛날 같으면 어림없는 일이었다. 하지만 반상의 경계가 없어진 지 오래였다. 더구나 기담처럼 다 망한 집에서 겨우 밥을 먹고사는 처지의 양반은 더 이상 아무도 양반으로 취급하지 않았다. 기담도 일찌감치 양반의 대우를 포기했다. 아버지의 뒷짐진 인생으로 집안은 충분히 고통받았다.

아버지는 홍란이 성냥공장에 취직해서 탄 첫 월급 중 얼마로 술을 마시고 돌아오는 길에 둑길에서 발을 헛디뎌 떨어진 뒤 그대로 절명했다. 염천에 마신 낮술이었다. 혼자 마신 술이라고 했다. 대뜸 술집에 들어와서는 안주도 없이 탁주를 들이켰다고 했다. 아버지가 낮에 술에 취해 들어오는 날은 거의 없었다. 딸이 성냥갑에 풀칠해서 번 돈이라는 자괴감 때문이었을까. 아니면 더 이상 양반이 아님을, 딸이 벌어다 준 돈으로 연명해야 하는 자신의 처지가 한탄스러워서 그랬을까. 어이없는 죽음이었다.

기담은 경황이 없는 중에 아버지 장례를 치렀다. 문상객은 많지 않았다. 중복과 말복 사이였고, 이틀째부터 병풍 뒤의 시신에서는 썩는 냄새가 났다. 아침에 만든 음식들이 저녁 무렵이면 쉰내를 풍겼다. 문상객들은 서둘러 절을 했고, 술 몇 잔으로 죽음을 위로하고 황황히 사라졌다. 밤새 놀음을 하는 치들도 없었다. 기철만이 내내 이리저리 뛰어다니며 일을 도왔다. 누구보다 크게 울어준 이도 기철이었다. 기철은 정이 많았고 사람을 좋아했다. 제 부모나 식구들에게도 잘했다.

삼우제를 지내고 돌아와 기담은 깊은 잠을 잤다. 극성스런 매미 울음이 잦아들고 해가 넘어간 지 꽤 되어서야 일어났다. 물에 만 밥을 신김치와 먹고, 아직도 향내와 시취가 남아 있는 안방을 방문 앞에 서서 바라보았다. 무언가 옥

죄였던 것에서 해방된 기분이었다. 홀가분하다는 생각마저 들었다.

치근대는 것을 은근슬쩍 즐기기만 할 뿐 이렇다 할 내색을 하지 않는 홍란 때문에 기철은 은근히 애가 타는 눈치였다. 기담이 보기에도 홍란은 풍만한 가슴이며 잘록한 허리, 눈초리가 새초롬하게 올라간 게 남자 몇은 족히 홀릴 계집처럼 보였다. 기담은 기철의 물음에 그렇지 뭐, 하고 얼버무렸다.

기철은 사람은 좋았지만 뜨내기처럼 살았다. 조기 철에는 배를 탔고, 미두취인소(米豆取引所)를 어슬렁거리며 사람들을 꼬드기기도 했다. 건달이긴 했지만 어쩐 일인지 기철은 기담을 잘 따랐고, 기담 역시 기철이 좋았다. 기철이 매제가 된다고 해도 나쁠 것이 없다는 생각이었다. 갯가의 삶이 다 그랬다. 부두에 정박했다 떠나는 배처럼 모두 뜨내기나 마찬가지였다.

일본으로 미곡 실은 배가 오가는 것을 간파하고 부두에서 떠도는 소문 중에서 신빙성 있는 정보를 모아서는, 미두꾼이 미곡을 사고파는 일에 끼어들어 얼마 정도의 개평을 받는 식이었다. 하지만 추수도 하지 않은 쌀을 놓고 풍년이 될 것인지 아닌지, 점을 치는 미두 일은 결코 만만한 것이 아니었다. 기철은 수중에 돈만 좀 있으면 미두에 뛰어들어

당장 큰돈을 벌 수 있을 것처럼 큰소리를 쳤다. 그러나 아무도 그의 말에 큰돈을 내놓는 이는 없었다. 기철은 떠돌기를 좋아하고 진득하게 일을 못하고 건들대기는 하지만 머리는 빨리 돌아갔다. 얼마간의 돈도 모아놓은 듯했다. 기담은 술잔을 들이켜는 기철을 바라보았다. 어쩌면 홍란에게는 기철이 제 짝일지도 모른다는 생각이 들었다.

기담은 취기가 들어 기철과 헤어져 집으로 향했다. 무언가 기담의 콧등으로 내려앉았다. 벚꽃이었다. 일인들은 벚꽃을 좋아한다지. 한꺼번에 피었다가는 단숨에 절정을 맞고 지고 마는 꽃. 사무라이의 꽃이라고 했던가. 기담은 혼자 중얼거리다 꽃잎을 씹었다. 옅은 꽃향에 단맛도 조금 배어났다. 기담은 문득 울적해지는 심사를 가누기가 힘들었다. 담벼락에 이마를 댔다. 낮에 극장에서 보았던 여자를 떠올렸다. 푸르도록 흰 눈자위며 그래서 더 빛나는 검은 눈동자는 좀처럼 잊힐 것 같지 않았다. 술을 마시고 싶었던 것도 어쩌면 그 여자 생각을 지그시 누르기 위해서였는지도 모른다는 생각이 들었다. 유리 같은 여자. 기담은 유리에 가슴을 베인 듯했다. 어쩌면 오래도록 아물지 않을 것 같았다.

3

　기담은 지금도 생각한다. 말에 붙들려 살던 청춘의 빛나던 시기, 광휘에 휘둘린 듯 혀를 놀리던 시기를. 배우의 입모양과 움직임에 따라 말의 리듬을, 장단과 고저를, 음색을. 무엇보다 말로 사람들을 웃고 울게 하던 그 시기의 자신을. 자신이 늙는 것에 반비례하며 놀랄 만큼 변모하는 영화 앞에서 기담은 주저앉을 수밖에 없었다. 텔레비전을 켤 때마다 쏟아져 나오는 수많은 말에 더럭 뒤로 물러나 앉게 되는 강박을 평생 어쩌지 못했다.

　기담은 세상의 여러 군상들의 모습을, 세상의 모든 사연을 쥐락펴락하는 변사가 되고 싶었다. 속까지 다 털어버릴 만큼 시원하게 눈물을 짤 수 있는, 감정의 극과 극을 오가게 하고 사랑하는 사람에게는 더 깊게, 걱정 근심에 쌓인 사람에게는 시름을 덜고, 고된 노동에서 벗어나 한번쯤 크게 웃을 수 있는 일을 그 누구도 아닌 기담 자신이 하고 싶었다. 게다가 수많은 눈과 귀가 그를 향해 열리고, 한 번이라도 그 소리를 더 듣고 싶어, 그의 얼굴을 더 보고 싶어 열망하는 사람들에게 둘러싸이는 인생을 살고 싶었다. 세 치 혀를 가지고, 말의 힘을 빌려 생을 바꿔보고 싶었다.

어떻게 하면 변사가 될 수 있는지 알 길이 없었다. 기담은 마지막 상영이 끝난 뒤 인력거를 타고 가는 김익호 앞을 무조건 가로막은 적이 있었다. 김익호를 만나지 않고는 달리 방법을 찾을 수 없을 것 같았다. 기담은 인력거 앞에 무릎을 꿇었다. 얼떨결에 꿇은 무릎이었다. 그로서는 난생처음 꿇는 무릎이었다. 그만큼 절박했다. 김익호는 물고 있던 궐련을 빼내어 연기를 길게 뿜고 나서 몸을 앞으로 내밀고는, 가늘게 눈을 뜨고 기담을 바라보았다. 기담은 김익호와 눈이 마주치는 순간 자기도 모르게 몸을 더 낮췄다.

"변사가 되고 싶습니다! 저를 가르쳐주십시오."

김익호는 귀찮다는 듯 입을 쩍 다시더니 다시 궐련을 물었다. 인력거꾼을 향해 어서 가자는 손짓을 했다. 인력거꾼이 기담을 피해 바퀴를 몰았다. 기담 옆을 지날 때 김익호는 크억, 하고는 가래를 끌어올려 뱉었다. 기담은 기껏 연습해 간 「해(海)의 비곡(悲曲)」을 한 토막도 꺼내보지 못했다. 자신을 밀치듯 지나가는 인력거의 뒤꽁무니만 뚫어질 듯 쏘아보았다.

기담은 틈틈이 신문에 난 영화 소설을 읽으며 리듬을 넣었다. 기담의 모친 계순은 그런 아들을 보고 뭐라고 큰소리치지도 못했다. 다른 집 아들은 부두의 짐이라도 날라 돈을 벌었다. 일거리는 많았다. 홍란을 따라 성냥공장에 취직을 해도 되고, 제분공장에 들어가도 될 터였다. 전국 각지에서 일거리를 찾아 제물포로 몰려들었다. 손을 놓고 있는 기담을 당장 닦달하고 싶었지만 계순은 한숨을 내쉬는 것으로 대신할 수밖에 없었다. 이젠 보리밥도 먹기 어려웠다. 하나둘 팔던 패물이며 옷가지는 옛날에 거덜났다. 그렇게 가진 것을 파는 동안 계순의 체면도 남김없이 버려졌다.

"밥 먹어라."

계순이 밥상을 들이며 말했지만 기담은 꿈쩍도 안 했다.

"으이구, 귓구멍에 마늘쪽이라도 박았나. 말을 하면 기척이라도 해야지, 원."

계순은 혼잣말로 투덜거리며 입술을 삐쭉거렸다. 계순이 다시 한 번 밥을 먹으라고 독촉했을 때에야 기담은 마지못해 일어나 밥상 앞에 앉았다.

"국이 왜 이래요?"

기담이 첫 수저를 뜨자마자 밥상머리 투정을 했다. 계순의 손맛은 형편없었다. 남들과 똑같이 재료를 넣고 끓이는데도 맛이 달랐다. 하물며 별 재료 없이 하는 호박전도 계순이 부쳐놓으면 맛이 없었다. 쑥국을 끓였는데도 향은커녕 무슨 맛인지조차 종잡을 수 없었다. 늘 겪는 일인데도 번번이 먹고사는 것 자체가 곤욕이라는 생각이 들 때가 있었다.

"입맛 까다롭기가 옹생원 똥구멍이라지."

계순이 지지 않고 투덜거렸다.

김치를 입에 넣다 말고 기담은 계순을 뚫어지게 바라보았다.

"지금 뭐라 하셨소. 다시 한 번 한마디도 빼놓지 말고 그대로 말해보쇼."

계순은 기담이 왜 정색을 하는지 알 수 없었다.

"아, 나는 아무 말도 안 했다. 그저, 얼른 밥이나 먹어라. 내 숭늉 내올 테니."

계순은 얼른 자리를 피해 일어났다.

"아, 앉아봐요. 조금 전에 한 말 좀 다시 해보라고요. 뭐가 똥구멍이요?"

기담이 꼭 화가 난 것만 같지도 않았다. 그래도 계순은 얼버무렸다.

"아니 그게, 내가 뭐라 그랬다고 그러냐. 별말 안 했다."

아무 생각 없이 내뱉었던 말이라 계순은 자신이 뭐라고 했는지도 기억나지 않았다.

"됐소. 이 상이나 내가요."

계순은 애써 차린 밥을 물리라는 기담을 향해 한소리 하고 싶었지만 속으로 종주먹을 날리는 데 그칠 수밖에 없었다.

기담은 상을 내가는 제 어미의 뒷모습을 바라보았다. 계순은 늘 밉지 않게 말을 했는데 곱거나 격이 있는 말을 한다기보다 재미있게 하는 편이었다. 계순은 후처로 있다가 기담과 홍란을 낳은 뒤 안주인이 되었다. 계순은 반반한 얼굴로 얘기를 맛깔나게 잘하는 재주밖에 없었지만 그녀를 미워하는 사람은 없었다. 똑같은 얘기인데 계순이 말할 때 사람들은 그래그래, 그렇지, 그래서, 아이고야 하는 추임을 넣어가며 얘기에 빠져들었다. 기담이 변사의 연행이 끌리는 이유도 알고 보면 그런 계순의 피를 이어받은 듯했다.

다시 신문을 펼쳤다. 기담은 신문에 나온 영화 소설을 연행하기 좋게 바꿔가며 변사 흉내를 내려다 말고 저도 모르게 무릎을 쳤다. 그렇군! 계순의 얘기가 맛깔스러운 것은 적절한 비유 때문이었다. 대가리를 삶으면 귀는 저절로 다 익게 되어 있다거나, 냉수 먹고 이 쑤시는 꼴이라거나,

그래 봤자 개구리 낯짝에 물 붓기밖에 더 되느냐라든지, 강물도 쓰면 준다는데 우리 집이 무슨 부자라고 맨날 돈타령이냐느니. 차라리 두부 먹다 이 빠졌다고 하는 게 낫겠다 식이었다. 계순이 그런 말을 어디서 주워들은 것인지 알 수 없었다. 계순의 입에서는 그런 비유들이 무궁무진하게 쏟아졌다. 말의 재미를 태생적으로 아는 어미였다. 기담은 제 어미가 다시 보였다.

그것이었다. 상황에 따라 말의 높낮이, 빠르기, 여성 음색, 감정을 넣는 일 말고도 영화 연행을 할 때 제 어미처럼 적절한 비유들을 넣는다면 관객들은 훨씬 더 재미있어할 터였다. 기담은 꼭 변사가 되리라 마음먹었다. 그러자면 역시 김익호를 붙드는 수밖에 없었다. 기담은 김익호 앞에서 무릎을 꿇던 일을 떠올렸다. 수치스러웠다. 그러나 기담은 다시 김익호를 태운 인력거를 가로막고 무릎을 꿇었다.

"저를 선생님 제자로 삼아주십시오. 변사가 될 수 있도록 가르쳐주십시오."

"그때 그자가 아닌가. 건방진 놈 같으니라고. 가당치도 않은 놈이 어느 자리라고 여길 넘보는가? 상종할 가치도 없네. 가세."

김익호는 기담을 상대조차 해주지 않았다. 기담은 벌떡 일어나 다시 인력거를 가로막았다.

"내일, 모레, 글피, 그글피, 선생님이 저를 봐주실 때까지 저는 매일매일 선생님을 만나러 올 것입니다. 잘할 수 있습니다. 변사만 되게 해주신다면, 변사가 될 수만 있다면 무엇이든지 다 하겠습니다."

김익호가 찬찬히 기담을 훑어보았다.

"무엇이든 다 할 수 있다고?"

김익호는 가소롭다는 듯이 실소를 날렸다.

"핥아."

"네에?"

"내 발을 핥아보란 말이야. 개처럼 혀를 쭉 내밀고 말이야. 방금 뭐든지 할 수 있다고 하지 않았나?"

기담은 찬찬히 고개를 들었다. 몰래 숨어들어 영화를 보고, 기철과 어울려 다니긴 했어도, 김익호 앞에 어쩔 수 없이 무릎을 꿇긴 했지만 기담이 자라면서 받은 교육이 있었고, 몸에 밴 어쩔 수 없는 자존심이 있었다. 김익호는 어쩔 셈이냐는 듯 기담을 빤히 바라보았다. 기담은 떨리는 손을 불끈 쥐었다. 당장에라도 김익호의 면상을 후려치고 싶었다. 그러나 기담은 이를 악물었다. 인력거로 다가갔다. 떨리는 두 손으로 검은 구두를 벗겼다. 내내 구두 속에 갇혀 있던 발이 아우성이라도 치듯 냄새를 풍겨왔다. 기담은 숨을 멈췄다. 손끝이 바르르 떨렸다. 떨리는 손을 들키지 않으려고 얼른 양말을 마저 벗겼다. 치밀어 오르는 분노를 참느라 눈알이 터져버릴 것 같았다. 기담은 고개를 들지 않았다. 왼발 등에 혀를 가져다 대고 핥기 시작했다. 김익호가 발가락을 움직였다. 기담은 구토가 밀려 나오려는 걸 억지로 눌렀다. 엄지발가락을 입에 넣었다. 다시 검지, 중지, 그리고 마지막으로 발바닥에 혀를 갖다 대고 두어 번 핥았을 때에야 발을 뺐다. 김익호는 기담을 뚫어져라 바라보았다.

"무서운 놈이로구나."

기담은 당장에라도 면상에 침을 뱉고 싶었지만 꿀꺽 삼켰다.

"해보아."

"네에?"

"해보라고. 네 연행 솜씨가 얼마나 되는지는 들어봐야지 않겠어? 내 한 번은 들어주지."

기담은 벌떡 일어났다. 떨리는 마음을 가누기 위해 다시 침을 모아 삼켰다. 조금 전 그 참을 수 없던 악취를 더는 느낄 수 없었다. 기담은 천천히 떨리는 입술을 열었다.

"우리에게 내린 운명은 왜 이다지도 가혹하단 말인가요? 세상의 많고 많은 사람 중에 오로지 단 한 사람 당신을 사랑했는데, 이 무슨 얄궂은 운명이란 말인가요. 저 파도 소리조차 우릴 조롱하고 있군요. 자, 이제 우리가 운명을 배반할 차례예요. 저 바다의 파도를 우리 몸으로 잠재워요. 전 당신과 함께라면 당장이라도 뛰어내릴 수 있어요."

기담은 「해의 비곡」 중에서 제주 처녀인 순이가 철이와 함께 바다로 뛰어들기 전 마지막으로 한 말을 읊었다.

김익호의 얼굴에 가느다란 경련이 일었다. 김익호는 동네 건달쯤으로 생각했던 자가 남자 대사도 아니고 여자 대사를 치는 걸 보고 적이 놀랐다. 여자 목소리를 남자가 흉내 내는 데는 한계가 있었다. 그런데 그의 발을 핥던 자의 목소리에는 맑은 여자 음역이 들어 있었다. 게다가 죽기 직전의 애절하고 한스러운 여자의 심정이 목소리로 고스란히 전달되어 가슴이 서늘해지기까지 했다.

"좋은 소리를 가진 놈이로군. 정이 변사가 되고 싶다면 먼저 변사 시험에 합격해야 할 것이다. 합격하고 나면 다시 나를 찾아오너라. 이름이 뭐라고 했지?"

"기담입니다. 윤기담. 저어, 그런데 변사 시험이라니요? 그런 것도 있습니까? 그게 언제 어떻게 보는 것이옵니까?"

"며칠 뒤에 경기도 경찰부 보안과에서 있을 것이다. 남은 시간 낭비 말고 정진해보아. 혹시 모르지, 네 재주를 가상히 여길 뉘 있을지."

김익호는 귀찮다는 듯 인력거꾼을 재촉했다. 기담은 인력거가 사라질 때까지 고개를 숙였다. 인력거가 큰길로 나서고 골목으로 사라진 것을 본 뒤에야 기담은 몇 번이고 침을 끌어모아 뱉은 다음, 응봉산 공원으로 내달렸다. 가슴이 터질 것만 같았다. 기필코 변사가 되리라. 오늘의 치욕을 반드시 갚아주리라. 그러자면 그전에 먼저 변사 시험에 통과하여야 한다. 김익호의 비위를 거슬러서도 안 될 것이다.

기담은 한동안 숲에 누워 숨을 가다듬었다. 다시 김익호 앞에 고개 숙이는 일은 없을 것이다. 기담은 김익호의 발을 핥던 자신의 모습이 떠올라 괴로웠다. 공원의 벚나무 기둥을 주먹으로 내갈겼다. 마지막까지 매달렸던 벚꽃이 화르르 날렸다. 기담은 몇 번이고 주먹을 날리고 머리를 짓찧었다. 주먹 여기저기가 긁히고 옹이가 이마를 찔렀다. 상관하지 않았다. 아픈 줄도 몰랐다. 지칠 때까지, 분이 풀릴 때까지, 마음이 진정될 때까지 기담은 멈추지 않았다. 짓찧은 이마에서 피가 나와 눈두덩이로 흘러내릴 때에야 기담은 멈췄다. 누군가 그런 기담에게 시비를 붙였다면 그 주먹은 나무가 아니라 그이의 얼굴을 향했을 것이다. 기담은 제풀에 지쳐 풀밭에 드러누워 있다가 멀리 바다를 바라보다가 그렇게 하염없이 시간을 보냈다. 나뭇잎들이 쏴쏴쏴 흔들리는 소리, 미풍을 타고 오는 따뜻한 기운, 돋기 시작하는 여린 풀 냄새가 비로소 느껴졌다.

기담은 터덜터덜 산을 내려가다가 인천각 앞에서 걸음

을 멈추었다. 이를 꽉 물고 있었던지 잇몸이 아팠다. 기담은 혀끝으로 잇몸과 이를 찬찬히 하나하나 문지르며 4층 높이의 인천각을 아래에서부터 위로, 다시 옆으로 찬찬히 훑어보았다. 보는 것만으로 호사였다. 이 이국적 풍모를 뭐라고 할까. 흰 벽, 빛을 받아 빛나는 붉은 기와, 바다를 향해 열리는 창. 고귀한 향취가 절로 느껴졌다. 단지 먹고 자는 공간으로서의 집과는 차원이 달랐다. 밤마다 빈대가 튀어나와 물어대고 겨울이면 이불을 뒤집어써도 코끝이 시린, 아침이면 냉골이 되어 있는 집이 아닌 것이다. 기담은 돈을 벌면 제일 먼저 번듯한 집으로 이사를 하리라 마음먹었다. 마당이 있고 그 마당에 집과 조화롭게 어울리는 꽃과 나무가 있는 곳에서 살리라. 바삐 지나가던 사람들조차 걸음을 멈춰 서서 담 안쪽을 들여다보고 꽃향기를 맡거나 풍경에 취할 수 있는 그런 집. 기담에게 인천각은 크고 높고 화려한 전당이자 선계(仙界)였다. 인천각의 창들이 바다를 바라보는 눈처럼 생각되었다. 창문이 되어 바다를 바라보았다. 마음이 가라앉았다. 저 멀리 월미도, 작약도, 영종도 등 크고 작은 섬들이 고즈넉이 자리 잡고 있는 게 보였다.

기담은 응봉산 서쪽으로 내려왔다. 일본인들이 사는 본정통을 가로지를 셈이었다. 본정통에서도 바다의 짠바람과 비린내가 맡아졌지만 한국인촌과는 또 달랐다. 여자들은 정갈했고, 종종걸음으로 걸었다. 나막신의 높은 굽 위에 서도 그녀들은 결코 허둥대지 않았다. 기모노라는 일본 비단옷은 화려하고 기품이 있었다. 그러면서도 색정을 노골적으로 드러냈다. 뒷목부터 어깻죽지가 다 보이도록 한껏 젖혀 입는 기모노는 가슴골을 드러내는 것 이상으로 색스러웠다. 게다가 잘록한 허리며 탱탱한 엉덩이가 드러나도록 꼭 맞게 입은 옷에다 게다짝을 신고 종종 치며 걸을 때는 눈이 저절로 그리 향했다. 허리의 띠만 풀면 바로 벗겨진다는 옷이었다. 정식 기모노 입는 법에는 속옷을 입지 않는다고 했다. 등에 대고 다니는 네모난 옷감이 정사를 치를 때 쓰는 베개라고도 했다. 일인 여자들에 비하면 남자들의 옷이란 허술하기 짝이 없었다. 양옆으로 길게 터진 훈도시라는 옷을 입은 남자들은 볼썽사나웠다. 종종 속옷이 보이는 경우도 있었다. 한번은 저녁 무렵 본정통 거리의 뒷골목에서 여자를 벽에 밀어붙이고 그 터진 가랑이 사이에서 무언가를 꺼내 뒤로 그 짓을 하느라 헐떡이는 모습을 본 적이 있었다. 저녁이고 골목이라 더 어둡기는 했지만 그래도 개밥바라기별이 겨우 뜰 정도의 시각밖에는 안 되었을 때였다. 기담은 개들이 흘레붙는 것을 볼 때처럼 뜨거운 물이라도 끼얹어주고 싶었다. 주위에 널린 돌멩이를 그들에게 냅다 던지고는 재빠르게 도망쳐버렸다.

제물포는 어딜 가나 일본인들 천지였다. 은행이나 미두 사업소 등 중요 요직은 모두 일본인이 차지하고 있었다. 대개의 일본인은 친절한 척하면서도 은근히 한국인을 무시했다. 일본 순사들은 한국인의 생활을 간섭하려 들었다. 영화만 해도 그랬다. 검열관이 자리를 지키고 앉아 변사가 혹시라도 선동적이거나 일본을 비하하는 말을 하기라도 하면 대번에 제재가 들어왔다. 이 땅이 일본 땅인지 한국 땅인지 모를 정도였다.

기담은 경성으로 올라가 며칠 동안 극장을 둘러볼 심산이었다. 변사들이 어떻게 영화를 해설하고 대화를 만드는지 보는 것도 좋은 공부가 될 듯했다. 기담은 경성으로 올라가기 전에 벽장 안쪽에 쌓아둔 해묵은 책을 들춰 나달해진 십 전을 꺼냈다. 기담이 부적처럼 여기는 돈이었다. 십 전을 기담의 손에 쥐여주고 돼지만큼 커다란 흰 개를 끌고 산보하듯 이 동네 골목길을 빠져나가던 서양 신사를 잊을 수가 없었다. 그 신사는 늘 같은 시간에 산보를 했다. 더럽고 냄새나는 골목길이 그는 마음에 드는 모양이었다. 청관길이나 일본인촌을 걷는 경우는 거의 없다고들 했다. 어렸을 적 기담 또래 아이들은 그를 코쟁이라 불렀다. 그는 아이들을 무시하지 않았다. 큰 키를 낮춰 쭈그려 앉아 아이들과 눈을 맞췄다. 냄새나고 버짐 핀 아이들 머리를 아무렇지 않게 쓰다듬어주기도 했다. 게다가 그는 일부러 얼마쯤의 돈을 가지고 다니면서 아이들 손에 십 전씩 쥐여주는 경우도 있었다.

코쟁이가 기담의 손에도 십 전을 쥐여주었다. 서양인의 손은 동네 어른들의 손보다 배는 큰 것 같았다. 누렇고 가는 털들이 손등을 덮다시피 했다. 그는 기담의 머리를 쓰다듬어주고는 개를 끌고 지나갔다. 기담은 그때 그 손길, 자신의 손에 쥐여주던 십 전, 그리고 그 부드러운 눈빛에 어리던 슬픈 빛이 왠지 오래도록 잊히지 않았다. 기담은 그날 까닭 없이 눈물을 흘렸다.

"저 양인은 데리고 다니는 개를 매일 목욕시킨다지?"

그 소리를 들었을 때, 기담은 그 양인의 개라도 되어 그를 위로해주고 싶었다. 기담은 그 양인이 준 십 전을 차마 쓸 수가 없었다. 십 전은 십 전이 아니었다. 기담에게는 은총이자 굴욕이었다. 그 양인에게는 슬픈 표상일 것만 같았다. 기담은 십 전을 책갈피에다 넣어놓고 가끔 꺼내보았다.

기담은 기철에게 돈을 빌린 뒤 전차를 타고 경성으로 올라갔다. 경성도 처음이었고, 전차를 타는 것도 처음이었다. 바퀴가 움직이고 풍경들이 천천히 지나가는 것을 바라보았다. 처음 본 풍경들이었다. 전차 안을, 밖의 풍경들을 놓치지 않고 보았다. 뭔가 가슴이 설레는 것 같기도 했고, 두려운 것 같기도 했다.

용산역에 내리면서부터 기담은 어깨가 움츠러들었다. 인천역에 내리는 행락객들을 바라보던 기담처럼 누군가 기담을 쳐다볼 것 같았다. 그러나 지금은 그런 것을 따질 때가 아니었다. 닷새 동안 경성 바닥을 훑으며 영화를 보고 변사의 말에 귀를 기울였다. 경성의 변사들은 김익호와는 또 달랐다. 그들은 훨씬 전문가다웠다. 또 대본이 있기는 했지만 변사마다 그 대본이 조금씩 달랐다. 아마도 변사에 따라 연행하기 좋게 고치는 모양이었다.

단성사의 서용호 변사는 특히 유별났다. 그는 무대에 등장할 때부터 관객들이 배를 움켜쥐게 했다. 그가 무대로 걸어 나올 때마다 엉덩이에서는 뽕, 뽕, 뽕 방귀 소리가 새어 나왔다. 관객들은 그가 걸음을 뗄 때마다 자지러지기 시작했다. 뽕뽕뽕 소리를 따라 하는 사람들도 있었다. 필름을 가느라 막간이 생겼을 때도 서용호 변사는 뽕뽕뽕 소리를 내며 무대 중앙으로 나섰다.

"우리 옆집에 말이외다. 할아버지와 할머니 두 분이 살고 계셨는데 아, 이분들이 매일마다 싸우는데 싸우는 족족 할머니가 이긴다 이 말이지요. 오죽하면 할아버지 소원이 죽기 전에 할머니를 한번 이겨보는 것이겠습니까. 그래, 할

아버지가 궁리 끝에 묘수를 냈어요. 내용인즉슨, 오줌 멀리 싸기였습니다. 할머니도 흔쾌히 동의하고 결국 할아버지 와 할머니는 오줌 멀리 싸기 시합을 하기에 이르렀던 것입 니다. 누가 이겼을까요? 아, 네에, 눈치 빠른 어떤 분이 할 머니라고 소리치네요. 아니, 당연히 오줌 멀리 싸기라면 남 자인 할아버지가 이겨야 하는데 할머니가 이기다니요? 어 찌된 일일까요? 누구 아는 사람 없어요? 에이, 이거 섭섭 합네다. 시합 전 할머니가 내건 단 한마디 조건 때문이랍니 다. 영감! 손대기 없시유.”

여기저기서 웃음소리가 터지고 박수가 나온다.

“조금 전 것은 맛보기였고 진짜는 지금이올시다. 아주 쬐끔 민망할 수도 있으니 그런 거 못 듣겠는 분은 미리 귀 를 꼭 막아주십시오. 괜히 새겨듣고 나중에 저 서용호를 파 렴치한이라고 욕하면 안 됩니다, 아시겠죠. 그럼 시작하겠 습니다. 물건이 시원찮다고 아내에게 늘 구박받던 나무꾼 이 어느 날 나무를 하다 땅벌에게 하필 그곳을 쏘였지 뭡 니까. 아, 여기까지 얘기했는데 한 분도 귀를 안 막으시네. 응큼들 하시긴. 그날 밤, 잠자리에 뿅 간 아내가 도대체 어 떻게 된 거냐고 물었겠지요. 나무꾼은 사실대로 말하기 창 피해서 마당 앞 바위 밑에 조그만 구멍에서 뭐가 나오더니 만 이렇게 됐다고 얼버무렸습니다. 다음날 아침에 일어나

보니 아내가 없어졌더랍니다. 이리저리 찾아보니 마당 앞 바위 밑에 정화수를 떠놓고 치성을 드리고 있지 뭡니까. 나무꾼이 조용히 다가가 들어보니 이러더랍니다. 신령님, 신령님 고맙습니다. 우리 신랑 물건의 굵기랑 시간은 됐고요, 저어, 그런데, 길이도 좀 어떻게 안 될까요? 여기까지입니다. 필름 다 갈아 끼운 모양이니 다시 영화를 보겠습니다."

남자 쪽 자리에서는 노골적으로 키득대는 웃음소리가 났고, 여자들 쪽에서도 웃으며 소곤대는 소리가 났다. 관객들은 이미 익숙한 듯했다.

"내, 이 맛에 서 변사가 있을 때만 찾아온다니까."

기담 옆에 있는 치가 신이 나서 박수를 치며 말했다. 서용호는 영화를 연행하는 중간중간에도 장단을 맞추듯 방귀를 한번씩 뀌어 분위기를 맞췄는데 그가 하는 얘기들도 그 수준에 맞게 은근히 자극적이기도 하고 노골적이기도 했다. 그의 인기는 경성에서 영화를 좋아하는 사람이라면 모르는 사람이 없을 정도로 높다고 했다. 그는 '방귀쟁이 서용호'나 '뿡뿡이 서용호'로 불리기도 했는데 일부러 그가 공연하는 날을 골라 영화를 보러 가는 사람들도 많았다. 나중에는 그가 바지 속 가랑이 사이에 자전거 클락숀용으로 쓰이던, 고무로 된 공기 빵빵이를 끼고 엉덩이를 씰룩거려 방귀 소리를 낸다는 걸 다 알았지만 누구도 개의치 않았다.

무언가 그 변사만이 가질 수 있는 장기가 있어야 살아남고 인기를 얻을 수 있을 것이다. 단순히 김익호를 따라 흉내 내거나, 신문에 실린 영화 소설이나 연습해서는 최고의 변사가 될 수 없다고 기담은 생각했다. 기담은 전차를 타고 오는 내내 변사로서의 특별한 무언가가 없을까 골몰했지만 별다른 수가 금방 솟아나는 것도 아니었다. 목소리로 여자든, 노인이든 가리지 않고 흉내 낼 수 있다는 장기 말고 또 다른 무언가가 필요했다. 일단은 어미 계순의 말이나 자세히 들어두고 적어서 써먹는 수밖에 없다는 생각이 들었다.

기담은 6월 27일, 아무에게도 알리지 않고 새벽 일찍 집을 나섰다. 경기도 경찰부를 찾아가는 일이 쉽지 않아 겨우 시간에 맞춰 도착할 수 있었다. 접수하고 보니 앞마당에 서성이던 많은 사람이 모두 변사 시험을 보기 위해 온 사람이라는 것을 알았다. 일본인들도 많았고, 여자도 눈에 띄었다. 시험은 2층 별실에서 시행되었다. 호명하는 차례대로 줄을 서서 대기하다가 자신의 차례가 되면 검은 장막 안으로 들어가 시험을 보는 것이었다. 변사 시험이라고는 했지만 일본 경찰부 보안과에서 변사가 되려는 이가 풍속을 헤칠 만한 사람이 아닌지, 영화에 대한 기본 소양은 있는지 정도를 형식적으로 묻는다고 했다.

이름이 호명되었을 때 기담은 두 주먹을 쥐었다 편 뒤

안으로 들어갔다. 앞에 앉아 있는 심사관은 세 명이었다. 생김새를 꼼꼼히 뜯어보고, 어디에 사는지, 한자는 좀 아는지, 영화에 대해 몇 가지 물어보는 정도였다. 기담이 일어서려는데 왼쪽에 앉아 있던 이가 영화 대본을 주었다. 극영화 「젊은이의 노래」였다. 기담은 본 적이 없는 영화였다. 변사 시험이라고는 했지만 품행에 관한 형식적인 질문이 될 줄 알았는데 뜻밖이었다. 어떻게 해야 할 것인가. 눈으로 빠르게 대본을 읽어나갔다. 사랑하는 마음을 나누는 남녀의 마음을, 이 밤이 자신들을 위해 창조되었다고 생각하는, 끝없이 노래를 부르고 싶다는 마음들을 생각했다. 그 짧은 순간을 비집고 언젠가 해월관 앞을 지나며 들었던 해금 소리가 떠올랐다. 적당히 취해 집으로 가던 길, 대문에 걸린 등과 그 주변을 밝히던 불빛, 그 사이를 스며들 듯 들려오던 해금 소리. 기담은 잠시 벽에 이마를 기대고 그 소리를 들었다. 그때의 마음이 어떤 마음이었는지 모르는데, 오랫동안 잊히지 않았다. 심사관이 대본을 읽어보라고 턱짓을 했다.

　적요의 그림자는 우주를 고이 덮고, 은색의 달빛은 물 위에 조용한데, 벌레들의 합창은 풀숲에 스며나고, 미풍에 한들거리는 나뭇잎들은 신비의 시를 고요히 읊조린다. 밤이다! 달빛과 노래와 신비와 정서에 고이 덮인 감상의 이 밤은 꿈속같이 몽롱한 청춘의 밤이었다. 금잔디에 맺힌 이슬은 걸음마다 흩어지고, 젊은이의 부르는 노랫소리에 깊은 밤은 고요히 떨고 있다.

영애 씨! 밝은 저 달과 아름다운 이 밤은 모두 우리를 위해 창조된 것 같습니다. 영애 씨도 그렇게 생각을 하십니까?

그럼요. 그래서 저는 밝은 저 달과 아름다운 이 밤이 다 샐 때까지 당신이 지으신 노래를 끝없이 부르고 싶어요.

"그만, 됐네."

심사관 중 한 사람이 말했다. 어떻게 연행을 했는지 알 수 없었다. 글자들이 고요한 연못 아래를 휘젓고 다니는 잉어 떼의 움직임 같았다. 고요하나 묵직했고, 열망과 설렘이 교차했다. 후둑, 땀방울이 대본 위로 떨어졌다.

"잠깐 기다리게."

인사를 하고 나가려는데 왼쪽 심사관이 다시 불렀다. 무언가 심사관끼리 눈빛이 오갔다.

"이 부분을 좀더 해보겠나?"

기담은 다시 대본을 받아들었다. 지금 자신이 무엇을 하고 있는지조차 알 수 없었다. 그러나 어떤 열망이 가득 차 자신을 움직인다는 것만은 알 수 있었다.

아! 누가 노래를 부르나. 누가 노래를 부르나. 그만 노래를 끝낸다오. 지금에는 모든 것이 다 저주일 뿐이다. 행복에 웃고, 희망에 성장하며 사랑에 노래 부르고, 예술의 광명에 살아가던 모든 것이 인제는 다 허사였다. 두 눈의 광명이 사라지던 그때로부터 나의 생애의 전부는 모두 파괴되고, 지금에는 다만 암담한 적막이 휩싸고 있을 뿐이다. 오, 일체의 고통이여, 슬픔이여! 나를 더 괴롭게 굴지 마라! 지금 내가 찾으려는 것은 영원한 망각이다.

연행을 마치고, 기담은 자신도 모르게 눈물을 흘렸다. 전혀 의도하지 않은 것이었다. 고통과 슬픔에 찬 인물의 대사였지만 눈물을 흘릴 정도는 아니었다. 대본에 눈물이 떨어졌을 때, 기담은 그것이 땀인 줄 알았다.

"예상했던 대로 좋은 소리를 가졌구먼. 왠지 자네의 연행을 듣고 싶어 한번 부탁해본 것일세. 그런데 자네, 지금 울고 있나?"

왼쪽 심사관이 물었을 때에야 기담은 흘러내린 것이 땀이 아니라 눈물인 것을 알았다. 기담은 얼른 눈물을 닦았다. 그럴듯하게 말을 해야 했지만 왜 눈물을 흘렸는지 설명할 길이 없었다. 그저 더듬거리며 잘 모르겠다고 대답할 수밖에 없었다.

"됐네, 가보게."

기담은 돌아오는 내내 후회했다. 어떻게든 이유를 댔어야 했다. 그러나 아무리 생각해봐도 어떤 말도 떠오르지 않았다. 이상한 것은 그렇게 한 번 본 대본이었는데, 두번째 대본은 잊히질 않고 문득문득 떠올랐다.

기담은 몰랐다. 훗날 자신이 그 말에 붙들린 삶을 살게 되리라는 것을. 암담한 적막에 휩싸여 영원한 망각의 세월을 살게 되리라는 것을.

4

정환이 무조건 6밀리 카메라와 맥킨토시, 테이프, 조명, 배터리, 삼각대까지 챙겨 이 도시로 내려온 것은 단 하나의 이유였다. 증조할아버지를 카메라에 담기 위해서였다. 증조할아버지가 변사였다는 말을 듣는 순간, 정환은 번개를 맞는 것 같았다. 언젠가 30층 높이 빌딩에서 멀리 번개가 내리치는 광경을 입을 벌리고 본 적이 있었다. 번개가 어딘가에 내리꽂히고 몇 초가 지난 뒤 울리던 천둥소리. 비가 내리는 흐린 시야로 번개만은 선연했다.

누군가 멘톨 향이라도 들이부은 듯, 온통 시원해지는 느낌이었다. 할아버지가 변사라는 말을 듣는 순간 다큐멘터리 영화를 찍고 싶은 욕망이 고개를 쳐들었다. 증조할아버지를 주인공으로 한 변사 영화였다. 그게 시나리오로 가능한지는 나중 문제였다. 어쩌면 그것조차 필요 없을지도 몰랐다. 일단 부딪쳐보는 수밖에 없었다. '어떻게'라는 생각은 없었다. 무조건 찍고 보자는 생각이었다. 그렇게 찍다 보면 무언가 찾아질 것 같았다.

정환은 매일 카메라를 들고 이 동네를 돌아다녔다. 바다와 포구와 야트막한 산, 공원과 차이나타운까지 다른 도시에서는 볼 수 없는 것들이 많았다. 이 도시가 뭔가 친숙한 듯하면서도 낯설었다. 특히 도시의 끝자락에 위치한 이 동네는 더욱 그랬다. 시간의 흐름과 상관없이 공기가 묵직하게 고여 있는 듯도 했고, 뭔가 출렁이는 듯도 했다. 늘 어디선가 갯비린내가 났다. 결코 신선한 냄새는 아니었다. 증조할아버지의 냄새 같기도 했다. 냄새도 나이를 먹는 것일까. 그 냄새가 역겹다거나 한 것은 아니었다. 세월이 먼지처럼 쌓여 내는 냄새 같은 것이었다. 며칠 전 카메라를 둘러메고 나가서 비 내리는 바다를 찍은 적이 있었다. 찍을 때는 몰랐는데 나중에 영상을 보니, 흑백 필름 느낌이 났다. 바다와 갯벌, 비가 모두 한 세기를 건너온 것 같았다. 이 도시가 그랬다.

여기 살기 시작하면서 종종 백남준의 비디오아트를 떠올렸다. 정확하게 말하면 비디오아트의 전체적인 느낌이 아니라 내내 지지직거리는 소리와 함께 화면에 그어지던 스크래치였다. 오래된 필름을 돌릴 때 영상에 나타나던 스크래치가 다른 영상들과 어울려 조화를 이루었다. 그것은 맥킨토시의 Film Noise를 이용하여 빈티지 효과를 내는 것과는 다른 느낌이었다. 어쩌면 정환이 다큐멘터리에 담으려고 하는 할아버지도 그런 모습일지 모른다는 생각이었다. 어떤 것을 인위적으로 만들어낸 효과가 아니라 그 자체인 것. 에세이 필름에 가까운 것이어야 한다고 생각했다.

그렇게 생각을 해놓고 왜 할아버지를 자극하고 싶었는지 알 길이 없었다. 어떻게든 할아버지의 입을 열고 싶은 조바심이 술기운에 얹힌 결과였다. 정환은 잘 알고 있었다. 얼마나 무례하고 무모한 짓을 저질렀는지. 그동안 영화를 한답시고 설치고 다니는 녀석들을 많이 봤다. 영화를 만든다면서 그 세계를 경외하지 않는 이들을 경멸했다. 그런데 정환의 변사 흉내야말로 그런 치들이 보여준 모습과 다를 바 없었다. 변사의 연행에 대한 모독이었다. 할아버지의 마지막 자존심을 건든 것이었다. 비겁한 짓이었다.

삶이 묻어나는 영화. 정환이 만들고 싶은 영화였다. 정환은 시간 날 때마다 뒷골목을 뒤지고 다녔다. 성능 좋은 카메라만 있으면 영화를 못 찍을 것도 없었다. 요즘 젊은 애들치고 한번쯤 영화판에 뛰어들고 싶다는 생각을 안 하는 사람이 없었다. 같이 영화를 찍자고 몰려다니던 친구들이 있었다. 영화판 스태프로 온갖 잡일을 하는 건 물론이고, 카메라를 사기 위해 매달 얼마씩 돈을 모으기도 했다. 돈을 아끼기 위해 국내 영화 시사회 사수는 필수였다. 개봉되는 영화마다 보고, 촬영 기술부터 연출, 각본, 대사까지 몇시간이고 거의 논쟁 수준으로 토론을 벌이기도 했다. 지금은 모두가 떠나갔다. 제일 먼저 떠나갈 거라고 했던 정환만 남았다. 제대로 된 영화를 찍는다는 것은 아득한 일이었다. 무엇보다도 정환은 삶이 묻어나는 영화를 찍고 싶다고는 했지만 실은 영화를 찍기 위한 변명에 불과한 생각은 아니었는지 수시로 자책하게 되었다.

몇 년 전 영화제에서 특별기획으로 상영한 무성영화 「청춘의 십자로」를 본 적이 있다. 개그맨이 변사로 분해 나왔고, 무대 역시 그때를 재현해놓았다. 변사의 내레이션은 재미있었고, 무엇보다도 일방적으로 영화를 감상하는 게 아니었다. 변사는 쓰여 있는 대본을 읽는 데 그치지 않고 그때그때 객석의 반응을 살피기도 하고, 분위기를 돋우기도 했다. 줄거리는 통속적이었지만, 그 시대에 이런 장치를, 하고 놀라게 되는 장면들도 있었다. 할아버지를 통해 발견하고 싶은 것은 무엇일까. 그것은 냄새 같은 것이라고 생각했다. 시간이 켜켜이 쌓아놓은 냄새. 기다릴 수밖에 없었다.

외주 제작사에서 다큐멘터리를 찍을 때였다. 휴먼을 표방한 다큐멘터리에 그야말로 다큐는 20프로도 되지 않았다. 모두가 의도에 맞춰 연출해서 찍은 것들이었다. 어쩔 수 없는 연출이라고는 하지만, 정환이 볼 때 그것은 싸구려 감성팔이에 지나지 않았다. 피디가 대신 선물을 사서 전해주게 하고, 불시에 일어난 싸움을 재현하게 하고 그런 것들을 휴먼다큐라는 이름으로 포장해 시청자의 눈물샘을 자극했다. 카메라가 돌 때는 그 누구보다 다정하게 보이던 아빠가 아이를 패는 것을 알고도 어쩔 수 없이 좋은 아빠로 포장할 수밖에 없을 때나, 외주제작 특성상 출연료가 없다는 것을 미리 얘기했는데도 몇 개월 동안 매일 전화를 걸어 출연료를 요구하던 남자는 수많은 예 중에 하나에 불과했다.

정환은 그 일에 진심으로 환멸을 느꼈다. 결국 방송과 상관없이 영상에 담긴 그들의 삶은 가짜였다. 그 삶이 꼭 진짜여야만 해? 이 세상에 진짜가 어딨어, 진짜가 뭔데? 되묻던 피디에게 뭐라고 대꾸도 제대로 못하고 일을 그만 두었다. 경력에 한 줄 더 써넣자고 들어간 곳이긴 했지만 혹독한 통과의례였다. 할아버지에게는 그렇게 하지 않을 작정이었다. 할아버지가 보여주는 것을 그대로 담아볼 생각이었다. 어디서부터 시작하느냐가 문제였다.

새벽부터 내린 비 탓인지, 증조할아버지도 할머니도 아무런 기척이 없었다. 증조할아버지는 정환이 술에 취해 변사 흉내를 내던 그 밤 이후 다시 입을 다물었다. 증조할아버지와 할머니의 삶은 늘 고요했다. 두 분 다 말이 없는 때문일지도 몰랐다. 대신 할머니에게선 언제나 소리가 났다. 옷감이 부딪치는 소리였는데 할머니가 입고 있는 한복 치마의 옷감이 스치며 내는 소리였다. 어머니가 빳빳하게 풀먹인 모시 옷감에서 나는 소리라고 알려준 적이 있었다. 눈 쌓인 새벽길, 홀로 길을 떠날 때 나는 소리가 저럴 거라는 생각이 들었다. 할머니에 대한 인상이 그래서 더 그랬는지도 모른다. 듣지 못하는 할머니는 최소한의 움직임으로 살았다. 얼굴 근육을 많이 쓰지 않아서 그랬는지 주름조차도 고요했다. 그런 할머니가 증조할아버지 곁에 그림자처럼 살고 있었다. 아니, 굳이 말하자면 두 분 다 그림자인 느낌이었다.

삐걱거리며 대문이 열리는 소리가 났다. 대문은 늘 열려 있었지만 정환이 있는 동안 누가 찾아온 적은 없었다. 그런데 거기, 그 노인이 서 있었다. 방문을 반쯤 열고 내리는 비를 바라보고 있던 정환은 깜짝 놀랐다. 노인은 이불자락을 쥐고 있었다. 이불을 끌고 다니는 노인이었다. 며칠 전 정환이 포구를 촬영하다 만났던 노인이었다. 이 상황을 이해할 수 없었지만 몸이 먼저 튀어나가 대문을 열었다. 대문을 열기는 했지만 어쩌지 못하고 있는 사이, 어떻게 알고 나왔는지 할머니가 노인을 잡아끌었다.

할머니는 노인을 마루에 앉게 하고 수건을 가져와 비에 젖은 노인의 머리와 얼굴을 닦아주었다. 그러고는 옷을 꺼내와 정환에게 주었다. 갈아입혀주라는 것 같았다. 할머니가 이불은 놓고 들어가라는 듯 이불을 달라고 하자 어쩐 일인지 할머니에게 선선히 이불을 내어주었다. 정환은 노인을 방으로 들였다. 그사이 할머니는 세숫대야에 따뜻한 물과 수건을 가져왔다. 정환은 따뜻한 물에 수건을 적셔 노인의 손과 얼굴을 닦아주고 서둘러 옷을 갈아입혔다. 노인은 할머니가 차려준 밥과 국을 모두 비운 뒤 그대로 쓰러져 잠이 들었다. 정환은 베개를 꺼내 머리를 받쳐주었다.

'김기철 증조고모부'

할머니가 볼펜을 잡고 A4용지 한 귀퉁이에 서툴게 쓴 글이었다. 정환은 그게 무슨 뜻인지 몰라 할머니 얼굴을 쳐다보았다. 할머니가 잠든 노인을 가리켰다. 증조고모부라니. 도대체 어떻게 되는 촌수인가 따져보았다. 증조할아버지의 여자 형제의 남편이 되는 것 같았다.

김기철. 노인, 아니 증조고모부의 이름을 되뇌었다. 정

환은 며칠 전 노인, 아니 증조고모부를 찍은 필름 파일을
열었다.

　노인이 카메라 앵글에 들어온 건 부두 근처의 골목에서
였다. 프레임 안에 노인이 불쑥 끼어들었다. 정환은 잠시
카메라에서 눈을 떼고 노인을 보아야 했다. 구십이 넘어 보
이는 노인이 어쩐 일인지 낡은 이불을 끌고 어딘가로 가고
있었다. 때에 절어 보이는 바지는 허리춤이 배꼽 아래까지
내려와 있었고, 아랫단은 장딴지쯤까지 아무렇게나 접혀
있었다. 검은 슬리퍼인지, 검게 변한 슬리퍼인지 모를 슬리
퍼를 끌고 다니는 발은 슬리퍼와 색깔이 구별되지 않을 정
도였다. 노인은 오른손에 이불 한 귀퉁이를 움켜쥐고 있었
다. 처음에는 그것이 이불인지도 몰랐다. 여름용 이불이라
무거워 보이지는 않았지만 그 행색만으로 시선을 끌기에
충분했다. 이불은 절반 이상이 땅에 끌려 더러웠고, 찢겨
있었다.

　퍽퍽한 발걸음과 걸을 때마다 끌리는 이불자락 뒤를 쫓
다 보니 노인이 이불을 끌고 가는 게 아니라 이불이 노인을
밀고 가는 것처럼도 보였다. 노인의 굽은 등 때문인지 뒷모
습이 붉은 사막 한가운데를 지나는 노쇠한 낙타 같기도 했
고, 웬일인지 이불이 노인의 천형 같았다.

　노인은 처음부터 거길 찾아가려고 작정하기라도 한 듯이

비척비척 걸어서 공원 한쪽에 있는 천막으로 향했고, 망설이지 않고 안으로 들어갔다. 공원의 정자니, 연못이니, 꽃들에 가려 눈에 띄지도 않았던 천막이었다. 공원하고 어울리지 않는 천막이기도 했다. 천막 앞에는 '월미도 원주민 대책위원회'라는 플래카드가 걸려 있었다. 정환은 노인을 따라 천막 안으로 들어갔다.

"이 사람아, 정신 좀 차려! 이러다 정말 뭔 일 나면 어쩌려고 이래!"

정환이 뒤따라 들어가자 안쓰러운 책망을 내뱉던 이가 말을 멈추고 멀뚱히 쳐다보았다. 그이는 정환이 어깨에 메고 있는 카메라를 보더니 책상 위에서 전단을 한 장 내밀었다. 취재진인 줄 아는 듯했다. 정환이 전단을 읽는 사이, 그이가 노인에게 주려는지 컵라면에 물을 붓고 있었다. 정환은 전단을 읽다 말고 노인을 곁눈질로 바라보았다.

노인은 이불 한 귀퉁이를 깔고 앉아서 컵라면의 면발을 나무젓가락으로 들어 올리고 있었다. 입으로 겨우 들어가는 면발도, 컵라면을 들고 있는 손도 위태로워 보였다. 허벅지 아래에 깔고 앉은 이불만 완강해 보였다.

"이 노인네는 오십도 안 돼 죽은 아버지를 모질게 끌고 다니고 있는 거요."

컵라면을 들고 노인의 입속으로 면발을 넣어주며 그이가

말했다. 노인은 면발을 들어 올린 젓가락이 보일 때마다 입을 쩍 벌렸다. 누가 더 노인이랄 것도 없이 추레한 두 노인네가 라면을 먹여주고 받아먹고 있었다. 햇볕도 들어오지 않는 음습하고 옹색한 천막 안에서 두 노인은 그저 면발을 들어 먹이고, 먹고 있었다. 밖에서 공원으로 나들이 나온 유치원 아이들인지, 선생님이 참새, 하면 맑고 여린 목소리들이 쩍쩍, 화답하는 소리가 들렸다. 아이들의 명랑한 목소리가 가까워지는가 싶더니 차츰 멀어졌다.

컵라면을 다 먹은 노인이 한쪽 구석에서 쓰러져 자자, 컵라면을 먹여주던 노인이 한쪽에 개켜져 있던 이불을 덮어주었다. 이거 뭐 음료수라도 한잔 드려야 하는데 물밖에 없으니, 하며 노인이 종이컵에 물을 따라 내밀었다. 물은 미지근했다. 정환은 카메라를 끄지 않은 채 잠든 노인이 찍히도록 맞춘 뒤 테이블에 내려놓았다.

"여기 자주 오는 분인가 보죠? 이불을 끌고 다니시길래……"

정환은 잠든 노인을 바라보며 물었다. 오른손에는 여전히 이불 귀퉁이를 꾹 쥐고 있었다.

"여기가 지옥불이 된 날, 저 양반도 아버지를 잃었소."

"지옥불이라면 여기에 나와 있는……"

"그렇다오."

노인이 길게 한숨을 쉬었다.

"저 양반은 저 이불이 목화 이불인 줄 알고 있는 거요."

"목화 이불이라뇨?"

"목화솜을 넣은 이불은 총알도 못 뚫고 나가거든. 정신이 나간 뒤부터는 빨리 아픈 아버지한테 가서 이불로 아버지를 감싸서 업고 나와야 한다고 저러고 다닌다오."

총알이 목화솜으로 된 이불을 뚫지 못한다는 건 처음 듣는 말이었다. 정말 그런지 알 수 없었다. 다만 정환은 전쟁을 겪은 이와 겪지 않은 세대의 차이를 절감했다.

"그런데 실례되는 말씀인 줄 알지만 정말 그런 일이 일어난 게 맞나요?"

"나는 저 자유공원엘 한 번도 안 올라갔어. 봄에 온통 벚꽃 천지라고 구경들 가도 나는 못 갔소, 아니 안 갔소. 저 공원 한가운데 떡 버티고 선 맥아더 동상이 있는 한, 죽을 때까지 안 갈 거요. 다들 전쟁에서 나라를 구한 영웅이라고 떠받들어도 우린 그렇게 못해. 내 가족을, 내 집을, 내 터전을 뺏은 철천지원수일 뿐이야."

노인이 짓무른 눈가를 훔쳤다.

"그날 새벽, 온 동네가 휘발유를 뒤집어쓴 것처럼 불바다가 되었어. 비행기에서 네이팜탄, 그게 떨어져서 불바다가 된 거야. 비행기가 서쪽에서 북쪽으로 가는데 우리 동네만 폭격하고 지나간 거야. 어떻게 그럴 수가 있어. 그 옆에 미군 부대는 고대로 놔두고 말이야. 인민군이 숨어 있을까 봐 그런 거래. 네이팜탄 쏘고 그다음엔 기관총 쏴대고. 있을 수 없는 일이야. 미군 경비대하고 마을하고 이삼십 미터밖에 안 떨어져 있었어. 인민군은 저 산너머, 저기, 월미도 바닷가 쪽에 있었고, 우리는 그 반대편 동쪽에 있었어. 인민군은 여기 마을에는 내려오지도 않았다고. 인민군이 있는 서쪽에다 먼저 폭격을 했으면 사람들이 여기 있었겠어? 다 도망갔지. 피난 가라는 말도 없고 삐라도 없고 사전에 아무 말도 없이, 다 자고 있는데 불바다를 만든 거라고. 이게 말이 돼? 지금 생각해도 원통해. 그 밤에 무조건 갯벌로 기어 도망갔지. 그래도 갯벌로 가면 살 수 있을 거 같더라고."

노인은 진저리를 쳤다.

"그날을 똑똑하게 기억해. 9월 10일 새벽에 첫 폭격을 하고 11일은 안 하고, 12일, 13일, 14일 사흘 연짝 폭격을 했지. 사람들이 갯벌로 도망가니깐 흰옷을 입은 사람들한테 또 쏴. 미친듯이 서로 뻘을 발라주고 뻘밭에 뒹굴고 이불을 뒤집어쓰고 난리도 아니었어. 납작 엎드려서 뻘에 숨어 있는데, 점심때쯤 또 때리고 저녁에 또 때리고 세 차례를 때렸는데 마을이 새카맣게 타서 없어져버렸어. 사람들도 다 타서 누가 누군지 모르겠더라고. 낮에 도망갔던 사람들이 꾸역꾸역 왔지. 가보니 남은 게 없어. 도망 못 간 가족들은 다 죽은 거야. 자는 사람들은 모두 몰살당한 거지. 우리는 몇백 명이 죽었는지 몰라. 그러기만 했나. 작전이 끝나고 그냥 갔으면 시신이라도 수습했지. 자기네가 부대를 만든다고 여기를 불도저로 싹 밀어버렸어. 흔적도 없이. 그래서 유골도 없어. 이게 인간이 인간한테 할 짓이야? 짐승한테도 못할 짓이지. 우리를 졸로 본 거지. 개돼지만큼도 취급을 안 한 거야. 그렇지 않고서야…… 죽은 사람들 원한을 풀어줘야 하는데 우린 이렇게 다 늙고, 병들고 죽어가. 저승도 못 가. 갈 낯이 없어. 가슴이 꽉 막혀 답답해. 가슴을 돌덩이로 누르는데 죽지도 않아."

노인이 새삼스럽게 복받쳐 오르는지 갑자기 언성을 높이고 가슴을 쳤다. 그 소리에 한쪽에 잠들어 있던 노인이 벌떡 깨어났다.

"폭격이야. 폭격. 빨리 도망가. 안 그러면 죽어. 죽는다고."

노인이 갑자기 바닥을 뒹굴면서 소리쳤다.

"얼른 숨어. 숨으라고."

"이 사람아, 왜 이래, 정신 차려!"

노인이 노인을 잡고 흔들었다. 정신 차리라는 말끝이 흔들렸다.

"아버지! 아버지 돌아가시면 안 돼요, 조금만 기다려요!"

끝내 노인이 이불자락을 잡고 울기 시작했다. 컵라면을 먹여주고 먹던 두 노인은 서로를 부둥켜안고 세월을 녹이고 있었다.

천막 안에 남아 있던 두 노인의 고통스러운 삶이 고스란히 느껴져서 그만 자리를 떴다. 기껏해야 가지고 있던 지폐를 테이블 위에 꺼내놓고 나온 게 전부였다. 집에 와서 인터넷을 뒤졌다. 노인의 말이 맞다면 어떻게 이 사건이 공론화되지 않았을까 이해하기 어려웠다. 전쟁 중 미군이 양민을 학살한 노근리 사건보다 더한 사건일 수 있었다. 노근리 사건은 MBC와 미국 AP통신에서도 다뤄졌다. 노근리 사건을 다룬 책도 몇 권 있었고, 영화도 제작된 것으로 안다. 미국 대통령이 사과를 하고 보상까지 했지만 끝내 양민 학살에 대해서는 북한군인 줄 알았다고 했다. 노근리 사건은 고등학교 교과서에도 실릴 정도로 잘 알려져 있고, 노근리 학살 현장을 찾는 학생들도 많다고 들었다.

월미도 미군 폭격사건은 정부나 지자체가 법적 근거를 두고 책임을 미루고 있다고 했다. 그 당시 그 땅에 살았다는 문서가 없다는 게 법적 근거였다. 그때 그 상흔이 남아 있었다면, 노근리처럼 총탄 자국이 남은 쌍굴다리처럼 역사적 현장이 남아 누군가에게 보여줄 거리가 되었다면 이들의 삶이 달라졌을까. 그 자리에 미군 부대 막사가 세워지고, 해병대가 들어서고, 공원이 조성되는 세월 동안, 1950년을 증거할 아무것도 남아 있지 않았다. 살던 곳에서 쫓겨난 유족들이 지금까지 아무런 보상도 받지 못한 채 묵직한 돌덩어리를 가슴에 얹고 있는 것 말고는.

영상을 틀었다. 꼭 뭘 건지려고 의도한 것은 아니지만 프레임 밖의 노인의 격앙된 음성과 이불을 붙들고 자던 노인이 소스라쳐 깨는 장면이 고스란히 담겨 있었다. 물론 제대로 된 촬영이 아니라 이불을 움켜쥔 노인 역시 금방 앵글을 벗어나긴 했지만 노인의 아버지를 부르짖는 음성은 똑똑히 들렸다. 오히려 앵글 밖에서 음성만 들리는 그 상황은 훨씬 절박해 보이기까지 했다.

잠든 줄 알았던 노인이 헛소리를 내기 시작했다. 할머니가 열심히 물수건을 갈아댔지만 열은 떨어지지 않았다. 결국 정환이 응급차를 불렀다. 그게 노인, 증조고모부와의 마지막 대면이었다. 증조할아버지와 할머니는 장례식장에 가지 않았다. 정환이 썰렁한 빈소를 지켰다. 노인의 발뿐만 아니라 여기저기 나 있던 흉터와 상처들이 떠올랐다. 생이 모질다는 생각이 들었다. 정환은 인도 바라나시에 머물고 있는 현서를 생각했다. 그녀 역시 적지 않은 상처를 지니고 있었다. 현서는 이메일에 자신은 그곳에서 아무것도 하지 않은 채 죽음의 냄새가 가득한 강을 보고 있다고 썼다. 정환은 자신도 매일 아침 똥바다라고 불리는 바다의 작은 포구에 나가본다고 답장을 했다.

장례식 이후 증조할아버지가 급격하게 쇠하는 느낌이었다. 증조할아버지에게마저 안 좋은 일이 닥칠까 봐 걱정이 되었다. 할머니도 안절부절못하고 증조할아버지 기색을 살피는 날이 많았다. 정환은 조바심이 났다. 이러다가는 증조할아버지 입에서 한마디도 흘러나올 것 같지 않았다.

기담은 꼬박 밤을 새웠다. 옷장 문을 열고 맨 아래 서랍장에서 비닐로 친친 감긴 물건을 꺼냈다. 내내 가보처럼 간직했지만 다시 열어보게 될 날이 있을 거라고는 생각하지 않았다. 이 물건을 찾아 여기저기 헤매던 날이 떠올랐다. 그때는 기철도 옆에 있었다. 이젠 누굴 챙길 수 있는 여력도 없었다. 그저 무탈하기만을 바랐는데 그렇게 가버렸다. 한평생을 같이한 동무이자 매제였다. 선혜는 모르지만 선혜의 친아버지이기도 했다. 다 지난 세월이었다. 기담은 자신도 기철을 따라갈 날이 머지않았다고 여겨졌다.

천을 벗기고 필름이 상하지 않게 감아놓았던 비닐을 벗겼다. 「유랑」이 드디어 빛 속으로 나왔다. 기담은 자신이 비닐을 푼 것이 아니라 필름이 스스로 걸어 나온 것 같았다. 기담은 필름을 꺼내놓고도 어쩌지 못했다. 벽장 안에 영사기나 광목천도 다 있었지만 기담은 하루가 흘러가도록 그 자리에 못박힌 듯 앉아 있었다. 선혜가 밥을 차리고 내 가면서 필름을 힐끗거려 보는 것을 알았지만 아무 말도 하지 않았다.

기담은 저녁이 되어서야 몸을 씻고 옷을 갈아입었다. 그리고 다른 칸 옷장 안에서 영사기를 꺼내고 제의를 치르듯 조심스럽게 필름을 걸었다. 기담은 선혜와 같이 벽에 광목천을 쳤다. 그리고 영사기를 이리저리 움직여 위치를 조절했다. 겨우 이 일을 했을 뿐인데 몹시 힘이 들었다.

기담은 정환을 손짓해 불렀다. 가메라. 정환의 눈동자가 커졌다. 정환은 몇 초쯤 있다가 재빨리 뛰어가 제 방에서 카메라를 들고 나왔다. 분명 증조할아버지가 카메라라고 말을 했다. 정환은 한쪽 벽을 가린 흰 천을 보았다. 문 앞에 놓인 영사기와 영사기 옆에 걸린 필름도 보았다. 정환은 본능적으로 카메라 ON을 눌렀다. 기담은 영상을 맞춘 뒤 형광등 스위치를 내렸다. 스크린 위로 영화 제목이 흐릿하게 떴다. '유랑'

때은 어스늠한 화혼, 방아다리라고 하는 조그마코 평화스러운 산촌에 난 모를 한 저므니가 찾아드었으니, 나이는

스무서넛이 되랑 말랑하고 키가 후리후리한 것이 퍽 민해 보이는구나. 저 잘생긴 청년은 누구란 말인가. 내 어굴 뺨치게 잘생겼구나. 저 잘생긴 처넌이 아무도 보이지 않는 동네를 쭈빗거리며 드어서는 거 보니, 으째 수사한걸? 선마 반소님은 아니겠지?

타고난 어굴 바탕은 무척이나 아름다운 용모인 듯하나 추위와 군주림으로 모씨 수척해 보이니 그에게는 어떤 사연이 있었던 것일까.

……어이쿠, 윤길 도언님이 나타나셨네. 호아이차차! 윤길이 집어 든 돈멩이가 춘식이 어굴을 간타하는구나. 자한다, 윤길이! 도대체 누구 편이냐. 누구 편이면 어떠냐. 주인공 도와주면 좋은 거지. 또 돈멩이를 집어 드는구나. 여어분 우리의 윤기이를 위해 박수 보내주십시오. 윤길이 최고다아. 호아이차차!

……폭푸은 자고 안개는 걷히었다. 고개을 너머오는 아침 햇살이 얼마나 그들으 가슴에 자유스러운 호흡을 넣어주었던가. 그들은 지친 몸으 서로 의지하고 돌아가며 아득한 고개을 처천히 넘어가고 있었으니 바야흐로 그들의 앞날은 어찌될는지.

정환은 얼어붙어버렸다. 필름은 오랜 세월 공기를 차단하고 밀봉한 채 보관해왔지만 세월을 어쩌지 못했다. 바랠 대로 바랜 영상은 흐릿해서 인물이나 배경, 행동 등을 제대로 알아볼 수 없었다. 안타까워 탄식이 저절로 흘러나올 지경이었다. 그런데 그런 필름을 돌리면서 증조할아버지는 완벽한 연행을 했다. 한 대목도 잊지 않고 있었던 것이다. 몸에 체화된 듯했다. 비록 발음이 새고, 호흡이 가쁘고 중간중간 잘 알아들을 수 없는 말들이 있긴 했지만 기담이 내뱉는 유장한 말의 흐름, 기교, 높낮이 등은 정환을 압도하고도 남았다. 정환은 무작정 짐을 싸서 나왔을 때부터 이날을 기다려왔다는 것을 알았다. 온몸이 떨렸다. 아무리 휘황찬란, 스펙터클한 영화가 판친다 해도 정환의 갈 길은 분명해 보였다. 그 길에 기담이 있었다. 정환은 기담이 연행하는 모습을 고스란히 필름에 담았다. 지금은 필름이 바래 영상이 흐릿하지만 다시 복원해내는 일이 어렵지는 않을 터였다. 화면 안에 기담과 영화 「유랑」이 같이 잡혔고 연행이 녹아들었다. 영화 안에 영화가 상영되고 있는 것이었다.

5

인력거가 멈춰 선 곳은 해월관 앞이었다. 이미 기별이 있었던 것인지 명선이 버선발로 뛰어나와 김익호의 팔짱을 끼었다.

"웬 총각이옵니까?"

명선이 김익호 옆에 선 기담을 위아래로 훑더니 물었다.

"너도 들어오너라."

기담은 묵묵히 김익호의 뒤를 따랐다. 여기 어디쯤 그 여자가 있을지도 몰랐다. 극장에서 마주쳤던 그 유리 같은 여자. 그 여자는 개봉 첫날 늘 맨 앞자리에 앉아 영화를 보았다. 명선과 함께일 때도 있었고 다른 기생과 올 때도 있었다. 그때마다 그 여자에게 온통 신경이 갔지만 말 한마디

붙여보지 못했다. 기담은 눈치채지 않게 곁눈질로 해월관 안을 기웃거렸다.

"기담에게도 한잔 따라주거라. 앞으로 유명한 변사가 될 재목이니라. 나중에 한 번만 보게 해달라고 조르지 말고 미리미리 잘 보여놓아."

명선은 동그랗게 눈을 뜨고 기담을 빤히 바라보았다.

"어머 그래요? 잘 보여놓긴 하겠지만, 그래도 어디 선생님만큼 영화 보는 사람들의 심금을 울리기야 하려고요."

"흐흐흐, 역시 나를 알아주는 건 명선이밖에 없다니까."

김익호가 명선의 엉덩이를 두드렸다.

"무슨 말씀을요, 우리 기방에서도 선생님 뫼시고 싶어 하는 애들이 줄을 섰답니다. 다들 선생님을 사모하는 마음이 대단들 하지요. 뭐, 저보다야 다 한 수 아래이긴 해도 말입니다."

"그럼 오늘은 저자에게 명선을 맡기고 다른 향기나 한번 맡아볼까?"

"아이, 나빠요, 선생님. 선생님은 절대 저를 못 버립니다. 그나저나 선생님, 이번 영화 「농중조」는 정말 재미있었어요. 모처럼 배꼽 잡고 웃었답니다. 선생님, 「농중조」한 대목만 해주시어요. 선생님의 그 목소리는 사람 애간장을 살살 녹인다니까요."

명선이는 진저리치듯 몸을 꼬았다.

"해월관에서 가락을 제일 잘하는 아이를 불러 한 곡 뽑게 해봐. 그럼 내 그 답으로 명선이 네가 원하는 대목을 해주지."

"그거야 물론이지요. 벌써 준비해놓았습니다. 서로 선생님 앞에 잘 보이고 싶어서 나서는 걸 거문고와 창을 제일 잘하는 아이로 골랐습니다. 오늘 그 아이의 머리를 올려주어도 좋고요."

기담은 자신도 모르게 가슴이 요동치는 걸 느꼈다. 그이가 들어올지 모를 일이었다. 그이를 보고 싶긴 했지만 이 자리는 아니었다. 김익호가 그 여자를 품기라도 한다면 기담은 그때 자신의 기분이나 감정이 어디로 휩쓸릴지 짐작조차 되지 않았다.

방문이 열리고 거문고가 들어왔고, 열두 폭 치마가 건너왔다. 치마 끝이 문턱을 쓰는 소리, 폭끼리 맞비벼 내는 여린 소리, 여인의 고운 숨소리까지 다 들리는 듯했다. 기담은 천천히 고개를 들었다. 자줏빛 치마와 연분홍 저고리, 가늘고 긴 목선, 입과 코, 눈, 이마. 기담은 참았던 숨을 몰래 쉬었다. 김익호에게 고개 숙여 인사를 하는 이는 다행히 그이가 아니었다.

"아니, 우리 예비 변사님은 무슨 땀을 그리 흘리신데요?"

명선의 놀림 섞인 말투에 기담은 계면쩍게 웃었다.

"이런 자리 첨인가 보다. 쑥스러워하는 걸 보니."

거문고 뜯는 소리, 소리 한 가락. 김익호의 「농중조」한 대목이 흐른 뒤 몇 순배 더 술이 돌았다. 김익호의 손이 젊은 기녀의 치마폭을 헤집고 있었다. 그러다 아예 치마를 들치고 가랑이 사이로 얼굴을 묻을 기세였다. 기담은 슬그머니 자리에서 일어났다. 이쯤에서 비켜주는 게 분위기에 어울릴 듯싶었다.

기담은 방을 나와 해월관을 천천히 둘러보았다. 연못의 잉어는 한밤중인데도 불빛을 받아 유유히 헤엄치고 있었다. 해송과 작약, 창포, 또 이름을 알 수 없는 나무와 풀들이 절정의 끝을 향해 가고 있었다. 어디선가 낭랑한 목소리가 들려왔다. 창(唱)이었다. 기담은 저도 모르게 발길을 옮겼다.

"심청이 육지를 향하여 절을 하고 난 후, 뱃머리에 올라서니 아이고 아버지 이제 나는 죽소. 내 죽기야 섧지 않으나 앞 못 보는 아비의 밥은 누가 차려주며 아비의 눈은 누가 되어준단 말이요. 아버지 부디 기체후만강하소서."

기담은 낭랑하면서 애절한 목소리에 귀를 기울였다. 다시 노랫가락이 들려오길 귀 기울이는데 갑자기 방문이 벌컥 열렸다. 문을 열고 나온 것은 그 여자였다. 기담은 얼른 해송 뒤로 숨으려 했으나 신을 신으려고 댓돌에 내려서던 그 여자와 흐릿한 어둠 속에서 눈빛이 엮였다.

"게 누구신지."

기담은 엉거주춤 나무에서 나왔다.

"잘못 찾아든 모양입니다. 소리에 이끌려 나도 모르게…… 실례가 많았습니다."

기담은 황급히 몸을 돌렸다.

은은한 불빛으로 반짝이는 정원을 가로질러 해월관을 나왔다. 언덕을 내려가자 다시 바람이 불었다. 바다는 낮의 들척지근한 썩은 냄새를 어둠이 잡아먹기라도 한 듯 싱싱한 생물 냄새를 품고 있었다. 그 냄새는 막 굴 껍데기를 벗겼을 때 맡아지는 굴의 맑고 탱글탱글한 냄새를 닮았다. 어둠 속에 묻혀 있지만 월미도가 가까워지고 있다는 것을 알 수 있었다.

기담은 그 여자 앞에서 등을 보인 것이 수치스러웠다. 여자는 아직 기담을 알지 못하리. 그것 때문이었다. 자신을 변사로 각인시키고 싶었다. 누구를 따라 해월관으로 오는 것이 아니라, 해월관에서 기담을 모시기 위해 인력거를 보낼 때까지 자신의 존재를 드러내서는 안 된다고 생각했다. 그것이 그 여자를 취할 수 있는 길이었다. 그이가 왜 이렇게 마음을 흔드는지 알 수 없었다.

김익호가 약속을 지킬 줄은 몰랐다. 기담이 변사 시험에 합격하자 김익호는 극장주에게 기담을 소개해주었고 기대가 큰 변사라는 말까지 보태주었다. 자신의 발을 핥게 할 때와는 딴판이었다. 하지만 기담이 연행할 기회는 좀처럼 주지 않았다.

극장주가 기담을 찾는다는 전갈이었다. 기담은 김익호가 마실 물을 준비하다 말고 사무실로 달려갔다.

"자네, 김 변사 대신 「아리랑」을 할 수 있겠나?"

극장주 최태석은 다짜고짜 물었다. 그러고 보니 김익호가 아직 나타나지 않고 있었다. 요즘 김익호는 점점 더 명선에게 푹 빠져 해월관에서 나올 생각을 하지 않았다. 김익호가 아편을 맞는다는 말도 암암리에 돌았다. 기담은 어둠 속 바다를 바라볼 때마다 파도 소리와 바다 냄새가 적막 가운데 한층 면밀해지는 것을 느꼈다. 어둠 속에서도 자신의 존재를 온몸으로 알리는 저 바다의 파도와 냄새처럼 그날이 올 것이라 생각했고 그날이 왔다. 너무 이르지도 빠르지도 않은 시간이었다.

"물론입니다."

기담은 망설이지 않았다. 가슴이 뛰었다.

"아직도 나타나지 않으면 어쩌겠다는 거야? 에잇! 기고 만장이 하늘을 찌르는구먼. 이름이 기담이라고 했나? 한 부분만 해볼 텐가?"

기담은 대본을 건네받고 얼른 호흡을 가다듬었다.

기쁜 사람, 슬픈 사람, 늙은이와 젊은이 할 것 없이 시름을 잊어버리고 즐겁게 뛰노는 날이 돌아왔으니, 농민들은 모두 뜰로 모이었구나. 1년의 세월이 다 가도록 비와 바람을 무릅쓰고, 피와 땀을 흘려가며 농사일에 얽매여 헤어나지 못하던 그들은 이 하루가 다시없는 기쁨의 날이요, 행복의 날이었으니, 어찌 그냥 넘어가리오. 아리랑 아리랑 아라리요 아리랑 고개로 넘어간다. 풍년이 온다네 풍년이 온다네. 이 강산 삼천리에 풍년이 온다네.

기담이 연행하는 동안 최태석의 구겨진 인상이 환하게 펴졌다.

"그만하면 되었네! 잘하는구먼. 암튼 오늘은 자네만 믿네. 김익호를 보러 온 이들 반발이 만만치 않을 거야. 잘해야 하네. 우선 그 옷부터 갈아입게. 나랑 체격이 비슷하니 급한 대로 내 가다마이를 입게. 서둘러! 사람들이 벌써 자리 잡기 시작했단 말일세."

기담은 김익호에게 갖다 주려고 떠놓았던 물주전자 주둥이에 입을 대고 물을 벌컥벌컥 들이켰다.

상영장 안에 불이 꺼지자 수런거리던 소리들이 한순간

멈췄다. 무대 중앙에만 동그랗게 불빛이 비치고 있었다. 기담은 뚜벅뚜벅 무대 중앙으로 걸어갔다. 무대에 선 변사가 김익호가 아니라는 것을 알아본 객석이 술렁였다. 기담은 관객을 향해 허리를 깊이 숙였다. 기담은 그 와중에도 중절모를 썼더라면 모자를 벗으며 서양식으로 인사를 할 텐데 하는 아쉬움이 들었다.

"많이들 오셨구먼요. 김익호 변사가 안 보여 놀라셨겠습니다. 아쉽게도 오늘 김 변사가 중한 일로 못 나오게 되어 제가 이 자리에 섰습니다. 저는 윤기담이올습니다. 김 변사님이 안 보여 섭섭하긴 하시겠지만, 저도 물에 빠져 죽으면 입만 동동 뜨겠다는 소리 좀 듣고 사니, 거미 똥구멍에서 거미줄 나오듯이 술술 나오는 제 연행도, 적선한다 생각하시고 한번 들어봐주십시오. 지금부터 최선을 다해볼 참이니, 연행을 잘해 큰 박수 주시면, 그 박수만큼 복 받으시라고 축원 드리겠습니다. 혹여 좀 어설픈 구석이 있더라도 입장료 돌려달란 소린 제발 참아주시고요. 그러면 고대하고 고대하던 영화 「아리랑」을 지금부터 시작하겠습니다."

기담은 발끝이 떨리는 것을 느낄 수 있었다. 하지만 목소리는 떨리지 않았다. 소란하던 객석도 어느 정도 가라앉았다. 기담은 자리에 앉기 전 객석을 바라보았다. 그녀가 보였다! 앞자리에 앉은 기생들 사이에 그녀는 조명이라도 받은 듯 환하게 빛났다. 기담은 순간, 기쁨과 두려움에 몸을 떨었다.

시작하는 종소리가 울리고 전등이 꺼지며 장막에 '아리랑'이라는 커다란 자막이 떴다. 관객들이 일제히 박수를 쳤다. 기담은 의자에 앉아 물을 한 잔 마신 다음 장막으로 얼굴을 향했다. 드디어 시작이었다. 기담은 땀이 밴 손을 탁자 위에 올려놓고 마이크를 끌어당겼다. 영화만 남고 모든 것이 사라진 듯했다. 조금 전까지 등에 흐르던 땀도, 좁은 객석에 자리 잡은 사람들의 얼굴들도, 그 여인의 얼굴조차도 보이지 않았다.

도회지에서 제법 떨어져 농사를 지으며 그날그날 생활을 이어가고 있는 평화로운 마을에 만나기만 하면 개와 고양이처럼 으르렁대며 싸우는 두 사나이가 있었으니, 오늘도 두 사나이의 쫓고 쫓기는 싸움이 계속되고 있구나. 논두렁, 밭고랑, 높은 언덕, 낮은 골 할 것 없이 뛰어다니고 엉키고 또 뛰어다니니, 저러다 발바닥에 땀 나겠는걸.

기담은 극장 안 가득 울려 퍼지는 자신의 목소리를 들었다. 산만하던 공기가 일제히 가라앉고, 오직 기담의 호흡과 말의 높고 낮음, 길고 짧음에 따라 그들의 숨소리가 따라 움직였다. 눈은 영화를, 귀는 기담의 소리를 향해 열려 있었다.

기담은 주인공인 영진이 포승줄에 묶이는 대목부터 긴장했다. 「아리랑」의 흥행 성패는 지금부터였다. 조금 전 목소리를 가다듬고 톤을 높여 영희 목소리를 흉내 내던 때와는 딴판으로 목소리를 저 아래에서부터 끌어올려 굵고 떨림을 더한, 울부짖는 듯한 목소리를 내야 했다. 어찌할 수 없는 분노를, 울분을 주인공의 몫이 아닌 관객의 것으로 만들어야 했다. 기담은 흘러내리는 땀을 닦았다.

경관을 뿌리치고 달아나려던 영진이, 그만 넘어지며 돌멩이에 머리를 부딪치니, 또다시 그의 정신은 흐리어졌던 것이다. 이윽고 깨어난 영진이. 혼자 미친듯이 웃으며 춤을 추며 걸어가는구나. 포승에 얽히어 끌려가는 뒤로 우리가 모르는 환상의 세계가 전개되고 있었으니. 영진은 현구와 영희에게 눈물로 작별을 고했던 것이었다. 영진이 경관에게 붙들려 나오는구나. 다시 또 영진의 앞날을 가로막고 영진을 포승줄로 묶고 끌고 가는 경관은 누구란 말이냐. 천지가 아득하구나. 가슴조차 터질 것 같구나. 아, 이제 어쩌란 말이냐.

기담은 자신도 모르게 흥분하여 책상을 내리쳤다.
"에잇! 쳐죽일 놈!"

갑자기 앞자리에 앉아 있던 노인 하나가 지팡이를 휘두르며 소리쳤다.

"영진이를 당장 풀어줘라, 이노옴! 이 매국노 같은 놈! 당장 풀어줘, 이노옴! 내 말이 안 들리느냐!"

순식간의 일이었다. 노인은 당장이라도 스크린 속 경관을 때려눕힐 듯한 기세로 무대로 달려나왔다. 청년들이 벌떡 일어나 노인의 양팔을 붙들었다. 필름이 멈췄다. 기담도 연행을 멈췄다. 난감했다. 아직도 영화를 현실인 줄 아는 관객들이 더러 있었다. 그들은 영화 속 인물들과 동일시했고, 사랑도, 미움도 분노도 함께했다. 노인은 쉽게 분노를 삭일 것 같지 않았다. 임검석에 앉아 있던 일본 경관이 호루라기를 신경질적으로 짧고 강하게 불었다.

다시 시작하려는 찰나, 갑자기 장막이 어두워졌다. 영진의 슬픔이 극에 달하는 장면이었다. 여기저기서 한탄과 야유가 터져 나왔다. 마지막 장면을 남겨놓고 불시에 끊어진 필름 사고였다. 기담은 얼른 임기응변으로 연행을 했다.

아아, 무정도 하구나. 애끓는 가슴 찢어지는데 필름조차 끊어지니, 아픈 마음이야 내 마음이 네 마음이고 네 마음이 내 마음이다. 돌아라, 돌아라. 필름아 어서 돌아라. 찢긴 내 마음 위에서 돌아라, 어서 돌아라.

놀랄 정도로 가슴이 차가워졌다. 기담이 임기응변으로 한 연행은 관객의 가슴에 휘돌았다. 덕분에 영사기 기사가 필름을 다시 거는 짧은 동안 오히려 관객들의 애끓는 마음이 한층 더 끓어올랐다.

동네 사람들이 몰려들어 영진을 에워싸는구나. 왜 우십니까? 나는 죽었던 사람이나 다름없습니다. 웃어주십시오. 마지막으로 여러분과 작별해야 하는 저를 기쁘게 해주십시오. 여러분이 우시는 것을 보면 저는 견딜 수가 없습니다. 제가 늘 불렀다는 노래를 부르면서 기쁘게 작별합시다. 영진이 영희와 현구에게 아리랑을 불러달라 재촉하는구나. 그리하여 현구는 슬프게도 노래를 부른다. 아리랑 아리랑 아라리요 아리랑 고개로 넘어간다. 나를 버리고 가시는 님은 십 리도 못 가서 발병 나네. 아리랑 아리랑 아라리요 아리랑 고개로 넘어간다. 청천 하늘엔 잔별도 많고 우리네 살림살이 탈도 많다. 아리랑 아리랑 아라리요 아리랑 고개로 넘어간다. 풍년이 온다네 풍년이 와 이 강산 삼천리에 풍년이 온다네.

기담도 미처 모르던 자신의 모습이었다. 영화 속으로 빨려들어갈 것만 같았다. 영화 속에서 배우가 되고 들판이 되고 주인공이 집어 든 술잔이 되었다. 영희 목소리를 흉내

낼 때는 목소리가 저절로 변했다. 그녀의 눈물처럼 자신에게서도 눈물이 흐르는 것 같았다. 자신의 가슴 안에 자신도 어찌할 수 없는 지느러미를 뒤치며 펄떡이는 한 마리 커다란 물고기가 있었다. 그것은 숭어나 놀래기보다 훨씬 크고 날카로운 이빨과 지느러미를 가진 물고기였다.

기담은 종료를 알리는 종소리와 길게 이어지는 박수 소리를 듣고도 퍼뜩 영화 밖으로 나올 수가 없었다. 등으로 한줄기 식은땀이 흘렀다. 그때에야 정신이 들었다. 많은 사람이 손수건으로 눈물을 닦고 있었고 코를 풀었고 훌쩍였다. 관객들은 쉬이 자리를 뜨지 못했다.

"감사합니다, 감사합니다."

기담은 무대 중앙으로 나가 인사를 했다. 다시 박수가 쏟아졌다. 필름 사고는 오히려 애타는 마음을 부추겼다. 제 설움인지, 영화 속 주인공의 설움인지도 모른 채 사람들은 모두 격분한 듯 벌겋게 충혈된 눈으로 쉽사리 극장을 빠져나가지 못했다. 기담도 흥분이 가라앉지 않았다.

"변사 양반, 누가 많았수. 난 또 그놈이 진짜루다가 영진이를 끌고 가능 줄 알고 나도 모르게 흥분해설랑은."

조금 전 소란을 피우던 노인이었다.

"변사 양반이 워낙이 실감 나게 영화를 얘기해주니깐두루 내가 그만 착각을 했지 뭐야요."

노인은 계면쩍다는 듯이 뒷목을 긁적였다.

"아닙니다, 어르신."

기담은 노인의 손을 잡고 인사를 했다. 명선이 다가왔다. 명선이 뒤로 그녀가 서 있었다.

"선생님은 좀 어떠신지."

명선이 흥, 코웃음을 쳤다.

"해 뜰 때까지 술을 마시더니 아예 깨어날 줄 모르시더라고요. 그나저나 누가 선생님을 초짜 변사라고 하겠어요. 대단하시던데요. 빨려들어가는 줄 알았지 뭐예요."

그러곤 귓속말로 속삭였다.

"이젠 선생님의 시대가 열릴 거예요."

해월관에 갈 때만 해도 이름 대신 총각으로 부르던 명선이었다. 기담이 있는 앞에서 김익호와 입술을 비비던 기생이었다. 그런 명선이 기담에게 선생이라 불렀다. 그는 자신을 바라보는 여자의 눈길을 애써 피했다.

"기담 변사 훌륭했소."

검열을 위해 입관했던 미키오 경관이었다. 그는 손을 내밀어 악수를 청했다. 기담은 아직도 정신이 없었다. 그러고 보니 입석한 경관이 자신이 영화를 연행하는 동안 한 번도 제지하지 않았다는 생각이 들었다. 노인이 소란을 떨 때도 그는 장내를 정리하는 수준이었다. 조금만 일본의 비위에 안 맞으면 임관들이 영화와 상관없이 제지를 가하곤 하던 것을 몇 차례 봐왔다. 물론 풍속을 해친다는 이유였다. 기담은 미키오의 손을 맞잡았다.

극장주 최태석도 가뜩이나 큰 입이 다물어질 줄 몰랐다.

"잘했네, 잘했어. 숨은 보석이 따로 없구먼. 이제부터 자넨 우리 극장 보밸세. 암, 보배고말고."

최태석은 감정을 숨길 줄 모르는 사람이었다. 기꺼워 기담의 양어깨를 움켜잡고 흔들더니 결국 끌어안고 등을 두드렸다.

기담은 채 가시지 않은 벅차오르는 감격을 어쩌지 못했다. 극장주가 술 한잔하자고 했지만 사양했다. 기담은 모두가 떠나고 텅 빈 극장 객석에 얼마 동안 앉아 있다가 퇴근하려는 영상 기사를 붙들었다. 미안하지만 필름을 한 번만 더 돌려달라고 부탁했다. 아무도 없는데 그걸 돌려 뭘 하겠냐던 기사는 몇 번 더 부탁하는 기담의 청을 거절하지 못했다.

기담은 객석 중앙에 앉아 영화를 보기 시작했다. 아무 소리도 나지 않는 영화는 그림자 같았다. 물이 다 빠져나간 뜨거운 한낮의 개펄과도 같았다. 영화를 보던 기담은 마음속으로 연행을 시작했다. 어느 순간부터는 극장 안이 울리도록 연행을 했다. 듣는 이는 오직 기담뿐이었다. 처음이자 마지막으로 기담 자신만을 위한 연행이었다.

기담은 바다로 달려갔다. 퍼덕이는 물고기의 뒤채임을 느끼고 싶었다. 밤바다는 기담의 눈길이 닿지 않는 곳까지 뻗어 있었다. 그 바다가 품고 살찌울 무수한 생명들. 개벽 세상을 싣고 오는 배의 길. 기담은 오랫동안 바라보던 바다를 두 팔을 벌려 안아보려 했다. 안아지는 것은 아무것도 없었다. 그래도 기담은 바다를 다 품기라도 한 듯했다.

계순과 홍란은 성냥공장에서 하청받아 온 성냥갑을 접고 있었다. 성냥갑 접는 일을 공장에서 받아다가 부업으로 하는 집들이 많았다. 홍란은 성냥공장에서 성냥개비에 황을 바르는 일을 하고 집에 오자마자 또 성냥갑을 접고 풀칠해 붙여야 했다. 홍란은 그 일이 하기 싫어 저녁밥을 먹고 나면 어떻게든 빠져나갈 궁리를 했지만 어두운 밤에 나가 할 수 있는 일이라곤 없었다. 저녁마다 홍란은 입이 한 자는 나와 있었다. 계순은 그런 홍란을 집구석에 잡아두고, 또 돈도 벌 속셈으로 꼼짝 못하게 했다. 그래도 홍란은 틈만 나면 어떻게든 밤마실을 나가려 했다.

"오빠가 돈 좀 잘 벌어오면 좀 좋우. 변사 시험에 합격하면 뭐하누. 벌써 몇 달이 지났는데 아직도 극장에서 잡일이나 하고 있으니. 차라리 기철이 오빠처럼 미두취인소라도 나가면 돈이라도 좀 만지잖아요. 허구한 날 내 등짝만 벗겨 먹으려 드니, 아이 짜증나."

홍란은 계순이 풀칠해놓은 성냥갑을 접으며 투덜댔다. 방 한쪽 가득한 성냥갑도 꼴 보기 싫었다.

"그러게 말이다. 구멍에 든 뱀마냥 도대체 그 속을 알 수가 있어야지. 그래도 각설이패랑 어울리면 장타령밖에 안 나온다지 않니. 혹시 아냐. 기담이 유명짜한 변사님이 될는지도."

"칫, 끝 부러진 송곳이나 아니었으면 좋겠네."

문밖에서 기척이 느껴졌다. 기담이었다. 기담 손에 들린 꾸러미에 든 것이 소고기라는 걸 알고 계순과 홍란은 눈이 휘둥그레졌다. 기담이 무얼 사 들고 온 것도 처음이었지만, 그것이 다른 허접스러운 것도 아닌, 명절에도 상에 올리기 어려운 소고기라니 안 놀랄 수가 없었다.

"오늘 극장에서 첫 연행을 했소."

기담은 고기를 받아드는 계순을 향해 말했다.

"그럼 네가 드디어 변사가 된 것이냐?"

기담이 고개를 끄덕여도 계순이 믿기지 않는다는 듯, 제 손에 들린 소고기와 기담 얼굴을 번갈아 보았다. 홍란이 허둥거리며 방으로 들어가 널려 있던 성냥갑을 재빨리 윗목 구석으로 몰았다.

모든 것이 희미해진 지금도 기담은 그날 극장 안을 가득 채웠던 자신의 목소리만큼은 또렷하게 기억할 수 있었다. 그 연행은 물이 얼음이 되고, 명태가 북어가 되고, 도화가 탐스러운 복숭아가 되는 것과 같은 것이었다. 변한 것 같지 않으면서 모든 것이 변해버렸다는 것을 기담은 알 수 있었다. 지금처럼 휘황찬란한 영화가 나오리라고는 상상도 못할 때였다.

6

영화 「아리랑」이 장기 흥행에 들어갔다. 영화관은 매일 사람들로 가득 찼고 영화가 절정에 다다르면 아리랑 노래를 따라 부르고 울부짖는 사람까지 있었다. 서울에서는 이 영화를 보고 대한독립만세를 부르다 임석한 경관에게 끌려나가기도 했다는 소문도 돌았다. 그러나 기담이 보기에 영화는 특별히 애국심을 조장하는 내용이라고 할 수는 없었다. 다만, 첫 장면에 '고양이와 개'라는 자막을 넣은 것이나 아라비아 사막에서 갈증에 시달리는 젊은 연인들에게 상인이 물을 가지고 여자와 거래를 하려는 장면 등은 전체 내용과는 상관없는 높은 수준의 상징이나 비유였다. 기담 역시이 비유에 놀랐다.

그동안 우리나라 영화는 이야기에 맞게 배경을 깔고 그에 맞는 인물이 등장해서 이야기에 맞는 연기를 하는 것이 고작이었다. 그러니까 이야기 맞추기에 급급했다고 볼 수 있다. 「아리랑」은 달랐다. 이야기를 드러내는 방식이 직접적이지 않았다. 상징과 은유를 더했다고나 할까. 한 차원 높은 고급스러운 영화였다. 감독과 주연을 겸한 나운규가 영화 속에 우리 민족의 한과 설움을 담았는지는 알 수 없었다. 나운규는 그것을 말할 수 없었다. 아니, 말할 수 없는 세상이었다. 3·1운동 이후, 일본은 식민지 백성에 대한 탄압을 멈춘 것처럼 보였지만, 은밀하고 교묘해졌다는 것을 모르는 이는 없었다. 그것을 알기 때문에 영화에 나오는 뜻밖의 장면에 가려진 이면을 보려 했고, 누구에게나 그 뜻은 어렵지 않게 해석되었다.

어느 신문에서는 선이 굵은 나운규의 얼굴을 두고 미국의 유명한 배우 다스틴 퍼남에 비유하며 조선 배우 중 일인자라는 극찬을 쏟아냈다. 어느새 아리랑의 원작, 각색, 감독에 주연인 영진 역을 맡았던 나운규를 모르는 사람이 없을 정도가 되었다. 기담도 영화 해설을 하는 동안 마음이 격해진 적이 한두 번이 아니었다. 영화에 소리를 입히고 관객과 뜨겁게 하나 되는 과정은 가슴 벅찬 경험이었다. 사람들은 영화가 끝나도 쉽게 돌아가려 하지 않았다. 영화에서 유일하게 만나 얼굴을 마주볼 수 있는 사람이 변사였기에 영화 끝나기가 무섭게 해설대 앞은 기담의 손을 잡으려고 하거나 얼굴 한 번 더 보려는 사람들로 북적였다.

기담은 관객들이 아리랑을 따라 부른 날의 환희를 잊을 수 없었다. 영진이 끌려가고 마을 사람들이 아리랑을 부르는 장면은 이 영화의 절정이었다. 기담은 이 절정에서 감정이 극에 달할 수 있도록 처연하게 아리랑을 부르기 시작했다. 그리고 한 소절이 끝났을 때, 객석 어디선가 기담의 목소리가 아닌 다른 목소리의 아리랑이 들렸다. 처음엔 한 사람의 목소리였으나, 바로 다른 사람들의 목소리가 섞였다. 어느새 아리랑은 합창이 되었고, 노래는 처연한 감정 이상의 벅찬 환희를 느끼게 했다. 그것은 분명 환희였다. 극장 안에 있던 사람들이 노래로 하나가 되었고, 그 노래는 단순한 노래가 아니었다.

그날 기담은 연행에 대해 생각했다. 영화가 좋았고, 영화를 가장 먼저 보고, 소리를 더해 한 편의 완성된 영화를 선보이는 자신의 일이 좋았다. 자신을 알아보고, 손을 잡고 싶어 하고, 칭찬해주고, 자신의 목소리를 한 번이라도 더 듣고 싶어 하는 사람들이 늘어나는 일이 좋았다. 계순과 홍란이 더 이상 가난을 걱정하지 않는 것도 좋았고, 신문물이 들어오는 한가운데 자신이 서 있는 것도 좋았다. 그것으로 충분했다. 그러나 기담은 아직도 귓가에 쟁쟁하던, 함성과도 같던, 아리랑을 따라 부르던 목소리를 기억했다. 기담이 생각하는 그 이상의 힘이 변사에게는 있었다. 그것은 무섭고도 두려운 떨림이었다.

기담은 계순이 하는 말의 재미를 그때그때 적어놓았고, 또 연행할 때 적절하게 대본을 바꾸거나 섞어 썼다. 사람들은 김익호 변사와 어떤 차이가 있는지 명확하게 몰랐지만, 어쩐지 기담의 연행을 찰지다고 느꼈다. 기담은 무성영화에 말을 입히는 일은 한 편의 영화를 완성시키는, 화룡점정과 같은 것이라고 생각했다. 필름과 대본이 같이 오긴 해도 상황에 따라 대본을 조금씩 바꿀 수가 있었다. 대본을 조금 바꾸는 것이지만 그 차이는 엄청났다. 똑같은 영화라도 어떻게 대사를 치고 광경을 설명하고 적재적소에서 웃음과 울음을 끌어낼 수 있느냐가 영화 흥행의 관건이었다. 기담은 변사가 되기 위해 타고난 사람처럼 그쪽으로 감각이 발달했다. 그날 든 관객의 반응을 보고 미묘한 차이를 잡을 줄 알았다. 게다가 그의 다채로운 음역은 마치 몇 사람의 변사가 같이 영화를 설명하고 대사를 치는 것처럼 화려하고 다양했다. 그러나 기담은 그것 말고 좀더 색다른 것을 찾아 넣고 싶었다. 하지만 이미 영화가 있고, 대본이 있는 상태에서 변사가 마음대로 무언가를 짜 넣기는 쉽지 않았다.

몇 달 뒤 나운규가 역시 원작, 각색, 감독에 주연까지 맡은 영화 「풍운아」가 또 한번 주목을 받았다. 기담은 「풍운아」를 정식 연행하기 전 대본을 받아들고 영상과 맞춰보다가 주인공이 바람처럼 떠도는 인생이니 활극적 요소를 좀더 살려보면 어떨까 생각해보았다. 야욕에 가득 차 돈을 미끼로 혜옥을 잡고 있는 재덕과 혜옥을 사랑하는 창호가 한판 붙을 때, 창호의 주먹이 날아가는 동시에 단전에 힘을 모으고 큰 소리로 호라이차차!를 외쳤다. 또, 니콜라이 박이 곽철산 무리들과 싸움이 붙을 때도 호라이차차 기합을 넣었다.

기담은 얼마 안 가 택견변사라고 별칭이 붙었다. 주인공이 악인에게 복수할 때 기담은 호라이차차 기합을 지르고 대사를 시작했다. "호라이차차, 네놈이 그러고도 인간이란 말이냐." "호라이차차, 오늘 밤 내 필히 너를 찾아가 단죄할 테니 기다리고 있어라." "자, 내 주먹을 받아라, 호라이차차" 하는 식이었다. 그 말은 연행의 재미를 더해 관객들은 마치 언제쯤이나 호라이차차를 할까 기다리고 있었다는 듯이 기담과 합세해서 호라이차차를 내질렀다. 그때마다 극장은 한순간 군중집회 장소처럼 보이기도 했다. 처음엔 화들짝 놀라던 미키오 경관도 그것이 선동의 의미가 아니라 합창과 다르지 않다는 것을 알아챘다. 그러면서도 관객들과 같이 호라이차차를 내지를 때마다 미키오 경관은 바짝 긴장했다. 관객들은 그렇게 영화를 보며 소리를 지를 때마다 눈물을 흘릴 때와 똑같이 가슴이 후련해지며 쌓였던 시름을 내려놓았다. 시름을 근본적으로 해결해주진 못해도 그때만큼은 한껏 후련해질 수 있었던 것이다. 영화를 보며 눈물을 짜거나 소리를 지르고 웃는 사이에 관객들은 영화 속 주인공과 하나가 되었다. 실제 대본에는 없는 것이니 인물들의 동작이나 입 모양에 맞춰 호라이차차를 재빠르게 하느라 애를 먹었지만 호라이차차 하는 기합 소리를 동네 아이들이 칼싸움하면서 내뱉는 것을 볼 때에는 절로 입꼬리가 올라갔다.

이 동네 특성상 각지에서 모여든 사람들이 어렵게 살아서 그런지 애정극보다는 활극이 훨씬 인기가 좋았다. 극장주 최태석도 활극 위주로 필름을 사 왔다. 신나게 싸우고 의리를 지키는 인물들이 등장하는 활극을 보면서 찌들고 고된 삶을 한바탕 털어버리는 거라고 최태석은 말했다.

기담의 몸값은 나날이 높아졌다. 김익호 변사와 나누어 일을 했지만 기담이 변사로 나서는 시간에 점점 많은 사람이 몰려들었다. 서울에서는 극장마다 변사가 여럿 있어 활극, 애정극 등 장르마다 나눠서 하는 모양이었지만 여기서는 그럴 여력이 되지 않았다. 극장주는 점점 좋은 영화 연행에 기담이 변사로 나설 수 있도록 배정했다. 김익호는 술집에 틀어박혀 나오지 않는 날이 많아졌다.

기담은 새로운 영화가 들어올 때마다 만국공원 동쪽 아래 창영동에 사는 맥코넬의 집 대문 아래로 봉투에 넣은 표를 밀어 넣었다. 노을이 지는 저녁마다 개를 끌고 산책하던 신사. 기담에게 십 전을 주고 머리를 쓰다듬어주던 그 신사 이름이 맥코넬이라 했다. 타운센트 양행의 운영을 책임지고 있는 영국인이었다. 타운센트 양행은 미국으로부터 기계, 화약, 석유 등을 수입 판매하는 회사였다. 기담이 아는 한, 그가 영화를 보러 온 적은 없었다. 변사가 되고 나서 길에서 그를 서너 번 보긴 했다. 기담은 그가 웃을 때조차도 눈에서는 도저히 이해할 수 없는 서글픈 빛이 어리는 걸 놓치지 않았다. 그 눈빛은 그가 추워지는 가을이면 입는 바바리코트의 녹빛과 닮아 있었다. 아웅다웅 먹고살기에 급급한 사람이나 욕망을 좇는 사람에게서는 찾아볼 수 없는, 하루하루가 그저 바람인 자의 슬픔 같은 것이 자주 눈에 어리곤 했다. 그것은 흉내 낸다고 흉내 낼 수 없는, 태어날 때부터 습득된 태생적 외로움 같은 것인지도 몰랐다. 이 서양인의 눈을 벽안(碧眼)이라고 부르기도 하고 푸른 눈이라고도 했지만 꼭 그런 것은 아니었다. 기담이 보기에 맥코넬의 눈은 푸른빛으로는 설명할 수 없는 좀 다른 색깔의 눈이었다.

그가 어떤 사람인지 궁금했지만 기담으로서는 알 수가 없었다. 타운센트 양행의 대리인으로 일을 봐주고 있다는 말을 듣긴 했지만 기담이 알고 싶은 것은 그런 것이 아니었다. 보다 근원적인 것, 그에게서 맡아지는 낙엽 태우고 난 뒤의 마지막 연기와 같이 조금은 매캐하고 조금은 시린 듯한 그것의 정체를 알고 싶었다. 그는 어쩌자고 제 나라도 아닌 이 나라의 작은 항구도시에서 살고 있는 것인지, 아무도 그를 찾지 않는 것인지, 고국으로 돌아가고 싶진 않은지 그런 사소한 것들이 궁금했다. 왜 더 정갈하고 깔끔한 일본촌이나 붉고 금박이 치장된 화려한 청관 거리를 놔두고 소똥이 질펀하고 냄새나고 더럽고 가난한 거리만을 산책하는 것인지, 땟국이 흐르는 아이들에게 쥐여주기 위해 준비해서 다니는 십 전은 그에게 무엇인지 그런 것이 궁금했다. 그리고 그 궁금증의 끝에는 그에게 십 전을 쥐여주던 그 손, 그 다정한 푸른 눈, 그 눈 속에서 기담이 느꼈던 알 수 없는 감정도 있었다. 기담은 맥코넬에 대해 알고 나면 그가 영화관에 오지 않는 줄 알면서도 그의 집에 영화 표를 놓고 나오는 자신의 마음을 알 수 있을 것 같았다.

해설을 마치고 나오자 인력거가 대기하고 있었다. 해월관에서 온 인력거였다.

기담은 그이 이름이 묘화라는 것을 알았다. 처음 본 뒤 일 년여 동안 묘화는 한층 성숙해졌다. 미간에서 콧방울까지 흐르는 콧등은 줄로 그은 듯 일직선으로 높게 솟았고 발그레한 양볼은 도톰하고 탄력 있게 반짝였고 맑고 흰 눈자위에 둘러싸인 검은 눈동자는 한없이 깊었다. 묘화가 기예가 뛰어나고 춤이나 노래까지 빼어났지만 기생은 아니라는 말도 있었다. 묘화가 스스로 기담을 찾게 하겠다고 다짐했지만 마음이 흔들렸다. 기담은 묘화와의 줄다리기 줄을 그만 놓고만 싶다고 생각하던 차였다.

인력거에 올라앉았다. 장단을 맞춘 듯 움직이는 인력거 위에서 기담은 뛰는 가슴을 지그시 눌렀다. 기담을 좋아하고 기담이 하는 연행 한 꼭지를 가까이서 듣고 싶어 하는 기생들은 기담을 서로 차지하려 야단이었다. 겉으로는 온갖 폼을 다 잡으면서 술에 취하면 개보다 더한 양반 치들보다야 자신들을 즐겁게 해주고 까다롭지 않은 기담이 훨씬 좋다고 내뱉는 기생들의 말이 인사치레만은 아니라는 것을 기담도 알았다. 그래서 기담도 기생들과 어울리는 것이 좋았다.

기생 춘선이 자신들이 만들었다는 잡지를 자랑삼아 보여준 적이 있었다. 『장한(長恨)』이라는 잡지였다.

철판에 붉은 피 흐르고 가슴에 심장이 사라 뛰는 사람으로서 사람의 대접을 밧지 못하고 즘생으로 더부러 벗하게 되는 때에 어찌 탄식인들 업스며 눈물인들 업스리오마는 탄식과 눈물만으로는 모든 것이 해결되지 못하나니라. 때는 흘르는도다. 벗이여 눈물을 씨스라.

기담으로서는 왜 이런 잡지가 기생들에게 필요한지 알수 없었다. 기생들은 그저 기예를 가지고 손님을 즐겁게 해주고 그만큼의 화대를 받으면 그만 아닌가?

"세상에 알리기 위해서지요. 우리는 남정네를 희롱하고 몸을 팔지만 그것이 다는 아닙니다. 정치가 이루어지는 곳이 어딘 줄 아십니까? 회의를 한다 의결을 한다 책상을 두드리고 난리지만 결국 정치가 이루어지는 곳은 이곳이지요. 우리에게 달려 있다고 해도 과언이 아니에요. 그러니 나라 돌아가는 꼴이나 미래를 점치고 싶으시거든 여기, 우리가 있는 곳으로 오시면 될 일이지요. 그래놓고도 우리를 이 조롱 속에 가둬놓지요. 이 조롱을 열어젖히고 저 보이지 않는 창공을 날아 멀리멀리 가는 게 우리의 꿈입니다."

기담은 고개를 끄덕였다.

"그렇다면 오늘 밤엔 내가 짐승이란 말이지?"

"아이, 선생님께서 그럴 리가요. 다만 우리 가슴에 품은 한이란 걸 선생님은 알아주실 것 같아 보여드리는 것이지요."

그 표지에는 조롱 속에 새 한 마리가 들어앉아 있었다. 아마도 자신의 처지를 그리 비유한 것 같았다. 그날 그는 기생들에게 더 많은 화대를 주었고 서로 어울렸다. 손님으로서가 아니라 친구처럼 어울렸다.

방문이 열렸다. 묘화의 갸름하고 날렵한 버선코가 눈에 들어왔다. 버선목을 스치는 곳에 붉은 목단이 수 놓인 열두 폭 옥빛 스란치마 속으로 흰 속치마가 은은히 비쳤다. 적자주색에 가까운 저고리 안에 치마를 동여맨 끈이 보였다. 얼핏 가슴골도 희미하게 비쳤다. 동정이 마주 닿는 곳에서부터 길게 올라간 목선은 희고 갸름했다. 그 위의 얼굴. 기담은 발끝부터 훑어 올라가 맨 나중에야 묘화의 얼굴을 바라보았다. 얼굴은 잘 빚은 도자기처럼 빛이 났다. 기담이 처음 보았을 때의 언뜻 보이던 앳된 기운은 어디에도 남아 있지 않았다. 기담은 침을 꿀꺽 삼켰다. 자신의 침 넘기는 소리를 들키기라도 했을까 봐 당황한 기담은 얼른 고개를 숙였다.

명선이 오늘은 특별한 사람이 기담을 보고 싶어 한다고 했을 때, 그이가 묘화일 거라 짐작했는데 맞았다. 기담이 그토록 기다리던 자리였다.

"앉지."

기담의 목소리가 가벼운 흥분으로 떨려 나왔다.

"묘화입니다."

"잘 알고 있어. 극장에 와서 늘 영화를 보는 것도 알고 있고."

그제야 묘화는 고개를 들었다.

묘화는 옥빛 주전자를 들어 술잔을 채웠다.

기담은 말없이 술잔을 기울였다. 묘화가 산적을 집어 앞으로 내밀었다. 기담은 입을 벌리는 대신 자신의 젓가락으로 그것을 집어 입에 넣었다. 묘화의 젓가락이 허공에서 멈칫했다. 묘화가 산적을 집어 내밀 때 기담은 자신이 묘화에게 원하는 것이 무엇인지 깨달았다. 자신을 손님으로 대하는 것이 아니라 마음으로 정인으로 대해주길 원했다. 그녀가 영화 한 대목을 해달라고 청을 넣는다고 해도 지금은 하지 않을 생각이었다. 그렇게 열망으로 들뜨던 마음이 묘화와 마주앉아 있는 고요한 시간 속에서 저절로 녹았다.

"동기들이 잡지를 만들었다지? 묘화도 이곳이 조롱 속

인가?"

묘화의 마음을 열어볼 생각으로 던진 궁색한 물음이었다. 입 끝을 살짝 들어 올려 웃고 있던 표정이 굳어지더니, 기담을 바라보았다.

"글쎄요. 여기가 어딘가를 한 번도 생각해보지 않은걸요. 그럼 선생님의 극장은 어떤 곳이옵니까? 극장 안에 들어설 때마다, 아니 해설대에 앉아 영화를 연행하기 위해 목소리를 가다듬을 때마다 어떤 생각이 드시나요?"

묘화는 대답을 피하며 오히려 기담에게 물었다. 기담은 당황스러웠다. 자신의 영화 이야기를 듣고 싶어 하고 그래서 자신을 선망하거나 흠모하는 사람들에게 그 자리는 자신을 우러러보게 하는 유일한 권력이었다. 그 권력을 조롱 속에 가둘 수는 없는 노릇이었다.

"그럼 지금 한번 생각해보아. 답을 들은 연후에 나도 답을 주겠어. 실은 나도 한 번도 생각해보지 않았거든."

"한잔 주시지 않으시렵니까?"

기담은 그제야 묘화에게 첫 잔을 따라준 이후로 한 잔도 따라주지 않았다는 것을 알았다. 술 따르는 것도 잊고 있을 만큼 기담은 보이지 않게 허둥대고 있었던 것이다. 술을 한 잔 마신 뒤 묘화는 기담을 바라보며 예의 그 미소를 지었다.

"조롱이라니요. 저는 이곳이 저 인천 앞바다보다 넓은 망망대해 같다는 생각이에요."

"연유가 무엇이지?"

"그건 아마 선생님이 변사 자리에 앉았을 때 든 생각과 크게 다르지 않을 듯해요. 조롱으로 보느냐, 바다로 보느냐는 마음의 문제겠지요. 거문고를 뜯을 때, 울리는 소리는 제 손가락이 낸 것이옵니까, 현이 낸 울음입니까? 그 소리가 어떠하더이까? 똑같은 소리도 듣는 이에 따라 달리 느껴지는 것은 어떤 연유입니까?"

어쨌든 기담으로서는 다행이었다. 조롱에 갇혀 있다고 생각하지 않는 것은 분명했으니 말이다. 다시 술잔을 기울이다 기담은 망설이던, 묘화를 본 순간부터 내내 물어보고 싶던 말을 꺼냈다.

"나를 알고 있지?"

"물론이지요. 변사님을 모르는 사람이 있으려고요."

"아니, 그보다 훨씬 전에 나를 만난 적이 있잖아."

묘화가 고개를 갸웃했다.

"한 소녀를 찾고 있었지. 장마 통에 수문에 빠진 소년을 구해주었던 소녀야. 소년은 자신을 구해준 사람이 얼굴도 모르는 소녀라는 걸 알았을 때의 부끄러움만큼이나 그 소녀가 보고 싶었지."

묘화의 눈이 커지고 입가에 잔잔한 미소가 어렸다.

"그 소녀를 만났습니까?"

"그런 것 같아."

"보니 어떻던가요?"

"그때 그 소녀가 누구인지 모른 채 그 소녀를 다시 만나게 되었을 때, 나는 그이가 유리를 닮았다고 생각했어. 어렸을 때 제물포구락부라는 곳에서 유리라는 걸 처음 보았지. 홀 안에 있던 사람들은 모두 잘 차려입었고 한껏 들떠 있었어. 음악이 흘렀고, 그들이 들고 있는 얼음보다 맑은 유리로 만들어졌다는 잔에는 붉은 술이 들어 있었지. 천장에 매달린 수십 개의 유리알이 그 한가운데 있는 전구의 빛을 수십, 수백 갈래로 영롱하게 갈라놓았고. 홀리듯 유리라는 것을 보았지. 이 세상의 어떤 색도 가지지 않으면서 모든 색을 다 품을 수 있는 맑고 투명한 그것. 그것은 이 세상 것이 아니란 생각이 들었어. 그것이 도대체 어떻게 만들어질 수 있는지 지금도 나는 이해하지 못해. 그 어떤 것도 색을 섞어서 다른 색을 만들 수는 있지만 색을 모두 없애 투명해질 수는 없다고 생각하거든. 그것은 하늘의 색이야. 다시 그 소녀를 보게 되었을 때 그이에게서 유리를 떠올린 까닭을 뭐라 설명할 길이 없어. 그냥 그런 생각이 들었다는 거야."

가만히 기담의 입술을 보며 얘기를 듣고 있던 묘화가 문득 왼손 엄지 주변을 문질렀다. 묘화는 영화를 볼 때마다 기담이 궁금했다. 꼭 그 자리가 어울리는 사람. 말의 휘황찬란한 놀음을 즐길 줄 아는 사람. 듣는 이로 하여금 말에 끌려들게 하는 사람. 그 사람 덕분에 영화가 더 재미있었다. 그가 어떤 사람인지 궁금했지만 그뿐이었다. 그런 그가 수문통에 빠졌던 그 아이였다니. 그 아이라면 그전에 이미 알고 있었다. 다만 그이가 기담이라는 걸 몰랐을 뿐. 기담 역시 모르는 눈치였다. 묘화는 왼손바닥을 기담에게 펴 보였다.

"제 손목에서 엄지로 내려가는 곳을 자세히 보면 무엇엔가 베인 흉터가 아직도 남아 있어요. 어렸을 때 굴 껍데기에 베인 상처지요. 변사님의 얘길 들은 답례로 저도 그 얘기를 해드릴까요? 소녀가 경성에서 내려온 지 얼마 되지 않은 때였어요. 바다라는 걸 처음 보았죠. 물이 들어오면 거대한 배들이 들어오고, 물이 빠지면 아낙들이 개펄로 나서고, 굴이며 조개며 맛이라는 것들이 흔한 이 바다가 신기했어요. 바다로만 나가면 무엇이든 먹을 수 있는 것들이 있다는 걸 믿을 수 없었죠. 그때 저는 어린 나이였지만 뭔가 외롭다거나 무섭다는 생각에 꼭 차 있었죠. 그럴 때마다 바다에 나왔어요. 활처럼 휘는 생선들, 굴이나 바지락을 까는 사람들, 그 싱싱한 냄새. 저는 바다가 좋았어요. 특히나 굴 냄새를 좋아했죠. 다른 과일이나 생선, 하물며 패류에서 나는 그 어떤 냄새보다 신선하게 느껴졌죠. 굴 냄새야말로 가장 바다를 닮았다고 생각했어요. 동네 아이들은 모두 그 굴 껍데기 무덤에 올라가 놀았죠. 오래된 무덤은 비와 바람에 쓸려 썩은 냄새도 나지 않았어요. 어떻게 그 패총에 올라가게 됐는지는 모르겠어요. 어느 순간 발을 옮길 때마다 나는 굴 껍데기 부서지는 소리를 참을 수가 없었어요. 서둘러 내려가려고 할 때 누가 밀었는지, 아니면 헛디뎌 넘어진 것인지 앞으로 고꾸라지듯 넘어지면서 이 손을 베었던 거예요."

기담은 숨을 멈추고 묘화의 얘기에 귀를 기울였다.

"붉은 피가 흘러 뚝뚝 떨어졌죠. 입고 간 흰 치마에도 핏방울이 떨어졌고요. 아이들이 내 뒤에서 소리쳤어요. 큰일 났다, 큰일 났다. 개가 저 피를 핥아 먹으면 미쳐버리는데. 미친개는 사람을 물어버리는데. 큰일 났다, 큰일 났다. 아이들은 합창하듯 큰일 났다를 외쳤어요. 나는 피가 떨어지는 손을 받쳐 들고 굴 껍데기 무덤에서 뛰듯이 내려왔어요. 아이들이 따라오면서 놀려대는 소리에 삭은 굴 껍데기들이 밟혀 부서지는 소리, 어디선가 개 짖는 소리까지 더해져 개한테 물리기도 전에 미쳐버릴 것만 같았죠. 참았던 울음이 터졌어요. 당장이라도 개가 뛰어와 긴 혀를 내밀어 피를 핥아 먹고 할딱대다가 내 정강이를 물어뜯을 것만 같았죠. 뛰었어요. 개가 쫓아온다, 개가 쫓아온다. 큰일 났다, 큰일 났다. 아이들은 손뼉을 두드리며 더 빠르게 소리쳤죠. 개가 당장에라도 쫓아와 물어버릴 것만 같은 공포에 그동안 눌러놓았던 외로움, 설움까지 복받쳐 눈물을 참을 수가 없었어요. 막 골목으로 접어들 때였어요. 누군가 내 손목을 잡았죠. 나도 모르게 꽥 소리를 질렀어요. 괜찮아, 괜찮아. 내 손목을 잡은 이가 말했죠. 개가 무는 일은 없어. 아이들이 타지에서 온 너를 놀리는 것뿐이야. 계집애가 무슨 걸음이 그렇게 빠르니. 아이들 합창도 개 짖는 소리도 들리지 않았죠. 갑자기 맥이 쭉 빠져 그만 막다른 집 담벼락에 기대어 미끄러지듯 주저앉고 말았어요. 다리가 후들거려 더는 달릴 수도 없었죠. 여전히 손에서는 피가 나서 손바닥에 흥건했고, 그 피를 본 나는 끝내 오줌을 지리고 말았어요. 창피해서 그만 울음이 터져버렸죠. 죽고 싶었어요. 손목을 잡았던 그 사람이 자신의 옷고름을 잡아 뜯어 내 손의 상처를 동여매주었어요. 피가 멈추기도 했지만 손바닥이 단단하게 동여매지니까 묘하게 편안해졌어요. 힘이 센 누군가가 지켜주는 것 같았죠. 따뜻한 손이었어요."

　묘화의 얘기를 듣는 기담의 눈이 휘둥그레졌다. 그런 날이 있었다. 타지에서 온 계집아이가 패총에서 넘어지고 놀림을 받던. 피 흘리는 그 아이의 손을 옷고름으로 동여매주던. 그러니까 묘화의 상처를 동여매준 이는 자신이었다.

"그럼 물에 빠진 내가 그때 네 상처를 동여매준 아이란 걸 알고 구해준 것이었단 말이야?"

묘화는 고개를 흔들었다.

"구해준 뒤, 정신을 잃고 쓰러진 얼굴을 보고야 알았죠."

기담은 자신도 모르게 무릎을 치며 상 앞으로 더 바짝 다가갔다.

"극장에서 나를 보았을 때, 그때 그 아이란 걸 알아보던 거야?"

묘화는 다시 고개를 저었다.

"오늘, 이 자리에서 선생의 얘기를 듣고야 알았어요. 저도 깜짝 놀랐답니다. 그때 그 아이였다니요."

기담이 묘화의 손을 덥석 잡았다. 묘화는 손을 빼지 않았다.

"그때 그 아이였다니. 이거 마치……"

기담은 묘화의 흐릿해진 흉터를 검지 끝으로 만져보았다. 짧은 선 하나가 만져졌다. 손을 잡아당겨 그 흉터에 입술을 대었다. 묘화가 손을 빼려 했으나 놓지 않았다. 기담은 오히려 묘화의 손을 잡아당겨 그녀를 안았다. 어린 시절이었지만 묘화와 그리 깊은 인연이 있다는 걸 알고 가슴이 뛰는 걸 어쩔 수가 없었다. 조금 뒤 묘화가 몸을 뺐다. 완강한 몸짓이었다. 기담은 묘화를 놓아주었다. 묘화가 기담의 잔에 술을 따랐다. 기담도 묘화의 잔에 술을 따랐다. 술잔을 부딪치고 술을 깨끗이 비웠다. 조금 전 따라 마시던 술과 전혀 다른 술맛이었다. 몸이 훅, 하고 더워졌다. 기담은 짐짓 딴짓을 하듯 물었다.

"영화는 재밌던가?"

"네에, 영화를 볼 때 선생님의 연행을 듣는 것이 무엇보다 즐겁습니다. 선생님이 연행할 때는, 배우의 목소리를 흉내 낸다는 느낌이 아니라 완벽하게 배우의 목소리처럼 느껴져 늘 놀란답니다. 여배우 목소리를 흉내 낼 때조차 흉내라는 생각이 안 드니 대단하시던걸요."

"그렇게 좋게 봐주니 고마운걸. 난 매번 신이 나서 연행을 하지만 관객들이 다 돌아가고 나서 텅 빈 극장에 남아 있으면 나 혼자 얼굴에 희뿌연 분장을 하고 우스꽝스러운 무언극을 한 느낌이 들어. 왜 그러는지는 잘 모르겠어. 그래서 되도록 연행이 끝나고 나면 극장을 빨리 빠져나가버리지. 그런 기분이 들면 왠지 울적해지거든."

"무례하게 들리실지 모르지만 선생께 영화는 무엇이옵니까?"

순간 기담은 퍽 당황했다. 늘 생각했지만 한 번도 생각해보지 못한 것처럼 우물거리다가 농처럼 둘러쳤다.

"영화? 내 밥줄이지."

묘화는 묘하게 웃었다.

"그래요. 밥줄 맞네요. 지금 이 땅에 살아가는 이들 중 끼니를 걱정하지 않는 이들이 얼마나 될까요. 한 끼 밥을 마음 놓고 먹을 수 있다는 거 참 고맙지요."

기담은 술에 취해 건들거리며 집으로 가는 길 내내 그랬구나 우리가 그 옛날 그랬구나를 되뇌었다.

묘화는 눈을 뜨고서도 쉬이 일어나지 않았다. 진한 먹빛이 점점 옅어져 어느새 환해질 때까지 자리에 누워 있었다. 변사 기담을 생각했다. 술에 취해서도 그 옛날의 인연을 어린아이처럼 좋아하던 모습이 떠올랐다. 그가 가끔 해월관에 온다는 것을 알고 있었다. 동료 기생을 끼고 술을 마신다는 것도 알고 있었다. 그런 그가 자신이 건네던 산적을 입으로 받지 않았을 때 묘화는 놀랐다. 남자들이란 처음엔 안주를 입에 넣어주길 원하고, 다음엔 입술을 주길 원하고, 다음엔 가슴, 그다음엔 잠자리를 원한다는 걸 익히 들어 알고 있었다. 점잔을 빼는 치들이라고 다를 바 없다고 했다. 오히려 더한다고 했다. 기담이 원한 것이 마음이라는 걸 어렴풋이 알 수 있었다. 기생의 마음이 아니라 여인의 마음. 사랑하는 여인의 마음이었다. 묘화는 고개를 흔들었다. 누구도 마음 안으로 들이고 싶지 않았다. 묘화에겐 자신을 키워준 맥코넬 외에는 아무도 필요 없었다.

묘화는 풀을 잘 먹인 흰 모시 한복을 들고 대문을 나섰다. 얼마 전 말수가 적고 바느질 솜씨 좋은 아낙이 한복 두 벌을 지어왔을 때 묘화는 조용히 남자용 모시 한복 한 벌을 짓게 했다. 다른 해보다 더 무더웠다. 여름에는 모시만 한 옷감이 없었다. 아낙은 누구에게 줄 옷이냐고 묻지 않았다. 기방의 일을 도와주는 일꾼 중 맥코넬과 비슷한 몸을 가진 이의 치수로 대신했다. 묘화는 옷을 받아들고 촘촘히 박음질 된 솔기를 쓸어보았다.

"잘 어울려요, 맥 아저씨."

맥코넬은 옷을 입고 환하게 웃으며 한 바퀴 빙그르르 돌아 보였다. 묘화는 맥코넬의 저고리의 어깨와 목 부분 동정을 앞으로 당겨 깃을 맞췄다. 한복이 겉돌지 않을까 우려했던 것과는 달리 잘 어울렸다.

"매우 시원해, 고마워."

"한복이 아주 잘 어울리시네요."

장 집사가 수박을 내오면서 말했다.

"아저씨 보시기에도 그렇죠?"

"네에, 아씨는 날이 갈수록 예뻐지는군요."

"그렇지?"

맥코넬이 흔쾌히 동의했다.

"아씨가 처음 이곳에 올 때는……"

"장, 나가서 일 봐요."

장 집사는 얼른 입을 다물고 물러났다.

"괜찮아요, 맥 아저씨. 늘 고마워하고 있어요. 아저씨가 아니었다면 지금의 저는 없었을 거예요. 상처투성이 얼어 죽을 뻔한 계집애를 구해주셨잖아요."

"아버지 미워하면 안 돼."

묘화는 고개를 끄덕였지만 속으로는 진저리를 쳤다. 아버지는 개를 끌고 다니듯이 어린 묘화를 데리고 다녔고, 구걸을 시켰고, 무엇이든 예사로 훔치게 했고, 먹을 것 앞에서는 한없이 비굴했다. 한 번도 빨아 입지 않은 옷에서는 살찐 이가 솔기마다 숨어 있다가 밤마다 물어댔고, 아침이면 햇볕에 나가 이를 잡아야 했다. 수치를 몰랐다. 먹잇감을 낚아채려는 눈만 살아 번뜩였다. 아버지는 술만 먹었다 하면 묘화를 사정없이 팼고, 온몸을 발가벗겨 집요하게 더듬었다. 그러다 묘화가 울거나 징징거리기라도 하면 가차 없이 한겨울에도 발가벗겨 문밖에 세워두었다. 그때마다 발가락과 손가락 끝에서부터 얼면서 저렸고, 등짝이 갈라지고 명치끝은 대못이라도 박히는 듯한 통증을 참아야 했다.

거적때기 옆에 알몸으로 서 있던 묘화를 발견한 맥코넬은 입을 다물지 못했다. 종로 상점에 보냈던 물품과 대금이 맞지 않아 올라온 길이었다. 직원을 시켜도 되었지만 서울에 간 김에 난로를 구할 생각으로 온 것이었다. 인천으로 내려가는 기차 시간에 대려고 서둘러 가던 맥코넬은 대여섯 살밖에 안 된 계집아이가 눈이 내리는 밤에 알몸으로 밖에 나와 서 있는 것을 발견하고는 제 눈을 의심했다. 믿을 수도 이해할 수도 없었다. 눈이 조금만 더 많이 내렸더라면 앞이 흐려 보지 못했을 수도 있었다. 맥코넬은 그렇게 아이를 내쫓은 어른에게 분노했고, 눈물을 흘렸다. 아이의 아버지는 술에 취해 잠들었는지 흔들어 깨워도 눈조차 뜨질 못했다. 맥코넬은 그 자리에서 코트를 벗어 아이를 감싸 안고 도망치듯 인천으로 내려왔다.

기차를 타고 내려오는 동안에도 맥코넬은 마음을 진정할 수가 없었다. 이 어리고 작은 아이에게 어떻게 이토록 잔인한 짓을 할 수 있는지, 잠든 아이의 숨소리가 들려올 때마다 분노로 몸이 떨렸다. 이 세상이 평화롭기를, 모든 인간이 평등하기를, 전쟁이나 기아가 없기를 늘 소원하고 기도했다. 그것이 한낱 이상이라 할지라도 매일 밤 맥코넬은 진심으로 십자가 앞에 무릎 꿇었다.

맥코넬은 저녁마다 골목에서 들려오는 아이들의 웃음소리, 고함 소리, 싸우는 소리, 우는 소리에 감사했다. 이 아이들의 꾸밈없는 소리들이 들려오는 한 언젠가 이 나라는 식민지에서 벗어날 수 있으리라 믿었다. 맥코넬이 아이들에게 내미는 십 전이 알량한 선심이 아니길, 늘 저들과 동등하길 빌었다. 헐벗고 못산다고 해서, 국가가 국가를 누르고, 사람이 사람을 업신여기는 일은 용서받을 수 없는 큰 죄라고 여겼다. 맥코넬은 죄인의 심정으로 살았다. 그가 태어난 나라가 다른 나라를 지배하고 있는 한 그는 죄인일 수밖에 없었다. 일본이 동방의 작은 나라를 지배하고 착취하는 과정을 지켜보면서, 그의 나라 또한 다른 나라를 저렇게 장악하리라는 생각 때문에 몸서리를 쳤다.

맥코넬이 이 나라에서 할 수 있는 일은 많지 않았다. 맥코넬은 나라의 주권을 찾기 위해 애쓰는 광복군에 자신의 생활비 외의 돈을 지원했다. 그것으로 마음의 죄를 조금이라도 덜어보려 했지만 쉽지는 않았다. 이 땅에 살고 있는 한 그 무게는 덜어지지 않을 것 같았다. 아이를 꼬옥 품에 안았다. 이 아이에게 다시는 아픔을 겪게 하지 않으리라. 이 작은 아이를 지켜주리라 마음먹었다.

아이는 며칠 동안 열에 들떠 있었다. 그렇게 추운 곳에 내쳐졌으니 아픈 게 당연했다. 정신을 차린 뒤로도 유독 까맣게 빛나던 눈동자는 불안하게 흔들렸고, 누가 들어서는 기척만 보여도 경기를 하고 구석으로 숨어들었다. 묘화가 저녁을 먹은 뒤에도 몰래 부엌에서 밥을 꺼내 먹는 것을 본 맥코넬은 아예 방에 밥통과 반찬을 들여놓았다. 작은 몸에 그 많은 밥이 어디로 들어갈까 싶을 만큼 먹었고, 반찬도 남기는 적이 없었다. 처음으로 입어본 깨끗한 옷이 신기한 지 자주 옷을 쓸어보았고 먼지가 묻을까 조심하기도 했다. 새까맣고, 작았고, 머리는 온통 엉켜 산발에 가까웠고, 손톱과 발톱 사이에 까만 때가 끼어 있던 아이는 얼마 지나지 않아 몰라보게 달라졌다. 살이 통통하게 올랐고, 피부는 뽀얗고 반질거렸으며 곱게 땋아 내린 머리에는 기름을 바르지 않아도 윤이 났다. 그즈음 아이의 얼굴에도 웃음이 간간이 비쳤다.

맥코넬의 하루는 수입품을 관리하고 정원의 꽃들을 다듬고 도베르만과 산책을 나가고 책을 읽는 것이 전부였다. 그러나 아이가 온 뒤로는 모든 것이 바뀌었다. 맥코넬은 출근했다가도 아이가 보고 싶어 서둘러 일을 마치고 낮에 퇴근하기도 했다. 하루가 다르게 변하는 아이를 꽃을 가꾸듯 보살폈다. 맥코넬은 점점 커가는 아이에게 인간, 역사, 철학, 예술, 세계에 관해 알고 있는 모든 것을 가르쳤고, 아이는 그 모든 것을 왕성한 식욕처럼 받아들였다.

묘화는 과거 자신의 삶이 부끄러웠다. 아버지를 미워하기도 했다. 그럴수록 더 당당해지려고 애썼다. 가끔 꿈속으로 아버지가 찾아왔다. 아버지는 어린 묘화를 발가벗기고 회초리를 휘둘렀다. 도망치는 묘화의 종아리를 미친개처럼 물어뜯기도 했다. 피를 뚝뚝 흘리며 도망치는 동안 큰일 났다, 미친개다, 미친개다, 너도 미칠 거야, 라는 합창이 끊임없이 귓속을 파고들었다. 큰일 났다, 큰일 났다, 아버지가 찾아왔다, 미친개가 찾아왔다. 그때마다 가위에 눌렸다. 꿈을 깰 수가 없었다. 꿈을 꾸다 죽을 수도 있다는 생각이 들었다. 손가락조차 꼼짝할 수 없을 만큼의 공포와 한순간 번쩍 눈을 떴을 때의 희미한 어둠과 정적. 묘화는 어느 것이 현실인지 몰라 몇 초쯤 멍한 상태로 있어야 했다. 어둠 속에서 보이는 사물이 반가웠다. 완벽한 정적조차 고마웠다. 맥코넬은 아버지가 찾아올 수 없을 만큼 먼 곳에 있으니 걱정하지 말라고 했다. 아버지는 실제로 한 번도 찾아오지 않았다. 찾을 수도 없을 거라는 맥코넬의 말을 믿었다. 맥코넬의 말이 옳았다. 거지나 다름없는 아버지가 이곳 제물포까지 찾아오기도 쉽지 않을뿐더러 자신을 알아보지도 못할 거였다. 그런데 이 악몽 같은 가위눌림은 어떻게 설명할 수 있을까. 묘화는 꿈에서 깨어서도 그런 꿈을 꾸어야

하는 자신을 알 수 없었다. 죄의식일까, 상처일까. 그 어떤
것도 반갑지 않았다.

"무슨 생각 해?"

맥코넬이 수박 한 조각을 내밀며 물었다. 묘화는 그냥
웃었다. 수박은 달고 시원했다.

"상해에서, 보내주신 돈 잘 받았다고 연락 왔어요. 이번
에 몇 사람이 국내로 들어왔어요. 일이 쉽지만은 않은 것
같아요. 이 세상에는 맥 아저씨와 같은 사람이 많지 않잖아
요. 약자는 늘 당하게 돼 있어요. 국가든, 개인이든. 그게
안타까워요. 맥 아저씨는 세계 평화를 말하고 인간 평등을
말씀하시지만 그게 너무 먼 이상 같아요."

"그렇더라도 그걸 버릴 순 없어. 인간의 고귀한 가치니까."

"알아요, 알기 때문에 괴로운 거예요."

"정애, 정애가 이 일에 관여하는 건 너무 위험해. 난 정
애가 아름다운 아가씨로 자라길 빌어. 꿈을 갖고, 사랑을
하길 빌어. 정애가 마음을 열고 더 많은 아름다운 것을 볼
수 있으면 좋겠어. 정애, 자신을 사랑해야 해. 정애는 귀한
존재야. 그걸 잊으면 안 돼. 힘들면 언제든지 돌아와."

묘화는 눈물이 핑 돌았다. 정애라는 자신의 이름을 불러
주는 유일한 사람. 묘화가 해월관에 가고자 했을 때 결국에
는 묘화를 믿고 해월관에 소개해주었던 사람. 인간을 누구

보다 사랑하고 존귀하게 여기는 사람. 시궁창에서 자신을 건져준 사람. 아버지라고 부르고 싶은 사람, 맥코넬.

묘화는 맥코넬의 손등에 입을 맞췄다. 맥코넬이 묘화의 손을 잡고 부드럽게 쓰다듬다가 엄지의 흉터를 매만졌다. 묘화는 기담을 떠올렸다.

"그때, 집사가 새우를 산다고 자리를 비우지만 않았어도……"

그랬다면 어떻게 되었을까. 집사를 졸라 바다에 나간 날 패총 위에서 놀던 아이들을 본 순간 묘화는 아이들과 어울리고 싶었다. 묘화는 지금까지 늘 혼자였다는 것을 깨달았다. 또래의 아이들과 어울려 놀아본 적이 없다는 것을 느낀 순간, 왜 자신이 외로웠는지 알았다. 그래서 패총에 올랐고, 넘어졌고, 손을 베었다. 그 뒤로도 또래의 아이들과 어울려본 적이 없었다. 손을 동여매주던 기담. 되새겨보니 그가 어린 시절 유일하게 가까이해본 동무인지 모른다는 생각이 들었다.

"맥 아저씨, 그때 굴 껍데기에 벤 제 손을 동여매주었던 그 친구를 다시 만났어요. 기분이 좀 이상하던걸요."

"오, 그래? 놀라운 인연인걸!"

"그러게요. 저도 놀랐어요."

7

기담은 아침 일찍 일어나 미두취인소로 향했다. 길은 정미소로 향하는 여자들로 온통 희고 번잡하고, 활기찼다. 여자들은 머리에 흰 수건을 둘러쓰고 도시락을 들고 무리 지어 길을 걸어갔다. 여자들은 정미소에서 하루 종일 쌀 속에 섞인 돌이나 뉘를 골랐고 식은 보리밥에 김치로 요기했다. 부두 근처에는 정미공장이 줄지어 늘어서 있었고 쌀은 어마어마하게 쌓여 있었다. 인근 지역은 물론이고 저 아랫녘에서도 쌀은 싹쓸이되어 왔다. 그렇게 모은 쌀은 배에 실려 일본으로 건너갔다. 담백하고 고소하고 윤기가 흐르는 우리 쌀을 일본인들은 자기네 쌀보다 더 좋아해 비싼 값에 팔린다는 소문이었다. 처음에는 가공하지 않은 채 벼로 실어

보냈지만 점차 도정을 거쳤다. 그래야 쌀을 더 많이 실어 보낼 수 있었고, 이익도 많이 남았다. 물론 쌀을 수출해 돈을 버는 사람은 일본 상인이었다.

기담은 버는 돈 일부를 기철이 소개한, 미두중개소 점원으로 있는 성만에게 맡겨 얼마간 미두에 손을 댔다. 쌀이 사고 팔리는 과정에서 돈을 잃기도 하고 따기도 하는 모양으로 성만은 차액의 돈을 기담에게 성실하게 돌려주었다. 물론 기담은 그와 계약한 만큼의 돈을 떼어주고도 얼마간의 돈을 더 얹어주었다. 기철이 사람 보는 눈은 있었다.

미두에 뛰어들 결심을 했지만 추수도 하지 않은 쌀을 놓고 풍년이 될 것인지 아닌지 점을 치는 일이니 일이 쉽지만은 않았다. 미리 쌀을 비싸게 사들였다가 풍년이라도 드는 날에는 엄청난 손해를 봤다. 대신 싸게 사들였는데 흉년이 들면 그 이익은 막대했다. 누군가가 잃으면 누군가는 반드시 벌게 되어 있었다. 노름이나 다를 바 없었다. 아니, 큰 노름이었다. 노름판이 다 그렇듯이 잃는 사람이 더 많았고 버는 사람은 소수였다. 해볼 만한 노름이어서 전국 각지에서 돈 가진 사람들이 몰려들었다. 기담은 미두장 점원이었던 반복창이 삼만 석의 갑부가 되었다는 얘길 들었다. 그의 결혼식은 신문에까지 나올 정도로 어마어마하고 요란했다. 경성에서 열리는 그의 결혼식에 초대받은 하객들은 아예 통째로 빌린 이등석으로만 된 전차에다 노량진 앞에 수십 대 대기하고 있던 자동차를 타고 예식장으로 갔다고 했다. 모두 돈의 힘이었다. 기담도 돈을 벌고 싶었다. 그는 한국촌으로 내려와 산책하며 아이들에게 십 전을 나눠주던 양인처럼 그렇게 돈을 벌고 누군가에게 은전을 베풀고 싶었다.

큰 집으로 이사를 하고, 먹고사는 일에 얽매이지 않아도 되는데 언제부턴가 홍란은 생쌀을 씹어댔다. 쌀은 오래도록 꼭꼭 씹을수록 단맛이 났다. 쌀이 단단한 이 사이에서 으스러지며 씹히는 맛과 은은한 단맛을 끊기 어려웠다. 어쩌다 쌀을 씹게 되었는지 홍란도 알 수 없었다. 어느 날 문득 쌀을 한 줌 집어먹게 된 뒤로 매일 한두 주먹씩 쌀을 집어먹어야만 기분이 좋아졌다. 아침에 눈뜨면 쌀이 먹고 싶었고, 그 생각만 해도 저절로 입에서 침이 고였다. 생쌀을 먹으면 부모가 일찍 죽는다고 계순은 빗자루를 들고 쫓아다니면서 홍란을 팼다. 그때마다 홍란은 안 먹었다고 발뺌을 하고 도망치면서도 쌀 먹는 것을 끊을 수가 없었다. 한나절은 어떻게 참을 수 있어도 어느새 쌀을 먹고 싶었고 참을 수가 없었다. 보다 못한 계순이 가래떡을 뽑고 조청을 만들어주고, 약밥이며 다식을 만들어줘도 소용없었다.

구하기 어렵다는 오색 사탕을 사다 줘도 그때뿐이었다. 씹을수록 입안에 고이는 그 밋밋하고 단순한 단맛에 부드럽고 고소한 맛을 참을 수가 없었다. 홍란은 계순이 외출만 했다 하면 얼른 광으로 달려가 쌀을 표가 나지 않을 만큼 퍼다 광목 치마에다 꼭꼭 싸놓고 며칠 동안 쥐가 풀방구리 드나들듯 한주먹씩 쥐어다 입안에 털어 넣었다. 쌀을 먹기 시작하면서 살도 조금씩 오르고 얼굴도 부은 듯 푸석한 것 같았지만 그래도 쌀을 안 먹을 수는 없었다. 홍란은 혼자 할 일 없이 방구들을 지고 누워 자신이 왜 쌀을 씹게 되었나 되짚어보았다. 그러나 특별한 이유는 없었다. 그냥 쌀이 그 어떤 주전부리보다 맛있었다. 홍란은 곰곰이 고민한 끝에 어려서부터 자라는 내내 마음껏 배불리 쌀밥을 먹어본 기억이 없다는 것을 떠올렸다. 그렇다면 밥을 배불리 먹을 일이지 쌀을 씹을 일은 아니었다. 하지만 홍란은 자신이 쌀을 씹어대는 것을 먹는 것에 대한 결핍으로 결론지었다. 뭔가 그럴듯한 이유 같았다.

계순은 쌀을 씹지는 않았지만 밥을 먹는 양이 엄청났다. 살이 찌기 시작하면서 자주 없혔다. 계순은 제생당의 청신보명단을 달고 살았다. 그러면서도 밥을 허겁지겁 먹고 돌아서면 다시 무언가를 입에 넣었다. 물론 기담이 보지 않을 때 그랬다. 우리 모두 마음이 허한 모양이야. 홍란은 생쌀을 씹으며 혼자 중얼거렸다.

홍란은 그러다 문득 태준을 떠올렸다. 성냥공장을 그만
둔 뒤로 태준은 아예 홍란과의 관계를 끊기라도 한 것처럼
연락이 없었다. 성냥공장 사장 아들이기도 했던 그는 공장
의 총책임자였다. 키가 작고 오동통했지만 다부진 인상이
었다. 그는 공장을 돌다가 은근슬쩍 홍란의 엉덩이를 쓰다
듬고 지나기도 했다. 홍란은 동료들 모르게 눈을 흘겼지만
싫지만은 않았다. 홍란은 성냥개비에 황을 묻혀 굳을 때까
지 주욱 늘어놓으면 쌀알만 한 황의 주홍빛이 작은 꽃이라
도 된 듯, 꽃의 수술이라도 된 듯 어여뻤다. 성냥을 켜기라
도 하면 화르르 노란 불꽃이 황 냄새를 풍기며 얼마간 있다
가 꺼지곤 했다. 그 불꽃을 볼 때마다 어떻게든 잡아두고
싶다는 생각을 했다. 아니, 늘어선 성냥개비를 볼 때마다
불을 댕기고 싶은 충동이 일었다.

장정 열이 들어야 겨우 들릴 원목이 마당 가득 쌓여 있
다가 차츰 말라가고 수만 수천 개로 잘게 쪼개지고 성냥개
비 길이로 잘려져 홍란의 부서로 오면 원목의 자취는 어디
에서도 찾아볼 수 없었다. 겨우 고사리 굵기의 손가락 두
마디 길이 개비가 되는 것이다. 거기에 황을 발라야 비로소
성냥개비가 되었다. 마르고 난 성냥들은 다시 동네 사람들
이 접어 붙여 온 상자 안에 차곡차곡 담겨 전국으로 팔려나

갔다. 팔각형의 성냥은 값도 비쌌지만 국가에서 배급을 통제하고 있어 구하기가 쉽지 않았다.

어느 날 태준이 홍란 옆에 서서 슬쩍 말을 흘렸다. 일 끝나고 뒷마당 창고 앞에서 잠깐 봐. 다른 사람들은 일하느라 정신없어 태준의 말을 못 들었다. 홍란은 대답하지 않았다. 홍란은 일부러 두어 번쯤 약속을 어긴 다음에야 창고 뒤로 갔다. 태준은 다짜고짜 홍란을 끌어안고 입속으로 혀를 밀어 넣었다. 홍란이 밀어내려고 하면 할수록 태준은 더욱 바짝 끌어안고 홍란의 치마를 들치고 엉덩이를 쓸었다. 홍란은 누가 볼까 기겁을 했지만 태준은 익숙하게 홍란을 주물렀다. 어느새 가슴으로 올라온 손은 사발만큼 크고 탱탱한 젖가슴을 움켜쥐었다. 홍란은 자신도 모르게 신음을 흘렸다. 하지만 태준이 젖가슴에 얼굴을 묻으려는 순간 있는 힘껏 태준을 밀쳐냈다. 태준이 원목 쌓아둔 데로 나가떨어졌다.

"뭐하는 짓이에요? 제가 그렇게 허투루 보이세요?"

홍란이 앞섶을 여미며 앙칼지게 쏘아댔다. 원목 등에 부딪힌 태준이 일어날 생각을 안 하고 머리 뒤통수를 움켜쥐었다. 뒷머리를 부딪힌 모양이었다. 홍란은 더럭 겁이 났다. 사장 아들이 아닌가. 정말 싫어서 그런 것도 아니었다. 자신이 헤픈 여자 같아 보일까 봐 일부러 튕긴 것뿐이었다.

홍란은 일어서지 못하는 태준에게 다가가 뒷머리를 만지려 하였다.

"그 손 저리 치워!"

태준이 눈을 치뜨고 위압적으로 말했다. 그의 머리를 만지려던 홍란의 손이 멈칫 굳었다. 태준이 홍란을 떠밀고는 일어섰다. 홍란은 얼굴이 벌겋게 달아 고개를 숙였다. 아니, 먼저 추행을 한 게 누군데 오히려 역정이었다. 홍란은 울컥했지만 사장 아들이라 어쩔 수가 없었다.

"죄송해요."

태준은 홍란의 말에 대꾸도 없이 엉덩이를 털더니 휙 찬 바람 일게 몸을 돌려 가버렸다. 홍란은 어쩔 줄을 몰랐다. 그의 팔을 붙들고 본심이 아니었다고 사과하고 싶었지만 발길이 떨어지지 않았다. 그의 눈빛이 무서워 꼼짝도 할 수 없었다.

다음날에도 태준은 홍란이 있는 작업장에 왔지만 홍란을 쳐다보지도 않았다. 오히려 다른 공원들과 농담이라도 하는지 키들거리는 웃음소리까지 들렸다. 홍란이 슬쩍 보니 명자의 자리였다. 명자는 들어온 지 얼마 안 되는 신출내기였다. 얼굴도 갸름하고 심성도 착했다. 동생들 셋이나 있는데 명자가 다 거두고 있다고 했다. 그런데도 명자는 힘든 내색도 구김살도 없었다. 공원들과도 금방 친해졌고 남자

공원들 추파도 많이 받았다. 홍란은 질투심이 일었지만 그런 질투심조차도 허물게 하는 선한 웃음이 있었다.

사장 아들과 잘되면 신세 피는 건 하루아침이었다. 굴러 들어온 복을 차버린 자신을 참을 수가 없었다. 하지만 엎질러진 물이었다. 홍란은 추행을 하던 태준을 미워하기는커녕 그가 보고 싶을 지경이었다.

같은 골목에 사는 기철과는 잔업하고 퇴근하던 골목길에서 만나 몰래 밭고랑에서 몸을 섞었다. 자잘한 돌들이 등을 쑤셨는데 아픈 줄도 몰랐다. 결혼한 공원 언니들은 첫 경험 때는 좋은 줄도 모르고 아프기만 하더라고 자기들끼리 낄낄대는 소리를 들었는데 홍란은 몰래 코웃음을 쳤다. 홍란은 첫 경험에서 이미 몸의 맛을 알았다. 홍란이 몸을 옴짝거리거나 허리를 휠 때면 기철은 자지러졌다. 홍란도 몸이 붕 뜨는 기분이었다. 홍란은 가끔 일부러 기철을 만나 몸을 섞기도 했다. 태준도 얼마든지 자신에게로 넘어오게 할 자신이 있었다. 그런데 그 한 번의 튕김이 이런 결과를 가져오다니, 자신이 바보 같았다. 게다가 태준은 기철보다 키는 작지만 훨씬 다부지고 힘이 넘칠 것 같았다. 홍란은 어떻게든 태준을 잡고 싶었다. 출퇴근 때에도 태준이 어디 있나 두리번거렸지만 눈에 띄지 않았다.

어느 날 태준이 공장 안을 돌다 홍란 근처를 지나칠 때 홍란은 외마디 소리를 지르며 배를 움켜쥐고 나뒹굴었다. 작업반장과 태준이 홍란을 부축했다.

"홍양, 왜 그래?"

"배가, 배가 아파, 꼼짝을 할 수가……"

홍란은 입술을 질끈 깨물고 신음을 흘렸다. 이마에 땀까지 솟았다. 태준은 홍란을 둘러업었다. 공원들이 웅성거리며 일손을 놓지 않도록 사내를 정리하라고 반장에게 지시하는 일도 빼놓지 않았다. 일단 홍란을 업고 작업장을 빠져나와 사무실 소파에 눕혔다. 태준은 아버지가 두통이 심할 때마다 먹는, 한의원에서 환으로 만든 두통약을 물과 먹였다. 홍란은 축 늘어진 채 겨우 고개를 들어 약을 받아 넘기곤 옆으로 누웠다. 업고 오느라 그랬는지 홍란의 작업복 단추가 두 개나 풀어져 있었다. 홍란의 그러잖아도 큰 가슴이 소파 쪽으로 쏠리면서 오른쪽 젖꼭지가 보일락 말락 했다. 게다가 치마까지 뒤집혀 올라가 허벅지가 다 드러났다. 태준은 자신도 모르게 침을 꼴깍 소리가 나도록 삼켰다. 태준은 만일을 대비해 사무실 문을 잠갔다. 신음을 삼키던 홍란이 잠이 들었는지 규칙적인 숨소리가 들렸다. 태준은 자신도 모르게 슬며시 허벅지를 쓸었다. 차츰 대담해져 손은 드러난 오른쪽 가슴과 허벅지 사이의 속옷 위까지 더듬었다. 홍란은 잠결에 몸을 뒤틀더니 바로 누웠다. 그 바람에 다리 사이가 벌어졌다. 태준은 더는 참을 수가 없었다. 속옷 사이로 손가락이 막 들어가려는 찰나 홍란이 눈을 떴다. 놀란 홍란이 벌떡 일어나려고 했다. 태준은 얼른 홍란의 입술을 자신의 입술로 덮어버렸다. 홍란은 몸을 두어 번 뒤로 빼고 비틀더니 갑자기 태준의 아랫도리에 손을 갖다 대고는 바지 지퍼를 내렸다. 태준은 움찔했다. 홍란은 언제 아팠냐는 듯 태준의 몸 구석구석을 핥고 빨고 조였다. 두 마리 짐승이 으르렁대며 뒤엉켜 있는 것 같았다. 더는 참지 못한 태준이 홍란을 번쩍 들어 아버지 책상 위에 절반만 누인 채 홍란의 몸 안으로 들어가 부르르 떨었다. 태준은 공장의 여러 공원과 관계를 해봤지만 홍란처럼 질펀한 느낌은 처음이었다. 대개의 여자들은 조신하게 굴며 몸을 빼거나 나무토막처럼 수동적으로 움직이며 신음이나 작게 흘릴 뿐이었다. 홍란도 지쳐 나가떨어졌는지 가슴만 오르락내리락 가쁜 숨을 내쉬었다. 그제야 태준은 홍란이 일부러 자기 앞에서 배가 아픈 척 뒹군 것인지도 모른다는 생각이 들었다.

"이제 배는 안 아픈 모양이지?"

홍란은 옷을 추스르더니 흐응, 하고 콧소리를 내며 눈꼬리를 살짝 치켜떴다. 태준은 그 눈웃음에 홀려 입술을 부딪쳤고, 다시 한바탕 정사를 벌였다. 그 뒤로 둘은 눈치껏 몸을 섞었다. 홍란은 혹시라도 소문이 날까 봐 늘 조심했다.

그런데 소문은 엉뚱하게도 사장 아들이 명자와 연애를 한다고 퍼졌다. 홍란이 태준과 몸을 섞기 전 따져 물었지만 태준은 얼버무리며 몸을 더듬기 급급했다. 명자가 임신했다는 소문까지 돌았다. 홍란은 우연히 화장실에서 헛구역질하던 명자를 보았다. 얼마나 심하게 했는지, 눈에 눈물까지 맺혀 있었다. 홍란은 눈길을 피하는 명자의 등을 다독거려주었다. 명자의 뒷모습을 보면서 홍란은 눈에 불이 나기보다는 마음이 착 가라앉고 차가워지는 걸 느낄 수 있었다.

홍란은 태준을 만났고, 입으로 밀고 들어오는 혀를 확 깨물었다. 태준이 비명을 지르며 홍란을 밀어냈다. 피가 뚝뚝 떨어지는 입을 막고 소리를 질러대는 태준을 뒤로하고 그날로 공장을 그만두었다. 속이 후련했다. 그다음 날부터 모든 게 시들해졌다. 밥맛도 없었고, 신이 나는 일도 없었다. 아마 그때부터 쌀을 입에 대기 시작했는지 모르겠다고 생각했다. 생각해보면 그전까지는 공장에 다니느라 쌀을 먹을 겨를도 없었다.

계순은 홍란이 생쌀을 오도독 씹을 때마다 에미 잡아먹을 년, 쌀독에 빠져 뒈질 년, 욕을 해대면서 빗자루를 휘둘렀다. 자신이 괜히 동티가 나서 죽을까 봐 전전긍긍했다. 홍란은 그럴 때마다 콧방귀를 뀌었다. 아니, 오히려 변덕스럽고 사치하고 돼지처럼 살이 쪄 돈을 움켜쥐고 있는 계순이 일찍 죽는 게 나을지도 모른다고 생각했다. 홍란은 모처럼 한 줌 더 생쌀을 입에 털어 넣고는 꼭꼭 씹다 잠이 들었다. 입가에 우윳빛 쌀물이 흘렀다.

8

기담이 변사 대기실에서 나오려 할 때, 술 취한 김익호가 극장 안으로 들어섰다. 요즘 들어서 김익호의 일은 점점 더 줄어들고 있었다. 기방에서 보낸 시간이 많을수록 영화 연행은 더욱 엉망이 되었다. 극장주도 모를 리 없었다. 해가 저물어가는 시간인데 벌써 김익호의 눈동자가 풀려 있었다. 광채가 나던 얼굴은 어느새 핼쑥한 지경이었다.

"기담! 요즘은 얼굴 보기도 어렵더구먼. 오랜만에 보니 신수가 훤하시네."

김익호는 이죽거리며 오른쪽 입꼬리를 찢어 올렸다. 기담은 깍듯하게 예의를 갖춰 고개를 숙였다.

"선생님, 그간 적조했습니다. 평안하신지요?"

김익호는 술 취해 고개가 떨어지는 것을 번쩍 들어 올리듯 고개를 쳐들어 기담을 바라보았다.

"적조? 흐흐, 언제 이렇게 유식해지셨나, 고상하신 우리 변사 선생. 이거야 원, 역겨워서 먹은 게 도로 넘어오겠네. 내 발바닥을 개처럼 핥아대던 주제에."

김익호는 꼴불견이라는 듯이 가래침을 끌어올려 뱉었다. 가래침은 기담의 반질반질한 흰 구두 위로 떨어졌다. 기담은 양복 안주머니에서 손수건을 꺼내 가래침을 닦았다. 기담은 손수건을 꽉 쥐었다. 그 밤 인력거 위에 앉은 김익호의 발바닥을 핥아야 했던 치욕이 되살아났다. 당장에라도 주먹을 날리고 싶었지만 그것은 김익호가 원하는 바일 것이다. 그때까지 밖에서 기다리고 있던 인력거꾼 둘이 무슨 일이 있나 하고 안으로 들어왔다가는 기담과 시비를 붙으려는 김익호를 떼어놓았다.

"선생님, 늘 몸 건강하십시요. 저는 바빠서 이만."

기담은 김익호에게 고개를 숙였다. 기담은 다시 엉겨 붙으려는 김익호의 멱살을 잡고 귀에다 대고 속삭였다.

"어두운 밤길 가실 때는 몸조심하셔야겠습니다."

기담은 인력거꾼과 서둘러 극장을 빠져나왔다.

"저, 저, 저놈이?"

분을 못 이긴 김익호의 고함이 뒤통수를 때렸다.

기담은 술 취한 김익호가 극장주에게 한바탕 행패를 부리고 사무실 집기를 부쉈다는 소문을 들었다. 그는 유능한 변사였지만 그의 능력은 기생집에서 더 발휘되는 모양이었다. 영화를 한마디로 하면 뭐라고 하겠나? 눈물이야. 눈물이 없으면 영화가 아니지. 그러니까 우린 어떻게든 영화를 보는 사람들이 괴춤에서 손수건을 꺼내게 해야 돼. 그 말을 하던 김익호는 이제 없었다.

기담은 나운규가 만든 영화들이 좋았다. 물론 첫 해설을 맡은 나운규의 「아리랑」이 각별했기 때문이기도 했지만 그의 영화 속에 숨어 있는 상징이나 비유 등이 영화를 아름답게 했다. 적당한 배경 하나 앉혀놓고 배우 세워놓고 부모나 오빠 때문에 팔려가는 여자를 등장시키고, 아니면 이루어질 수 없는 사랑 운운하며 죽는 남녀들이 나오는 영화들 속에서 나운규의 영화는 달랐다. 영화에 역동적인 움직임이 있었다. 「아리랑」만 해도 그랬다. 느닷없이 앙숙지간인 개와 고양이를 첫 장면에 등장시켰고, 갈등을 깊게 하려고 사막의 상인과 애타게 물을 찾는 젊은이를 대비시키고 있었다. 수십 명의 마을 사람들을 등장시켜 추수와 더불어 신명나는 잔치를 벌이는 기쁨과 그 와중에 끌려가야 하는 비참한 영진을 보여줌으로써 보는 이로 하여금 감정을 극대화시켰다. 거기다 구슬픈 노래, 아리랑. 그 노래를 영진이 끌려가면서 마을 사람들에게 불러달라고 합창을 유도하는 치밀한 계산. 그의 영화에는 이전 영화에서 볼 수 없는 연출에 대한 깊은 고뇌가 엿보였다. 무엇보다 영화 연행을 해야 하는 기담의 입장에서도 해설이나 대사들이 아주 맹맹하지만은 않다는 것이었다. 담배를 피워 물면 목을 타고 가슴으로 전해지는 씁쓸한 느낌을 즐기듯 그의 영화가 그랬다. 단연 영화를 연행할 때도 신이 났다. 꼭 맞는 옷을 입은 느낌이었다. 나운규가 있어 기담은 행복했다.

또 하나, 기담을 놀라게 한 영화는 「벤허」였다. 상영 전미리 대본을 받아들고 돌아가던 필름을 바라보던 기담은 영화를 해설할 생각조차 못하고 멍하니 있었다. 외국의 영화 제작 수준에 입이 다물어지지 않았다. 어마어마한 대작이었다. 영화가 처음 이 세상에 등장한 지 이제 몇십 년밖에 지나지 않았는데 이렇게 놀라운 광경을 만들어낸 프레드 니블로 감독에게 기담은 무한한 존경과 질투를 느꼈다. 바다 한가운데에서의 전투 장면, 원형경기장의 수많은 사람, 수십 마리의 말이 끄는 마차 경기 장면, 성이 무너지는 광경 등에는 입을 다물 수가 없었다. 저 많은 사람과 마차, 배, 갑옷 등 셀 수 없이 많은 장비가 영화를 찍기 위해 준비되었다는 게 믿기지 않았다. 한두 달에 찍을 수 있는 영화가 아니었다. 수많은 시간, 사람, 장비 등이 동원되었을,

기담으로서는 짐작도 할 수 없는 거대한 규모의 영화였다. 프레드 니블로라는 감독의 영화에 대한 열정에 기담은 숙연해졌다. 우리나라도 언젠가는 저런 좋은 영화들을 만들 날이 있을 거라는 희망을 버리지 않았다.

수많은 관중을 놀라게 하고 경기장 전체를 전율케 하는 충돌 소리가 들리는구나. 아, 튀어 오르는 수많은 파편, 미처 날뛰는 말, 피어오르는 먼지와 모래. 벤허의 영웅적인 결의, 맹렬한 원동력이 전차 경주를 기어코 승리로 이끄는구나. 사자의 포효가 따로 없다. 잘 싸웠다, 벤허! 멋있다, 벤허!

「벤허」의 전차 경주 장면을 연행할 때마다 기담은 자신도 모르게 두 주먹을 불끈 쥐었다. 몇 번을 연행해도 그 장면에서는 저절로 가슴이 뜨거웠다. 관객들도 숨을 죽였다가 일제히 환호하곤 했다. 관객들도 좋은 영화를 알아보는 눈이 있었다. 「벤허」는 보통 오 일간 상영하는 상례를 깨고 열흘간이나 상영하게 되었다. 최태석의 파격적인 결정이었다. 매일 만원사례에 보려는 사람이 밀려 그리 결정할 수밖에 없는 상황이기도 했다. 그러고도 다시 두 달을 더 연장 상영했다.

오랜 뒤, 무성영화 시절이 가고, 해방이 되고, 영화 종사

자가 아니라 그저 관객의 한 사람으로 「벤허」를 본 적이 있었다. 윌리엄 와일러 감독이 만든 「벤허」였다. 기담이 기를 쓰고 연행을 하려 해도 메워지지 않던 소리가 우렁찬 음향효과만으로 영화를 보는 이를 압도하고도 남았다. 기담은 보고 또 봤다. 영화가 좋아서 보기도 했고, 감격에 겨워 보기도 했다. 그리고 매번 돌아오는 길은 적적했다. 감격이 채 사라지지 않았는데 눈물이 흘렀다. 물이 빠져나간 자리에 배 한 척 닻을 내리지 못한 심정이었다. 등이 시리도록 쓸쓸해져 어쩔 수 없이 술 한잔하지 않을 수가 없었다. 그럴 때 다른 안주는 필요하지 않았다. 그저 새우젓 국물을 찍어 먹는 정도면 되었다.

영화 해설을 하면서 아무도 보지 않은 영화를 제일 먼저 만나는 일은 늘 설렜다. 쨍, 하고 코끝이 얼도록 추운 새벽 어스름, 세상이 온통 푸르고 하얗게 덮여 있고 눈은 그치지 않은 길을 따라 슬며시 발자국을 찍으며 바다로 향할 때의 기분과도 같았다. 한 발을 앞발부터 뒤꿈치까지 천천히 내디딜 때마다 무게에 눌린 눈의 결정이 깨지는 소리가 텅 빈 공간을 울리면 꼭 그만큼의 어둠이 물러났다. 그렇게 발자국을 찍으며 바다에 나가보면, 바다와 하늘의 경계는 보이지 않았고, 눈은 내리는데 흔적도 찾을 수 없었다. 바다와 하늘이 만나고 그 경계를 허무는 눈을 보고 있으면 저절로 경건해졌다.

소리가 없는 영화는 물이 빠져나간 바닷가 같았다. 들어왔던 배들이 물건을 부리고 흥정을 하고, 시끌벅적하던 시간이 지나고 나면 언제 그랬냐는 듯 썰물처럼 사람들도 빠져나갔다. 그러면 다시 바닷가는 고요했다. 연행 없이 보는 무성영화는 눈 위에 발자국이 찍히기 전, 모든 사물이 하얗게 눈에 덮여버려 경계조차 찾을 수 없이 뭉그러진 상태, 바닷물이 다 빠져나간 뒤의 정적 같은 것이었다. 소리가 없으면 그 어떤 활극도 아이들 싸움 장난보다 못했다.

기담은 말을 입힐 때마다 가슴 밑바닥에서 이는 흥분을 주체할 수가 없었다. 영화에 결정적인 숨, 호흡을 불어넣어 영화를 살리는 힘이 기담에게는 있었다. 기신기신 거동만 가능하게 살려놓느냐, 건강한 청년으로 뛰어놀 수 있게 살려놓느냐 하는 것도 기담의 몫이었다. 대본이 있었지만 기담은 그 대본을 뛰어넘는 말의 잔치를 벌였다. 자신이 느꼈던 감정을 관객들에게 전달하려고 애썼다. 영화를 보고 대본에 자기 색깔을 덧씌우는 것에서 벗어나 그 어느 극장에서 상영하는 영화보다 한 단계 높은 영화를 선보이려고 노력했다. 사전에 두 번 이상 영화를 보고 대본과 맞춰보고, 필요하다면 분위기를 돋울 수 있는 소도구를 준비하는 것도 마다치 않았다. 관객이 지루하다 싶은 장면은 벨을 눌러

영사기사에게 필름을 빨리 돌리도록 신호를 보내기도 하고, 악극단에도 마찬가지로 그때그때 분위기에 따라 노래의 빠르기를 조절하게 했다.

기담은 비록 영화를 직접 만들지는 않았지만 말을 잘하고 흉내를 잘 내는 수준이 아니라, 프레드 니블로가 영화에 바친 상상할 수 없을 만큼의 노력과 시간처럼, 영화를 빛나게 하기 위한 노력을 아끼지 않았다. 연기자의 연기나, 대사, 카메라 기술에 따라 영화가 달라지듯 기담의 손에서는 같은 영화지만 맛이 다른 영화가 탄생하기도 했다.

해설대에 올라갈 때마다 기담은 영화에 대한 자신의 생각이 변하고 있다는 것을 알았다. 영화의 무궁무진한 세계에 감탄했고, 좋은 영화를 만날 때마다 새로운 의욕이 싹텄다. 엄청난 예술 세계에 자신이 발을 들여놓고 있다는 것이 자랑스러웠다. 게다가 기담이 변사가 되고 난 뒤로는 나운규를 비롯한 여러 감독의 좋은 영화가 만들어지고 수입되는 영화들도 초기의 이국 풍물에 대한 호기심을 넘어 그 기술력이나 카메라 기법, 내용 등이 놀라울 정도로 발전해, 해설하는 기담으로서는 더더욱 신이 날 수밖에 없었다. 무엇보다도 영화를 보며 노동의 피로를 잊고, 웃고 울고 하는 영화를 사랑하는 관객들이 가장 신이나 했다.

돈을 벌었고, 인기를 얻었다. 기담이 변사가 되길 꿈꿀

때 간절히 원하던 것이었다. 기담은 돈을 흥청망청 쓰지는 않았다. 대신 그 돈을 성만에게 주어 미두를 사고파는 데 썼다. 얼마간 미두에서 재미를 보았지만 기담은 돈을 모두 거둬들였다. 쌀을 걸고 하는 도박이었다. 쪽박 차는 사람들도 많았다. 세상을 떠들썩하게 했던 반복창도 알거지가 되었다는 소문이었다. 계속 미두에 손을 댄다면 기담도 그럴 날이 올지도 몰랐다. 기담은 성만에게만 일을 맡기는 것도 미덥지 않아 적당한 때에 손을 털었다.

기담은 모처럼 기철을 삼목원으로 불렀다. 삼목원의 복요리나 장어요리는 경성까지 소문이 퍼져 미식가들이 일부러 먹으러 오기도 하는 유명한 곳이었다. 기철이 성만을 통해 미두 일을 잘해주어 작년에 꽤 많은 이익을 보았다. 기담은 얼마간 봉투도 준비했다. 삼목원에서 밥을 먹자 하니 기철이 나름대로 입성에 신경을 쓰고 나타났다. 복요리가 회에서부터 튀김이며 탕까지 나오는 동안 몇 순배의 술이 돌았다.

"내 동생 홍란을 어떻게 생각해?"

기담이 넌지시 물었다. 홍란에 대한 안 좋은 소문이 돈 것을 기담도, 기철도 알고 있었다. 홍란이 공장에 나가지 않는 것도 그 때문이란 것도 알고 있었다. 홍란을 탓할 수도, 그놈을 탓할 수도 없었다. 언젠가는 사고를 칠 줄 알았지만 그런 일이 벌어질 줄은 몰랐다. 허물이 있는 동생을 기철의 짝으로 맺기는 좀 그랬지만 그래도 오빠 된 입장에서 기철이라면 홍란과 잘살 수 있을 것 같았다.

"글쎄, 나야 뭐, 싫지는 않지만, 왜?"

"홍란의 과거를 묻지 않고 평생 그 애와 잘살 수 있겠어?"

"나는 그런 것쯤은 문제 삼지 않아. 물론 결혼 뒤라면 다르겠지만 말이야."

"자네가 홍란과 결혼을 한다면 점방을 한 채 내주도록 할게. 그러면 둘이 결혼해서 사는 데는 큰 어려움이 없을 거야."

"홍란의 마음이 어떤지가 중요하지."

기철은 여전히 홍란이 좋았다. 홍란이 공장 사장 아들과 붙어먹었네 어쩌네 하는 소문도 있었지만 그래도 기철은 홍란의 싫지 않은 눈 흘김이, 몸이 그리웠다.

기담은 홍란이 어떨지 모르지만 기철이 일단 승낙을 했으니 잘됐다 싶었다. 홍란을 기철과 맺어주고, 가게라도 내주어 둘이 먹고살도록 해주면 마음이 편할 것 같았다. 기담은 기철의 잔에 술을 따랐다.

둘이 홍란의 얘기를 할 때는 몰랐는데 영화 어쩌고 하는 얘기가 기담의 귀를 잡아끌었다. 기담은 기철의 얘길 들으면서 한쪽 귀는 영화 얘기를 하는 테이블 쪽으로 모았다. 단순히 영화를 보고 얘기하는 수준이 아니었다. 다음 촬영 운운하는 걸 보니 영화를 만드는 사람들 같았다. 감독이거나 배우, 아니면 촬영 쪽 일을 하는 사람들. 기담은 화장실을 가는 척하며 그쪽 테이블을 바라보았다. 기담은 눈을 의심하지 않을 수 없었다. 여배우 유신방이었고 그 옆에 있는 이는 나운규였다.

나운규! 그가 인천의 기생이었다가 배우가 된 유신방과 함께 복요리를 먹고 있었다. 나운규는 송도에서 해수욕이라도 즐긴 듯 얼굴이 벌겋게 익어 있었다. 기담은 유신방을 먼저 알아보았다. 인천의 최고 기생 중 하나였던 오향선이었다. 그녀는 영화배우가 되면서 유신방으로 이름을 바꿨다.

처음 활동사진이 나올 때는 여자 배역을 남자 배우가 맡아 여자로 분장하고 등장했었다. 그때만 해도 조선 시대 유교 관념이 남아 있어서 여자가 영화계에 진출하기 쉽지 않았다. 서양식 광대놀음이라 하여 여배우 출연은 꿈조차 꾸지 못했다. 그런 시절에 이월화라는 여배우가 등장했다. 당연히 인기가 대단했다. 그 뒤 몇몇 여배우가 활약하기 시작했고 유신방이 인천 최초의 여배우로 영화에 등장했던 것이다. 영화 「사나이」에 주연 여배우로 등장했는데 영화는 그리 흥행하지 않았다. 하지만 미모와 재능을 겸비한 여배우로 인천에서는 한동안 그녀 이름이 오르내렸다. 그 유신방과 나운규가 함께 있었던 것이다. 기담은 자리에 앉은 뒤로도 온통 그들의 말에 집중했다. 물론 그 자리에 가서 인사를 나눌 수도 있을 터였다. 그러나 분위기가 좀 수상했다. 젊은 남녀 둘이 있는 것도 그렇고 유신방의 목소리에 배어 있는 농염한 끼가 그랬다. 남의 연애 자리에 끼어 알은체해봐야 좋을 거 없다는 생각이 들었다.

"드셔보셔요. 삼목원에서도 맛볼 수 없는, 더더구나 경성에서는 맛볼 수 없는 특별한 요리예요. 제가 주방에 미리 부탁해 특별히 공수해 온 것이지요."

유신방 앞에 앉은 나운규는 묵처럼 보이기는 하지만 청포묵보다는 색이 탁하고 흐물흐물해 보이는 그것을 떠먹었다. 고개를 갸웃하더니 한 번 더 떠먹었다.

"으음, 처음 먹어보는 맛이야. 색다른 맛인걸? 이름이 뭐라고?"

"벌버리묵이라는 것이지요. 인천에서만 맛볼 수 있는 음식입니다. 이게 묵이긴 해도 예사 묵이 아니지요."

"이게 이렇게 벌벌벌 떨듯 한다 해서 벌버리묵인가? 예사 묵이 아니라니 뭐로 만들었기에?"

"네 맞아요. 뭐로 만들었는지는 사람들이 나만 보면 오금을 저리고 벌벌벌 떨 만큼 유명해지면 그때 가르쳐드릴게요."

유신방은 콧소리를 내며 나운규를 향해 살짝 눈웃음을 쳤다.

기담은 유신방의 대담성에 놀랐다. 숭어나 민어 껍질 벗긴 걸 버리지 않고 말려두었다가 물에 불려 은근한 불에 졸인 다음 식히면 그게 벌버리묵이었다. 청포묵이나 도토리묵마냥 단단한 탄성이 있는 게 아니라 묽게 쑤어진 묵처럼 허물어지기 직전의 형태를 겨우겨우 잡고 있다 보니 부르르 떨고 있는 꼴의 묵이었다. 겨우 생선 껍질을 졸여내 식힌 음식이 아닌가. 생선이 지천인 곳이지만 그 생선조차 제대로 먹을 수 없는 집에서 생선 껍질조차 버리기 아까워 고안해낸 음식일 터였다. 별것 아닌 음식이지만 바다를 끼고 있는 이곳 사람이나 먹는 음식이니 경성 사람으로선 먹어보지 못한 게 당연했다. 유신방의 수완이 놀라웠다. 삼목원이 최고의 복요리나 장어요릿집이었지만 조금 있으면 다른 곳에도 복요리나 장어요리를 전문으로 하는 음식점이 생길 것이다. 그러나 누가 벌버리묵 따위를 차림표에 넣겠는가. 그러니 나운규로서는 처음이자 마지막으로 먹어보는 맛이 될지도 모른다. 그러다 다른 묵을 보면 인천에 가면 벌버리묵이라는 게 있는데 말이야, 하며 유신방을 떠올리게 되겠지. 유신방이 노리는 게 그것이란 생각이 들었다.

"저이, 나운규 아니야?"

기철이 말하고 기담이 고개를 끄덕였다.

"히야! 후광이 대단한데!"

언뜻 보면 얼굴은 가무잡잡하고 덩치도 볼품없어 영락없는 촌구석의 사내처럼 보였지만 그의 부리부리한 눈과 뚜렷한 이목구비, 얼굴선에는 후광이 번쩍이는 듯했다. 영화에선 배역에 맞게 화장도 하고 변장도 해서 기철이 미처 몰라본 것이다. 둘이 팔짱을 끼고 나갈 때까지 기담은 등을 돌린 채였지만 신경은 내내 그들에게 가 있었다. 배우와 감독 이전에 연인 사이처럼 느껴졌다. 기담은 그들 테이블의 먹다 남은 벌버리묵을 바라보았다. 언제 허물어질지 모르는, 그러나 아직은 제 형태를 유지하고 있는 벌버리묵. 기담은 많은 사람이 사석에서 그를 만나보길 원했고, 길거리에서조차 그를 보면 선망의 눈길을 보내는 것을 잘 알고 있었다. 그렇게 사람들의 대우가 달라졌지만 한편으론 늘 불안했다. 불안해야 할 이유는 없었다. 그런데도 자신은 고작 생선 껍질을 고아내 식힌 저 벌버리묵처럼 겨우 제 형태를 유지하고 있는, 언제 허물어질지 모르는 존재처럼 여겨지는 까닭을 알 수 없었다.

기철을 보내고 난 뒤 기담은 창영동 쪽으로 걸음을 옮겼다. 기담은 영화 표를 만지작거리며 한 번도 영화를 보러 오지 않는 맥코넬에게 표를 갖다주는 자신을 이해할 수 없었다. 십 전을 준 것에 대한 보상은 아닐 것이었다. 기담은 다만 그의 주위를 떠나지 못할 뿐이었다. 길을 걸을 때마다 자신을 알아보고 인사를 하거나 멀리서 수군대는 호기심 어린 눈총을 모르는 바 아니었지만 기담은 그런 눈빛에 익숙해져 있었다. 남의 눈길을 받는 일은 즐거웠다. 그 눈길에 존경을 담고 있을 때는 더욱 그랬다. 기담은 가능한 남의 눈에 흠잡히지 않기 위해 허리를 펴고 더 당당히 걸었다. 함부로 아무하고 말을 섞는 일도 하지 않았다.

　기담은 땀을 닦으며 대문 안의 맥코넬 집을 바라보았다. 정원에 고목을 타고 오르는 능소화가 만발해 있었다. 집을 사고 마당을 꾸미게 되면 꼭 심으리라 생각한 꽃 중의 하나였다. 옛날에는 양반꽃이라고 일반인 집에는 함부로 심지도 못하게 했던 천도 복숭앗빛 고결한 꽃이었다. 능소화는 고목을 타고 올라 피었을 때가 가장 아름답다고 생각했다. 어쩌면 기담의 기억 저편, 어렸을 때 기담의 집에도 그 꽃이 있었는지도 모를 일이었다. 호사가였던 아버지였으니 아주 아닌 것만 같지는 않았다. 기담은 우편함에 표를 넣는 것도 잊은 채 능소화의 장한 모습을 보고 있었다. 문득 묘화가 떠올랐다. 아니, 문득이 아니었다. 수시로 묘화가 떠올랐다. 영화 해설을 정신없이 할 때도 찰나를 비집고 묘화가 들어왔다. 묘화를 생각하면서 일을 할 때는 더 신이 났다. 조금 전 나운규와 유신방의 다정한 모습을 보았을 때도 기담은 묘화를 떠올렸다. 그들처럼 기담도 묘화와 다정하게 이야기를 나누고 팔짱을 끼고 거리를 활보하고 싶었다.

표를 넣고 돌아서려는데 갑자기 집 안에서 마루 문을 여는 소리가 들렸다. 두런두런하는, 남자의 목소리는 어눌한 발음인 걸 보니 그 양인의 목소리가 분명했다. 여자 목소리가 익숙했다. 낮으면서도 다정다감하고 부드러운 목소리는 흔하지 않았다. 기담은 여자를 보기 위해 고개를 돌렸다. 놀랍게도 역시 묘화였다. 기담은 자신도 모르게 얼른 담장 뒤로 몸을 숨겼다. 묘화와 헤어질 때 양인은 묘화의 얼굴을 두 손으로 감싸더니 이마에 입술을 댔다. 묘화의 얼굴이 발그레해졌다. 묘화는 다시 고개를 숙여 그와 인사를 나눈 뒤 언덕을 내려와 골목을 빠져나갔다. 기담은 쿵쾅거리는 가슴을 진정할 수가 없었다. 잠깐 본 것이긴 했지만 묘화가 분명했다. 그런데 어쩐 일인지 묘화 앞에 나설 수가 없었다. 기담은 묘화의 치맛자락이 멀어져 안 보일 때까지 그 자리에서 한 발짝도 뗄 수 없었다. 그날 저녁은 어떻게 영

화 해설을 했는지 정신이 없었다. 끝나자마자 기담은 해월
관에 가서 묘화를 불러달라고 했다. 명선은 묘화가 바쁘다
고 했지만 기담은 끝내 고집을 부렸다. 지금 이 자리에 묘
화를 데려오지 않으면 다시는 해월관에 발걸음하지 않겠다
고 엄포를 놓았다. 명선은 어쩔 수 없다고 생각했는지 조금
만 기다려달라고 했다.

묘화를 기다리는 동안 먼저 술을 마셨다. 자신이 한심했
다. 묘화에게 뭐라고 말할 것인가. 그 양인과는 어떤 사이
냐고 물을 것인가? 치졸한 물음이라는 생각이 들었다. 사
랑에 빠져버린 것인가. 그날 묘화를 만난 뒤로 몇 번 더 해
월관에서 그녀를 만났다. 가볍게 한두 잔 술을 마셨고, 이
야기를 나눴다. 마음은 불같이 뜨거운데 그녀 앞에서는 내
색하기 어려웠다. 그녀의 미묘한 웃음처럼 그 마음을 알 수
없기 때문이었다.

묘화가 문을 열고 들어와 앉았다. 기별 없이 찾아와서
그런지 얼굴이 굳어 있는 듯했다.

"어쩐 일로……"

"그, 그냥, 오늘 밤 같이 술 한잔하고 싶어서."

기담은 얼버무렸다.

"저를 돈만 주면 불러낼 수 있는 기생으로 여기는 건
아니시겠죠? 이러면 안 됩니다. 다음부턴 미리 기별을 주

셔요."

냉정한 묘화의 말이 섭섭했다.

"미안해. 오늘 내 심사가 울적해 고집을 부렸어."

"저는 일이 있어 금방 일어나야 해요. 다른 이를 불러드
릴까요?"

"아니. 나, 나도 몇 잔만 마시고 묘화가 일어설 때 일어
나지 뭐. 그래도 내 술 한 잔은 받을 수 있겠지?"

기담은 자신도 모르게 묘화의 기에 눌려 말을 더듬었다.
묘화가 슬며시 웃더니 잔을 들었다. 그제야 기담도 마음이
놓였다.

"저기 말이야, 오늘 창영동 쪽에 갔었어? 거기서 묘화를
본 듯해서 말이야."

묘화에게 술을 따라주며 기담이 기어이 그 말을 꺼냈다.

"창영동이요? 잘못 보신 듯해요. 오늘은 해월관 권번 전
체 교육이 있는 날이라 외출하지 않았는걸요."

"그래? 꼭 묘화 같았는데. 잘못 볼 리 없는데, 아니란 말
이지?"

"그렇다니까요. 절 닮은 이가 뭘 어쨌길래요?"

"아니, 아니야. 일어나기 전에 술이나 한 잔 더 받아."

묘화를 생각하는 마음이 지나쳐 사람을 잘못 보기까지
한 것일까. 분명히 묘화 같았는데 아니라니 자신이 미쳐도

단단히 미친 것이라 생각했다. 눈에 콩깍지가 씐다는 옛말이 괜히 있는 게 아닌 모양이라고 생각했다. 그래도 에둘러 물어본 덕분에 자신의 속마음을 들키지 않은 게 다행이라고 생각했다. 묘화가 분명했는데 정말 눈에 뭐가 씐 모양인가.

묘화가 나가고 기담도 일어서려 했다. 방문 앞에서 실랑이를 벌이는 소리가 들리더니 문이 벌컥 열렸다. 술 취한 김익호였다. 그는 몸을 비틀거리며 들어오더니 기담 앞에 마주앉았다. 그는 주전자 주둥이에 입을 대고 벌컥거리며 몇 모금의 술을 마시더니 소리 나게 내려놓았다. 그러고는 손으로 상에 있는 산적을 집어 우적거리며 씹었다.

"뭐가 이리 질겨? 언 놈의 드런 심줄 같구먼."

"제가 술 한잔 따르겠습니다. 대신 안주는 부드러운 명태전을 드시지요."

기담은 애써 마음을 가라앉혔다.

"이노옴! 네놈이 극장주를 뒤에서 구워삶은 걸 내 모를 줄 알고? 네놈이 내 목을 물어뜯다니. 내가 호랑이 새끼를 불러들였어, 호랑이 새끼를. 네놈이 그러고도 인간일 리 없지."

"언성을 낮추시지요. 제가 선생님께 그럴 리가요."

"흥! 천벌을 받을 놈. 내가 널 그냥 둘 줄 알고? 에잇, 드러운 놈."

김익호는 벌떡 일어나며 기담을 향해 상을 엎었다. 전골
이며 전이며 무침 등속이 기담에게로 쏟아졌다. 밖에서 기
생들이 새된 비명을 질렀다. 그래도 분이 안 풀리는지 김익
호는 가래를 끌어올려 엎어진 상에 뱉었다. 김익호가 끌려
가다시피 나간 뒤 명선이 물수건을 들고 와 옷에 묻은 음식
이며 양념들을 닦아냈다.

"가실 때 옷은 벗어놓고 가셔요. 여벌 옷이 있으니 곧 가
져올 거예요. 오늘 일진이 안 좋다 생각하셔요, 변사님. 다
른 날 다시 한번 오셔요."

"괜찮네. 오늘 권번 교육이 있었다고?"

"어찌 그걸 아셨어요?"

기담은 그야 뭐, 하며 신을 꿰신고 정원을 가로질러 해
월관을 나왔다. 묘화를 못 믿었던 것인가. 굳이 명선에게
재차 확인을 하다니. 기담은 자신의 머리통을 두어 대 쥐어
박았다. 멀리 김익호가 비틀거리며 걸어가고 있는 것이 보
였다.

다음날 새벽 김익호가 패총에서 발견되었다. 정신을 잃
고 쓰러져 있는 것을 물을 길으러 가던 아낙이 발견했다고
한다. 김익호는 죽지는 않았지만 다시 일어났을 때는 풍을
맞은 듯 입이 돌아가고 몸 절반을 제대로 쓸 수가 없었다.

한밤중에 일어난 일이고 김익호가 워낙 취해 있어 길을 가다 넘어지면서 돌에 부딪혀 일어난 사고인지 정황을 알 길이 없었다. 김익호 자신도 아무런 기억을 해내지 못했다. 김익호가 벌어들인 돈은 이미 기방에 다 털어 넣고 알거지 신세나 마찬가지였다. 몸을 왼쪽으로 뒤뚱거리며 돌아간 입에서 침까지 흘리고 해월관에 나타난 김익호를 반기는 이는 아무도 없었다. 문 앞에서 행패를 부리던 김익호는 결국 일꾼들에게 번쩍 들려 내동댕이쳐지다시피 버려졌다. 언젠가부터 김익호는 여기저기 떠돌며 사람들이 몰려 있는 곳에 가서 영화 한 토막을 연행하며 구걸하듯 자신이 변사 김익호라 떠들었지만, 이미 입이 돌아가 말도 제대로 되지 않는 그를 한때 유명한 변사 김익호라고 기억하는 사람은 아무도 없었다. 어느 날인가는 만국공원에 올랐던 기담이 술에 취해 벚나무 아래 쓰러져 있는 김익호를 보기도 했다. 파도가 치다 물러난 자리에 소금을 쌓아놓은 듯 하얗게 바닷물이 얼던 추운 날이었다. 기담은 김익호를 흔들어 깨우려다 그만두었다. 얼마간 그렇게 구걸하던 김익호의 모습도 볼 수가 없었다. 얼어 죽었다는 말도 있었고, 축방을 걷다가 발을 헛디뎌 바다에 빠져 죽었다는 소문도 돌았다.

홍란과 기철의 혼례는 그야말로 일사천리로 진행되었다. 홍란은 기담이 기철과의 혼담을 꺼낼 때는 시큰둥하더니

둘이 먹고살 수 있게 점방이라도 차려준다는 말에 마음이
변한 눈치였다. 계순은 늘 옆에서 보아온 기철이 눈에 차지
는 않았지만 홍란이 성냥공장에서 벌인 사단을 알고 있었
기에 가릴 처지가 못 된다는 걸 잘 알고 있었다. 오히려 그
런 딸을 데려가겠다는 기철에게 고마워해야 할 처지였다.

홍란을 결혼시키고 나니 홀가분한 기분이었다. 잘살까
걱정했는데 둘은 손발이 척척 맞는 모양으로 포구 초입에
수입상점을 열었다. 기철은 자신의 장기를 발휘해 인맥을
넓혀나가고 여기저기 발품을 팔아 일인이나 청인, 서양 상
인을 꾀어 물건을 싼값에 받았다. 상점에는 없는 물건이 없
었다. 말린 식료품에서부터 화장품, 장식품까지 칸칸을 나
눠 짠 선반에 가득했다. 없는 것이 없을 뿐만 아니라 진기
한 물건도 많다는 소문이 금세 퍼졌다. 기철이 상인과 거래
를 트는 수완이 좋다면 홍란은 여자들을 홀리는 재주가 있
었다. 외상 장부를 만들어 물건 값의 일부를 갚아나가면 또
다른 물건을 사게 하는 모양이었다. 도도하고 잘난 체하는
여자들도 홍란의 변죽 좋은 수완에 빈손으로 나오는 경우
는 거의 없었다. 계순도 바쁜 저녁 시간에는 상점 일을 돕
는 모양이었다.

둘은 가끔 영화를 보러 오기도 했는데 그다지 좋아하지
는 않았다. 돈 버는 재미, 둘이 붙어사는 재미가 더 좋은

모양이었다. 영화 표를 몇 장 갖다주면 둘이 와서 영화를 보기보다는 물건을 많이 산 손님에게 덤처럼 끼워주었다. 홍란은 제 오빠가 변사라는 말도 빼놓지 않고 물건 위에 얹었다. 정작 홍란과 기철은 영화를 보다가 졸기도 했다. 영화보다 더 신나는 삶이 있는데 뭐하러 영화를 보고 있냐고, 그 시간이 아깝다고 했다. 기담은 그런 홍란과 기철이 기특하면서 한편으로는 부러웠다. 기담은 홍란의 가게를 지나쳐올 때마다 좀 울적해졌고 묘화가 보고 싶었다. 그러나 제 집처럼 해월관을 드나들 수는 없는 노릇이었다.

9

새벽 검푸른 안개에서는 녹 냄새가 났다. 녹 냄새는 싸하다. 소다수에 소주를 섞은 맛이 났다. 정환은 포구에서 맞는 새벽안개가 좋기도 하고 싫기도 했다. 옅은 녹 냄새, 눈앞을 당장 막아버리는 몽환, 그 사이를 뚫고 들리는 바닷물이 굴 껍데기 같은 것들을 쓸며 몰려오는 소리. 그런 것들은 다른 어디에서도 들을 수 없는 것들이다. 뭔가에 막힌 듯한 기분이 들 때 이렇게 더 가둬버리는 포구의 안갯속에 서 있으면 그래도 좀 나았다. 그러나 거기까지. 포구의 안개는 금방 옷을 눅눅하게 만들었다. 자칫 감상에라도 빠져 오래 서성거렸다가는 집으로 돌아가는 어깨가 더 무거웠다. 안개에도 무게가 있다는 걸 여기 와서 알았다. 정환은 번번이 그 적정한 시간을 놓쳤다. 안개에 젖어 들지 않을 만큼의 시간만 있어야 했다. 그러나 또 생각해보면 안개에 젖지 않을 만큼의 시간이란 없다는 생각도 들었다. 젖어 든 양의 문제일 뿐. 그래서일까. 걷다 보면 어느새 발길이 이리로 향했다.

조금 있으면 현서가 도착할 시간이었다. 천천히 버스정류장 쪽으로 발걸음을 옮기다 문득, 현서도 포구의 안개 같다는 생각이 들었다. 안개가 머물며 사람을 가두어버린다면, 현서는 오히려 늘 어디로든 떠나고 싶어 했다. 누구든 자신에게 머물지 못하게 했다. 그런데도 포구 안개와 현서가 닮았다고 느껴지는 건 이상했다. 새벽에 인천공항에 도착해서 바로 버스를 타고 이곳으로 오겠다고 했다. 현서가 자리를 내어주지 않아 정환은 늘 현서에게 빠지지 않으려 노력했다. 그게 현서와의 관계를 유지할 수 있는 길이었다.

현서는 무엇이든 맛있게 먹었다. 먹을 때의 입술이 제일 예뻤다. 음식을 넣기 위해 입을 벌릴 때, 오물거릴 때, 혀로 입술에 묻은 소스를 핥을 때 그 입술에 입을 맞추고 싶었다. 입안에 있는 음식을 다 넘기기도 전에 현서와 입을 맞추고 싶어 안달하기도 했다. 현서만 보면 맛있는 것을 사주고 싶었다. 현서가 특별히 배고파하는 것도 아니었는데 무엇이든 맛있는 것을 사주고 맛있게 먹는 모습을 보고 싶었다. 정환은 현서에게 맛으로 기억되고 싶었다. 현서를 만나는 동안 사명처럼 현서가 먹어보지 못했을 만한 음식을 찾아 데리고 다녔다. 현서는 월남쌈, 개불, 추어탕, 홍어삼합, 어란, 삶은 땅콩, 오리알, 보리굴비, 아포가토 등을 그와 처음 먹어보았다고 했다. 정환은 음식을 사주면서 말했다. 이 음식이 떠오를 때면 자신도 음식의 맛처럼 떠오를 것이라고. 현서는 그의 말이 맞다고 했다. 다시 그 음식을 먹게 될 때, 어김없이 정환이 떠올랐다고 했다. 그러니까 현서가 정환을 보고 싶어 할 때는 그와 먹었던 음식이 앞에 있거나 먹고 싶을 때였다.

현서에게 새로운 음식을 선보이는 걸 좋아했지만 정환은 정작 먹는 걸 그다지 좋아하지 않았다. 그는 맛에 민감하지 않았다. 냄새나 맛을 느끼지 못하는 것은 아닌데 남들보다 예민하지 않았다. 오히려 둔했다. 김치찌개 한 가지라도 끓이는 사람에 따라, 끓일 때마다 매번 다를 수밖에 없는데 어딜 가서 먹던지 같은 맛으로 느껴졌다. 그에게 맛은 '김치찌개'를 발음할 때의 단어와 같았다. 무슨 맛이든 비슷했다. 조금 더 잘하는 집, 맛집이 정환에겐 특별하지 않았다.

정환은 현서를 터키에서 처음 만났다. 현서도 배낭여행 중이었다. 술에 취해 즉흥적으로 셀수스 도서관을 찾아들기 전까지 현서와는 한국인이라는 것 말고는 공통점이 없

었다. 셀수스 도서관을 한밤중에 들고양이처럼 숨어들어
간 것은 모험이었다. 배낭여행 기간에 그렇게 충동적으로
무언가를 해본 적은 처음이었다. 물론 여행 중에 즉흥적으
로 일정을 조정하기는 했지만 다른 배낭여행객들이 갔던
길을 따라가는 정도였다. 앞서간 여행객 누구도 셀수스 도
서관에 밤에 몰래 잠입했다는 얘긴 하지 않았다. 정환은 긴
여행을 끝내고 돌아갈 생각이었고, 조금 풀어져 있었다. 하
나둘 숙소로 들어가고 정환과 현지인 이젯과 현서만 남았
다. 어떻게 다시 셀수스 도서관을 가보자는 얘기가 나왔는
지 기억나지 않았다. 현서가 시간의 길을 걸어보지 않겠느
냐고, 이 밤 역사를 건너뛰어 고대로 가보지 않겠느냐고 말
했고, 더 취한 이젯이 환호를 했다. 호기롭게 폐허의 고대
도서관인 셀수스 도서관에 다시 가보자고 모의를 했고, 이
젯이 거기라면 자신이 길을 안내할 수 있다고 했다. 제정신
이라면 할 수 없는 일이었다.

어둠을 뚫고 셀수스 도서관으로 가는 길은 현서 말대로
시간을 거스르는 기분이었다. 도서관은 통치자 셀수스 폴
레아미아누스를 기념하려고 그의 아들인 줄리어스 아킬라
가 아버지의 무덤 위에 지었다고 했다. 그 도서관 지하 통
로는 뜻밖에도 사창굴과 연결되어 있다고 했다. 공중화장
실도 아직까지 남아 있었다. 코린트 양식과 이오니아 양식

으로 지어진 건물은 뼈대만 남았지만 범접할 수 없는 무게가 있었다. 꼭 대리석 때문만은 아니었다. 도서관으로 향하면서 정환은 문득 '모럴'이라는 말을 떠올렸다. 어떤 단어에 대한 기억은 그 단어를 만나는 순간에 평생 잡히는데 '모럴'이 그랬다.

서재에서 찾아낸 책이었다. 누가 쓴 책인지, 책 제목은 무엇인지 기억에 없었다. 다만 곰팡내가 나는, 가장자리가 누렇게 변색된 책이었다. 「금지된 장난」「이유 있는 반항」「테스」 같은 이름만 들어본 고전 영화를 소개하는 책이었다. 그 책을 읽다가 '모럴'이라는 단어를 발견했다. '모럴'이라는 단어가 왠지 열네 살의 정환에게는 은밀하면서도 성적인 호기심을 자극하는 단어로 생각되었다. 입 밖으로 내뱉어서는 안 되는 단어 같았다. 아마도 영화를 소개하는 앞뒤 글과 연관되어 그런 생각을 했을 텐데, 무슨 뜻인지도 모르면서 그 단어가 주는 묘한 느낌에 사로잡히고는 했다.

나중에 정환은 모럴이라는 단어가 인생이나 사회에 대한 정신적 태도라는 딱딱한 해석을 접하고 꽤나 놀랐다. 그러다 정환은 자신이 기억하는 모럴에 한 자를 덧붙여야 한다는 것을 알았다. 성(性) 모럴. 정환이 기억하는 그 이미지는 모럴에서 온 것이 아니라 성 모럴에서 온 것이었다. 그렇다고 해서 의미가 크게 변하는 것은 아니었다. 성에 대한 사회적 해석, 인생에서 성의 의미 정도로 해석될 수 있을까. 어려서 읽은 영화평에 나온 성 모럴이라는 단어 역시 그 영화가 그 사회에서 갖는 성의 의미 정도가 되었을 것이다. 그렇게 모럴의 뜻을 알게 되었지만 정환은 지금까지도 모럴이라는 단어를 입 밖에 내뱉지 못했다. 뼈대만 남은 셀수스 도서관으로 향하는 밤길에 그 단어가 왜 떠올랐는지 몰랐다.

정환 일행은 이젯을 따라 낮에 상인들이 엽서나 카드, 책자를 팔던 입구를 지나 도서관으로 스며들었다. 폐허가 된, 온통 대리석과 석상, 문양만 남아 있는 셀수스 도서관 회랑에 섰다. 한때 엄청난 장서가 있었다고는 하지만 지금은 석조 건물만 남아 있었다. 여기저기서 고양이 울음소리가 들렸다. 낮에도 부서진 대리석 위에 돌과 꼭 닮은 고양이들이 많았다. 그 녀석들은 움직이지 않고 가만히 돌처럼 웅크리고 있었기 때문에 미처 고양이인 줄 모르고 지나갈 때도 있었다. 움직이지도 않았지만 울지도 않았다. 사진기를 코앞에 대도 꼼짝 안 했다. 무료한 얼굴이었다. 성전을 닮아 있었다. 하지만 밤에는 달랐다. 어둠 속에서 고양이들은 수시로 출몰했고 위협적으로 눈을 빛냈다.

푸른 어둠이 하늘을 향한 대리석 끝에서부터 깔리기 시작했다. 충동적으로 오긴 했지만 검푸른 어둠 속에서 희끗 희끗 빛나는 대리석의 명암을 만나자 황홀했다. 그것은 서늘하면서도 경이로웠다. 정환과 이젯과 현서는 셀수스 도서관이 내려다보이는 적당한 높이의 계단에 걸터앉아 하늘과 대리석 기둥들, 셀수스 도서관까지 어둠에 잠겨 있는 장엄한 광경을 슬로비디오 찍듯 아껴가며 바라보았다. 시간을 가늠할 수 없는 고대의 문명과 시시각각으로 몰려오는 어둠과, 나약하기 그지없는 인간이 한몸으로 물들어갔다. 정환은 자못 비장해져서 폐허의 주인인 양 일어서서 경건하게 두 손을 모았다. 그때 이젯이 가방에서 술을 꺼냈다. 칼바도스.

이젯이 술을 꺼내 보이며 칼바도스라고 했을 때, 정환과 현서는 동시에 숨죽여 외쳤다. 개선문! 그렇게 말해놓고 서로 놀라 바라보았다. 영화 「개선문」에 자주 등장하던 그 술이었다. 차가운 이성을 가진 라비크와 불꽃 같은 정열적인 여인 조앙 마두가 차가운 강물에 젖은 몸을 말리러 들어간 선술집에서 마시기 시작해서 라비크가 고뇌하는 장면마다 빠지지 않고 등장하던 술. 그 '칼바도스'였다. 현서가 칼바도스를 알고 있으리라고는 생각도 못했다. 현서가 다시 보였다. 정환은 찬찬히 별 특징도 없는 현서의 얼굴을 뚫어지게 바라보았다. 어둠 속이라 가능했다. 정환은 어둠 속에서 현서를 바라보며 이스탄불에서 샤프란볼루로 가는 동안 보았던 평지목(平地木)을 떠올렸다. 평원에 드문드문 서 있던 한 그루의 나무. 저 허허벌판에 제가 만든 그늘 외에는 아무것도 갖지 못한 나무 한 그루. 거친 땅에 뿌리를 박고 꼼짝없이 붙들려 있는 저 고단한 나무. 어디를 돌아봐도 나무라고는 자신뿐인 평원의 공간. 일부러 심었을 리 없을 텐데 한 그루 나무만 어떻게 자라게 된 것인지 궁금했다. 그 나무를 지나쳐간 뒤로도 문득 그 나무가 떠올랐다.

에페소의 폐허가 된 셀수스 도서관에 숨어들어 정환과 현서, 그리고 이젯은 숨죽여 터키 술이 아닌 칼바도스를 꺼내 들었다. 병째 한 모금씩 술을 마셨다. 이젯은 괜찮다고 했지만 혹시라도 관리하는 사람이나 경비하는 사람이 있을지 몰라 조심하면서 숨죽여 키득거렸다. 정환은 터질 듯한 오줌보를 어쩌지 못해 낮에 보았던 공중화장실에 가서 오줌을 누기도 했다. 공중화장실이라고는 했지만 칸막이 같은 것은 없었다. 그곳이 화장실이라는 것은 가운데 넓은 구멍을 두고 양쪽 바닥에 그려진 발바닥 모양이 알려주고 있었다. 정환은 취한 와중에도 그 발바닥 모양에 발을 맞춘 뒤 오줌을 누었다. 오줌 누는 소리가 들릴까 봐 신경이 쓰였지만 달리 방법이 없었다. 정환은 바지를 올린 뒤, 다시 한 번 발바닥 모양에 발을 맞추고 잠시 서 있었다. 고대 로마 시대 건축물인 셀수스 도서관, 그리고 일탈. 지금 이 자리, 고대인이 사용했던 화장실에 발 모양을 맞추며 서 있는 자신. 모든 것이 시공간을 뛰어넘어 무언가로 연결된 듯한 느낌이었다. 그 느낌은 고양이 울음소리와 닮은 폐허의 기둥만 남은 대리석이 주는 서늘함 같은 것이었다. 아니, 문득 떠오른 모럴 같은 것이었다.

이젯에게 어떻게 칼바도스를 가지고 있느냐고 묻지 못했다. 하지만 나중에 공항 면세점에서도 그 술을 발견했다. 그리 비싼 술은 아니었다. 또, 같은 칼바도스라도 여러 종류가 있다는 것을 알았다. 알았다는 것은 단순히 안다는 것 그 자체였다. 그것과 상관없이 정환은 그 밤을 오래도록 잊지 못했다. 정적 속에서 들려오던 고양이 울음소리, 칼바도스가 목을 타고 흐르던 아릿한 느낌, 멀리 새벽 무렵 푸르게 밝아오던 대리석 기둥들.

그곳을 빠져나오는 길에 현서가 발을 삐끗하면서 넘어지는 바람에 깨진 대리석 조각에 손목을 다쳤다. 제법 상처가 깊었다. 정환은 얼른 주머니에서 손수건을 꺼내 피가 흐르는 곳을 묶어주고 피가 흘러나오지 않게 손을 들어 올렸다. 흉터가 남지 말아야 할 텐데. 지나가는 말이었다. 멀지 않은 곳에서 새벽 예배를 알리던 아잔 소리가 들렸다. 흉터가 남지 않아야 할 텐데라니. 현서가 정환의 말을 되뇌며 걸음을 멈추고 한 손을 엉거주춤 머리 위로 올린 채로 그를 바라보았다. 누구도 내게 흉터가 남지 않게, 라는 말을 하지 않았어. 피가 나지 않으면, 염증이 생기거나 덧나지 않고 나으면 그만이었지. 흉터쯤은 방치된 나에게 예사였거든. 정환은 그제야 자신이 현서를 보고 평지목을 떠올린 이유를 알 것도 같았다.

현서는 나중에 말했다. 그때 그 말을 듣는 순간, 살아오면서 내내 긴장하고 있던 어깨가 무장해제 된 느낌이었다고. 너에게 내 모든 흉터를 보이고 싶었고, 네가 그 상처에 호호 입김을 불어넣어주고 약을 발라주며 흉터가 남지 않아야 할 텐데, 하는 다정한 말을 듣고 싶었다고.

대리석 기둥의 도서관과 푸르스름하게 밝아오는 하늘, 손목에 감긴 피에 젖은 손수건, 흉터가 남을까 걱정하는 그를 바라보는 현서. 수천 년을 견뎌온 저 대리석 기둥을 비추는 검푸른 빛깔처럼 정환의 몸에도 술기운이 돌았다. 정환은 앞서가는 이젯이 눈치채지 못하게 현서와 가벼운 입맞춤을 했다. 이전에도, 앞으로도 그런 밤은 다시없을 듯했다. 한국으로 돌아온 지 한 달쯤 지났을까 현서에게서 전화가 왔다. 둘은 오래된 연인처럼 만났다.

현서는 터키에서 만났을 때처럼 티셔츠에 청바지 차림으로 제 몸뚱이만 한 배낭을 메고 버스에서 내렸다. 현서는 정환이 메일에 썼던 똥바다로 불리는 곳을 가보고 싶어 했

다. 정환은 현서의 배낭을 짊어지고 앞장을 섰다. 현서는
배낭을 메지 않으니 한국에 온 기분이 난다고 했다.

정환은 할아버지와 갔던 포구 횟집으로 현서를 데려갔
다. 어느새 안개는 걷혀 있었다. 아직 갯벌이 드러나 있긴
했지만 골을 따라 물이 들어오고 있었다. 정환이 그랬던 것
처럼 현서도 포구로 들어오는 골목을 꽤 흥미로워했다. 할
아버지와 왔던 길 말고 새로 생긴 길이 있긴 했지만, 현서
와는 옛길로 포구를 찾아들었다. 모시조개탕에 밥 한 그릇
을 비운 현서가 갈매기들이 날아다니는 창밖을 무연히 바
라보았다. 정환은 일부러 인도 여행에 대해 묻지 않았다.

아무도 내게 흉터가 남지 않게, 라는 말을 하지 않았다
는 현서의 얼굴을 보았다. 이른 새벽인데도 땀방울이 송골
송골 맺혀 있었다. 햇볕에 탄 얼굴엔 옅은 주름도 보였다.
선크림을 꼼꼼히 챙겨 바를 리가 없었다.

잠깐 화장실을 다녀온 사이, 그녀는 식탁에 오른팔을 괸
채 졸고 있었다. 정환은 소리 나지 않게 옆자리에 앉아 어
깨에 그녀의 머리를 기대주었다. 조금만 잘게. 잠이 잔뜩
묻은 목소리였다.

현서는 쉽게 문을 열지 않았다. 격정적으로 키스를 하고
같이 잠을 자도 마찬가지였다. 현서가 알몸으로 담배를 피
워 물 때, 정환은 에페소에 널브러져 있던 수많은 대리석

조각을 떠올렸다. 어쩌면 현서의 시간은 에페소의 셀수스 도서관 건물로 스며들어 칼바도스를 마시던 시간에 멈춰 있는 것은 아닌가 하는 생각이 들었다. 공간도, 시간도 분명하지 않은 그래비티와도 같은 공간, 아니, 포구의 새벽 안개와도 같은 공간에 갇혀 있는 것 같았다. 그래서 그렇게 기를 쓰고 돈을 모으고, 훌쩍 떠나버리는 것이라고 짐작했다.

기담은 10호 크기에 흰 엉겅퀴 꽃 한 송이만이 가득 들어찬 그림을 보고 있었다. 꽃이 어린아이 얼굴만 했다. 수백 가닥의 꽃잎은 일제히 위로 솟아 있었고, 그래서 그런지 암청색을 배경으로 한 흰 꽃은 무언의 시위를 하는 듯 입을 꼭 다문 인상이었다. 흰 엉겅퀴 그림을 보는 순간부터 목구멍이 간질거렸다. 혀끝을 목 안쪽으로 집어넣었다. 그렇게 하면 혀가 목구멍에 닿지는 않아도 간지러운 건 좀 나았다. 가끔 뜻하지 않은 상황과 맞닥뜨릴 때 이런 증상이 나타났다. 오래된 증상이었다. 심한 건 아니었다.

아침에도 목이 간지러웠다. 베란다 홈통을 타고 흐르는 물소리를 듣고 난 뒤였다. 비가 오면 옥상의 물이 PVC 관을 타고 흘러내렸다. 플라스틱 홈통 내벽을 훑는 소리는 제법 기세가 좋았다. 한여름 양철 지붕을 두드리는 소나기 소리를 들을 때와 느낌이 비슷했다. 물소리를 잘 듣기 위해 방문을 열었다. 분명 플라스틱 홈통을 휘감으며 내려오는 물소리를 들은 것 같은데 문을 열자 놀리기라도 하듯 소리는 어디에도 없었다. 구름 한 점 없이 맑은 하늘과 무심한 홈통을 바라보자니 기다렸다는 듯이 목구멍이 가려웠다.

목이 가려울 때마다 손거울을 들고 아, 소리를 내어 목구멍을 벌려 입안을 살펴보지만 특별한 이상은 없었다. 목이 가려운 것도 잠깐이었다. 물을 마신다든가, 입을 벌리고 턱을 양쪽으로 움직여준다든가 하면 나았다. 옛날에는 목 안을 거울을 통해 들여다보고 있으면 저 깊은 곳 어디에서 씨앗이 움트느라, 애벌레가 알을 까고 나오느라 목이 가려운 것 아닌가 하는 엉뚱한 상상을 하곤 했다. 아이 같은 상상인데도 쉽게 버려지지 않았다. 나중에는, 세상엔 상상도 못한 별일들이 곳곳에서 일어나는데 입안에서 무언가 움트지 말란 법이 있겠느냐며 자신을 위로했다.

흰 엉겅퀴 꽃은 한 번도 본 적이 없었다. 정말 흰 엉겅퀴가 있는지, 화가의 상상력인지 알 수 없었다. 기담이 그동안 본 엉겅퀴 꽃은 모두 보랏빛 계열이었다. 실제로 갤러리에 걸린 다른 엉겅퀴 그림들은 붉거나 보랏빛이었다. 어느 그림도 강렬하지 않은 것이 없었다. 어두운 색채에서조차 뚫고 나오는 강렬함이 있었다. 하긴, 붉은 엉겅퀴 꽃도 본 적이 없긴 마찬가지였다. 그런데도 정작 기담의 발걸음을 붙든 것은 흰 엉겅퀴 그림이었다. 기담은 흰 엉겅퀴 앞에서 아래턱을 좌우로 움직이고 침을 삼키며 목 안의 간지러움을 이겨내느라 애를 썼다.

전시장의 그림 중 절반 정도가 엉겅퀴였다. 꽃의 색채가 모두 강렬해서 놀랐다. 엉겅퀴 꽃잎들은 살아 꿈틀거렸고 색채는 열정적이었다. 마음에 불을 품은, 심장이 청년의 것일 때 가능한 그림 같았다. 어렵게 나선 서울 나들이였고, 인사동 골목을 지나가다가 우연히 엉겅퀴 그림을 보고 들어온 전시장이었다. 어쩐 일인지 흰 엉겅퀴에서 눈이 떠나지 않았다.

"이 엉겅퀴 괜찮지요?"

어느새 다가온 화가가 농담처럼 물어왔다. 나이가 꽤 있어 보였다. 기담은 고개를 끄덕였다.

"흰 엉겅퀴도 있다는 걸 알고 이 꽃을 그렸지요. 그런데 이 꽃을 다 그리고 나서 갑자기 나도 모르게 눈물이 나는 거예요. 그림을 그릴 때는 그런 생각이 없었는데 다 그리고 나니 문득 돌아가신 어머니가 떠오르지 뭐예요. 이상하지요? 이 꽃은 그냥 엉겅퀴일 뿐인데 말이지요. 진심을 다해 그리긴 했지만, 어디 이 세상에 진심 아닌 게 있나요?"

꽃들은 위를 향해 곧게 서 있었다. 가시 같은 꽃잎들이 모두, 지붕 위로 올라가 죽은 자의 옷가지를 흔들며 이름을 세 번 크게 외쳐 망자의 혼을 부르는 초혼 의식을 치르는 듯도 보였다. 조금 더 머물다 전시장을 빠져나왔다. 집으로 돌아오는 내내 그림이 잊히지 않았다.

어느새 땅거미가 지고 있었다. 대문을 들어서려다 말고 걸음을 멈추었다. 젊은 놈들이 대문 왼쪽 담 옆에서 서로 끌어안고 입을 맞추고 있었다. 여자가 담벼락에 몸을 기대고 있었고, 둘은 누가 보든 개의치 않는다는 듯 격정적이었다. 잠깐 사이였는데 손가락을 벌려 벽을 붙들기라도 하겠다는 듯 잡고 있는 여자의 손을 보았다. 기담은 서둘러 소리를 내지 않고 집으로 들어왔다. 가슴이 쿵쿵거렸다.

기담은 방 안에 들어와서야 등지고 있던 남자가 정환이 아닐까 하는 생각이 들었다. 좋은 나이였다. 기담은 옷을 갈아입다 말고 잠깐 한숨을 쉬었다. 서랍을 열고 정애의 편지를 꺼냈다. 편지를 펼치는데 아까 본 흰 엉겅퀴가 떠올랐다. 그제야 그 자리를 뜨지 못했던 이유를 알 것도 같았다. 묘화를 생각하고 있었던 것이다. 묘화와의 사랑을 생각하고 있었던 것이다. 이미 바랠 대로 바래서 색이라고는 남아 있지 않은, 그런데도 저리 꼿꼿하게 꽃잎을 세우고 있는 엉겅퀴가 정애의 편지처럼 가슴을 에이게 했던 것이다. 다시 목이 간질거리는가 싶더니 뻣뻣해졌다. 기담은 눈을 씀벅여 눈물을 참았다.

"이상하지요? 이 꽃은 그냥 엉겅퀴일 뿐인데 말이지요. 진심을 다해 그리긴 했지만, 어디 이 세상에 진심 아닌 게 있나요?"

화가의 말이 떠올랐다.

홈통을 타고 흐르는 물소리가 들렸다. 기담의 몸 어딘가 에서 무너지는 것도 같고, 빠져나가는 것도 같은 물소리가 들렸다.

10

묘화에게 뱃놀이 가자고 연통을 넣은 지 사흘 만에야 내일 낮에 갈 수 있다는 연락이 왔다. 어느새 뜨겁던 여름도 쇠락하고 있었다. 추워지면 뱃놀이는 어려울 터였다. 기담은 묘화와 단둘이 뱃놀이를 간다는 설렘에 좀처럼 잠을 이룰 수가 없었다. 문득 묘화의 생이 궁금했다. 어떻게 경성에서 인천으로 내려온 것일까. 언제부터 해월관에 있었던 것일까. 멀지 않은 곳에 살고 있었는데 어떻게 그동안 한번도 만날 수가 없었던 것일까. 문득 맥코넬의 집에서 나오던, 묘화가 아니라던 그 여자가 떠올랐다. 정말 묘화가 아니었을까. 명선에게 확인했음에도 믿기지 않았다.

인천역으로 걸어오는 묘화를 보는 순간 기담은 숨이 멎

는 듯했다. 종아리까지 닿는 하늘색 주름 잡힌 치마, 몸에 꼭 맞춘 듯한 흰 블라우스를 입은 묘화가 걸어올 때마다 바람에 치마가 가볍게 펄럭였는데 마치 새가 막 날아오를 듯 날갯짓하는 것 같았다. 기담은 입이 다물어지지 않았다. 아름다운 여인이었다. 저 여인 옆에 자신이 설 수 있다는 것이 믿기지 않았다. 저 여인이 자신의 목숨을 구해준 여자라는 게 더욱 믿기지 않았다. 기차를 타고 영등포역에서 내려 다시 인력거를 타고 양화 나루터로 향해야 했다. 묘화는 행선지가 어디인지 어떻게 가는지 따위는 묻지 않았다. 그저 모든 것을 기담에게 맡겼다. 묘화도 모처럼의 나들이인지 설렘을 숨기지 않았다. 그것이 기담은 또 좋았다.

배를 젓는 사공은 기담과 묘화를 등지고 서서 바람에 돛배가 흘러가도록 가볍게 저어주고 있었다. 묘화의 긴 머리카락이 바람에 가볍게 날렸다. 둘은 서로 마주보기도 하고 햇빛을 받아 잘게 부서지며 빛나는 강물을 바라보기도 하고, 어죽을 먹기도 하고 묘화가 준비해온 전과 과일로 술을 마시기도 했다. 특별한 애기를 하지 않아도 좋았다. 묘화와 같이 강물을 보고 죽을 먹고 술을 나누고, 바람과 햇살을 즐길 수 있다는 것만으로 충분했다. 기담은 변사를 하면서 말수가 많이 줄었다는 것을 최근에야 깨달았다. 한 시간이고 두 시간이고 쉴 사이 없이 영화에 몰입해 연행을 하다 보면 입안이 뻑뻑해지면서 자신도 모르게 입이 다물어졌다. 그래서 그런지 말을 많이 하는 자리는 일부러 피하게 되었다. 몇 편의 영화 얘기를 나누고 소소한 얘기들을 나눴다. 과일은 뭘 좋아하는지 물으면 묘화는 복숭아 먹다가 반으로 잘린 통통한 벌레를 본 얘기를 했다. 기담이 쑥스러운 듯 어제 이발했다는 얘길 하면, 묘화는 머리카락이 잘린 자리에 드러난 여름내 감춰졌던 타지 않은 연한 살을 얘기했다. 기담이 어제 영화 해설하다 막힌 순간 임기응변한 얘기를 끝내면, 묘화는 해월관 연못의 금붕어 죽은 얘기를 했다. 그렇게 얘기를 나누는 동안 누런 돛대가 만들어내는 그늘이 천천히 이동했다. 기담은 문득 둘이 이렇게 내내 배를 타고 이런저런 얘기를 나누며 한평생 살면 좋겠다는 생각을 했다.

기담이 주머니에서 상자를 꺼내 묘화에게 주었다. 뭔가요? 묘화가 잠시 망설이다 상자를 열었다. 상자 안에는 유리로 정교하게 만든 백조가 들어 있었다. 조심스럽게 투명한 백조를 꺼내 들었다. 기담은 묘화에게 무언가 선물하고 싶어 내내 고민하다가 기철의 상점에서 백조를 본 순간 망설임 없이 집어 들었다. 기철이 어디에 쓸 거냐며 음흉한 눈빛을 보냈지만 못 본 척했다. 묘화를 꼭 닮은 백조 유리 공예였다.

"고마워요. 저는 반지 같은 건 줄 알았어요. 제게 청혼하면 어떡하나 했지요. 어떻게 거절해야 하나 하고요."

"다행이네. 오늘 같은 날 차이면 너무 가슴 아파 저 강물에 뛰어들고 말았을 거야. 사실 난 수영을 못해. 그때 수문통에서 죽을 뻔한 뒤로는 물만 보면 손발이 굳어버려. 오늘 뱃놀이도 엄청 용기를 낸 거야. 말은 안 했지만 지금도 떨고 있거든."

"그럼 슬슬 뱃놀이를 끝낼까요? 내내 물살을 보고 있었더니 어디로든 떠내려가는 것만 같아요."

"그럴까."

기담은 시간이 흘러가는 것이 안타까웠다. 이 다정한 시간이 영원히 멈춰버렸으면 좋겠다는 생각이 들었다. 배가 나루에 거의 다 왔을 무렵, 기담은 벌떡 일어섰다. 배가 기우뚱했다. 얼른 중심을 잡았다.

"지금 이 순간, 영화 「흑과 백」이 떠오르니 어떡하지? 거기서 영철이 이렇게 말하지. 활동사진을 보면 흔히 배 안에서 여자에게 사랑을 고백하면서 안 들어주면 마구 배를 흔들며 빨리 다시 대답하라고 하죠. 정숙 씨에게 일생에 변하지 않을 두 글자를 구하기 위해 이 배를 한번 흔들어볼까요? 그러면서 영철이 배를 흔들지. 기억하겠지? 거기선 활동사진을 핑계 삼았는데, 나는 또 그 영화를 핑계 삼을래.

묘화를, 진심으로 사랑해. 나도 묘화에게 일생에 변하지 않을 두 글자를 구해볼래. 대답해줘. 그렇지 않으면 강물에 뛰어들고 말겠어."

기담으로서는 대단한 용기를 낸 것이었다. 도박을 하는 심정이었다. 묘화와의 관계를 좀더 진척시키고 싶었다.

"수영 못하신다면서요."

"그러니까 나는 지금 목숨 걸고 물어보는 거야."

"말할 수 없어요."

묘화가 고개를 돌렸다. 풍덩. 기담은 한 치의 망설임도 없이 물속에 뛰어들었다. 물속에 빠졌다 나오기를 몇 차례, 사공의 노가 눈앞에 와 닿았다.

나루터에 내려 풀밭에 드러누웠다. 윗옷을 벗어 쥐어짜고 바지도 중간중간 짜서 물기를 뺐다. 젖은 옷 사이로 찬 기운이 스며들었다. 감기라도 걸리면 낭패였다. 무엇보다 목을 잘 보호해야 했다. 기담은 묘화를 바라보지 않았다. 유리같이 차갑고 냉정한 여자 같으니라고. 기담은 묘화에게 서운한 감정을 숨기지 않았다. 묘화는 내내 알 듯 모를 듯한 미소만 짓고 있었다.

"어디 방이 있는 집으로 들어가서 뜨거운 국물에 밥 먹어요. 옷도 말릴 궁리를 해야 하잖아요. 얼른요."

묘화가 손을 내밀었다. 묘화의 손을 못 이기는 척 잡았다. 배도 고프고 옷도 말려야 하긴 했다. 한정식집에서 밥을 시키고 음식이 나오는 동안 기담은 방바닥에 드러누웠다. 아무래도 감기에 걸릴 것 같았다. 괜한 짓을 했다는 생각이 들었다. 깜빡 잠이 들었던지 눈을 떴을 때는 베개를 베고 이불까지 덮고 자고 있었다. 묘화는 보이지 않았다. 주인을 부르는데 묘화가 들어섰다. 손에 옷 한 벌이 들려 있었다.

"좀 어떠셔요? 어린애 같은 투정을 부리시다니."

옷을 갈아입고 전골에 밥을 배불리 먹고도 어딘가 헛헛한 기분이었다. 묘화가 데운 정종을 따라주었다.

"장난이 지나치셨어요."

"죽을 수도 있었는데 바라만 보다니 나쁜 사람이야."

"죽지 않으리라는 걸 잘 알고 있었으니까요."

"냉정해. 당신은 유리같이 차가운 여자야."

"그러지 마시고 정종 한 잔 더 드세요."

"쳇, 이런 건 암만 마셔도 내 몸을 따뜻하게 할 수 없어."

"그럼, 이건 어떤가요?"

묘화의 입술이었다. 차가우면서도 부드러운 입술이 기담의 입술에 닿았다.

기담이 화평리에서 좁은 골목으로 사라지는 묘화를 본

것은 순간이었다. 그러나 묘화가 분명했다. 묘화를 알아보지 못할 리가 없었다. 뱃놀이 이후 여러 번 묘화를 만났다. 분명 묘화였다. 기담이 건너편에서 묘화를 불렀지만 듣지 못한 모양이었다. 기담은 길을 가로질러 건너와 골목 안으로 들어섰다. 이 시간에 묘화가 화평리 이 골목까지 무슨 일일까. 알 수 없었다. 기담은 몇 갈래의 골목을 이리저리 휘돌았다. 묘화는 보이지 않았다. 기담은 골목을 돌며 묘화를 불렀다. 이미 집 안으로 들어갔는지 보이지 않았다. 다시 한 번 골목으로 들어서서 오른쪽으로 꺾으려는데 둔중한 무언가가 뒤통수를 때렸다. 기담은 그대로 고꾸라졌다. 발길질이 날아들고 팔이 등뒤로 비틀렸다. 그만들 두세요. 기담은 정신을 잃었다.

물수건 같은 것으로 얼굴을 닦아주는 손길이 느껴졌다. 기담이 천천히 눈을 떴을 때 누군가 문 앞에서 의사와 얘길 나누는 모습이 희미하게 잡혔다. 묘화인가? 의사와 눈이 마주치는 순간 여자가 황급히 문밖으로 나갔다.

병원에서는 젊은 남자 셋이 기담을 데리고 왔다고 했다. 병원비는 이미 완불되어 있었다. 그들이 누구인지 병원으로서는 확인할 길이 없다고 했다. 분명 묘화를 쫓아갔던 것인데. 난데없는 봉변이었다.

기담은 밤이 늦었다는 의사의 만류를 뿌리치고 병원에

서 나오자마자 묘화를 찾았다. 분명 묘화였다. 맥코넬의 집에서 나온 이도 묘화였을지 모른다. 기담은 참을 수가 없었다. 분명 기담이 모르는 무언가가 있었다. 묘화가 왜 자신을 속이는 것인지 알 수 없었다. 알 수 없다는 것이 기담을 미치게 했다. 기담이 모르는 그녀의 세계가 기담을 짓누르고 숨 막히게 했다. 사랑에 빠져 모든 것을 알고 싶어 하는 치졸인 것을 알면서도 기담은 묘화를 찾았다. 유리 같은 여자가 아니었다. 꽁꽁 베일에 싸인 여자였다. 묘화를 사랑하는 것만큼 자신을 속인 것에 대한 분노가 컸다.

"절 찾으셨다고요?"

"……또 아니라고 할 텐가?"

"무슨 말씀이신지."

"모른다고? 진정 모르는 일이라 할 텐가?"

묘화의 눈이 흔들리는 걸 기담은 놓치지 않았다.

"왜지? 왜 나를 속여야 하는 거지? 내 마음을 모른다 하진 않겠지?"

묘화가 빨갛게 충혈된 눈을 하고 기담을 바라보았다.

"무슨 말씀이신지. 겨우 입맞춤 한 번 한 걸 가지고 절 가진 듯 구는군요. 제가 제일 경멸하는 남자가 그런 부류지요. 여자를 제 주머니에 넣고 제 물건인 양 취급해야 직성이 풀리는 남자들이요. 선생은 선생이고 저는 저일 뿐이에요. 선생이 굳이 무엇이어야 할 이유는 없어요. 꽃을 찾아온 나비와 같을 뿐이죠."

그날 다정하게 기담에게 입술을 포개던 여인이 맞단 말인가. 기담은 성큼 가까워진 사이인 줄 알았는데 참을 수 없는 굴욕과 절망감에 치가 떨렸다. 기담을 똑바로 쳐다보는 묘화의 눈을 피하지 않았다.

"나비라고? 내가 나비일 뿐이라고? 꽃을 찾아든 나비라고? 그럼 그대는 꽃인가? 그래? 그렇단 말이지? 꽃, 꽃, 흐흐. 그럼 내 앞에서 춤을 춰야지, 거문고도 뜯고, 단가도 부르고. 다른 꽃들이 그러는 것처럼 그대도 내 앞에서 춤을 춰야지. 그래야 꽃이지."

묘화가 아랫입술을 깨물고 바르르 떨었다.

"노래를 부를까요, 춤을 출까요?"

묘화는 기담에게서 눈을 떼지 않은 채로 천천히 팔을 들어 올리고 발끝을 올리며 춤을 추기 시작했다. 기담은 그녀의 손끝을, 어깨를, 치맛자락 끝으로 언뜻언뜻 보이는 버선발을 보았다. 하지만 자신을 뚫어지게 보는 묘화의 시선만은 똑바로 볼 자신이 없었다. 어느 순간 묘화의 녹청빛 치맛자락에 얼룩처럼 무언가가 묻었다. 그렇게 얼룩 같은 점은 몇 군데 더 찍혔다. 기담은 퍼뜩 고개를 들었다. 묘화의 감은 눈 아래로 눈물이 흘러 볼을 타고 내려오다 치맛자락에 떨어지고 있었다. 빙글 한 바퀴 돌려던 묘화가 휘청거리며 쓰러졌다. 기담은 재빠르게 묘화를 안았다. 묘화가 그의 가슴을 밀쳐내려 했다. 기담은 묘화를 더욱 바짝 끌어안았다. 그녀의 여린 어깨가 그의 가슴에 와 닿았다. 입술을 앙다문 묘화의 볼우물에 눈물이 고여 있었다. 기담은 그 눈물을 핥았다.

"내게 이러지 마, 제발."

묘화가 기담을 밀쳐냈다.

"나비란 꽃이 시들면 찾아오지 않게 마련이요, 더 향기로운 꽃을 찾게 마련이지요. 그 마음을 지금 저보고 알아달란 말씀이십니까? 선생님은 제게 지금 어린아이 같은 투정을 부리고 있다는 걸 아셔야 해요. 그 정도면 꽃을 찾아든 나비가 아니라 떼쓰는 철없는 어린애가 더 어울린다고 해야 할까요?"

기담은 자신도 모르게 묘화의 고개가 획 돌아갈 만큼 세게 뺨을 올려붙였다. 묘화의 볼에 금방 손자국이 벌겋게 났다. 묘화가 무섭게 노려보았다.

"제게 도대체 왜 이러시는 겁니까? 제게 무얼 원하시는 겁니까. 사랑을 핑계 삼아 제 몸을 갖고 싶으신 건가요? 이 몸뚱이가 탐이나 이리도 구차스럽게 구는 것입니까? 드리지요. 드리고말고요. 이 한 몸 무어라고 못 드리겠습니까."

묘화가 일어서서 저고리 고름을 풀었다. 찢어내듯 저고
리를 벗고 동여맨 치마끈을 풀었다. 속적삼과 속곳도 벗었
다. 눈 깜짝할 사이에 알몸이 되어 기담 앞에 꼿꼿이 서 있
었다. 볼은 부어오르기라도 하는지 점점 더 붉어졌다.

"자, 이제 마음대로 해보시지요."

기담은 차마 손끝 하나 대지 못한 채 방문을 박차고 뛰
쳐나왔다. 그녀의 몸에 손을 대기라도 하면 그대로 얼어버
리거나 깨져 산산조각이 나버릴 것 같았다.

묘화가 미웠다. 마음을 열어주지 않는 묘화가 원망스러
웠다. 그러나 묘화를 떨쳐버릴 수가 없었다. 기담은 매일
술에 취했다. 그래도 해월관에는 가지 않았다. 묘화 역시
극장에 모습을 드러내지 않았다. 기담은 묘화를 찾는 대신
영화 연행을 고민했고 더 잘하려고 노력했다. 책을 사서 읽
고 신문의 광고까지 훑었다. 갯바위에 다닥다닥 붙어 있는
따개비처럼 어떻게든 영화에 달라붙어 묘화를 잊어보려 했
다. 그러나 온몸의 조임이 헐거워진 사람처럼 도무지 중심
을 잡을 수가 없었다. 마음이 하루에도 수십 번 단오에 널
뛰는 계집애처럼 뛰었고, 낙엽이 지는 동안 뼛속까지 시렸
고, 겉돌았다. 연행조차도 신이 나지 않았다. 그렇게 가을
이 가고 겨울을 나는 동안 기담은 옷을 겹겹이 껴입고 꼭꼭

여며도 그 어느 해보다 추위 자주 앓았다.

묘화는 맥코넬의 집 처마 고드름 끝에서 물방울이 떨어
지는 걸 보고 있었다. 물이 떨어진 곳이 패여 작은 웅덩이
가 생겼다. 이제 이 고드름이 녹고 나면 몇 번 더 추위는
오겠지만 바람은 살을 벼리지 않고 그러다 보면 그 끝엔 봄
이 매달려 있을 터였다. 가을과 겨울 동안 묘화는 왠지 자
신이 부쩍 늙어버린 듯했다. 마음 한구석 돌담이 허물어지
듯, 나무가 삭듯 닳아 없어지는 느낌이었다. 저 고드름 끝
에 맺혀 떨어지는 물방울은 고드름의 눈물일까. 고드름은
눈물로만 이루어진 슬픈 얼음 뿔일까. 실소를 했다. 유치하
기 짝이 없는 감상이 아닌가. 가을이 지나면서부터 묘화는
어쭙잖은 감상에 자주 빠지는 자신을 보고 어이가 없었다.
자신을 잘 알고 있다고 생각했다. 너무 잘 알고 있어서 싫
은 적도 많았다. 이렇게 삐꺽거리는 모습은 절대 자신의 모
습이 아니었다.

묘화는 손을 내밀어 고드름에서 떨어지는 물방울을 두
손으로 받았다. 눈물로 이루어진 뿔의 잔해. 그날 이후로
기담은 오지 않았다. 내내 안 올지도 모른다고 생각했다.
그렇게 생각할 때마다 메마른 나뭇가지 부러지는 소리가
났다. 그의 무엇이 자신을 이렇게 흔들고 있는지 도무지 알

수 없었다. 해가 이울고 방문을 열 때마다 혹여 그가 와 있지 않을까 짧은 순간 떨리는 마음을 어쩔 수가 없었다.

맥코넬이 등뒤에서 가만히 묘화의 어깨를 잡았다.

"뭐해?"

"고드름이 녹는 거 보고 있어요. 이제, 곧, 봄이, 오겠죠?"

끝내 떨어지지 않고 거꾸로 매달려 있는 고드름이 안쓰러웠다.

묘화의 눈에 눈물이 어렸다. 묘화는 하마터면 눈물이 녹는 걸 보고 있다고 말할 뻔했다.

"무슨 일인지 말 안 해줄 거야?"

고드름이 녹아 떨어지는 물방울을 받고 있는 묘화를 맥코넬은 거실 창으로 묵묵히 지켜보고 있었다. 단단한 아이였다. 그 단단함이 굳어 외로움이 된 것이 안쓰러웠다. 어찌해볼 수도 없는 상대 앞에서 여린 주먹을 꼭 쥐고 두 눈을 꼿꼿이 뜨고 있지만 속으로 눈물이 흐르고야 마는 아이. 처음엔 계절 탓이려니 했다. 올가을은 단풍을 누려볼 새도 없이 추워졌다. 한 차례 굵은 비가 내리고 나서는 곧바로 추위가 닥쳤다. 잎들은 채 물들기도 전에 떨어져버렸다. 이 나라의 계절 중에서 가을을 제일 좋아하는 맥코넬은 한동안 섭섭하고 쓸쓸한 마음이 들었다. 처음엔 부쩍 자주 찾아오는 묘화도 그런 마음인 줄 알았다. 거실 탁자 위에 올려 놓은 영화 표를 집어 들고 꼼꼼히 살펴보던 눈에서, 이 사람이 아직도 영화 표를 갖다놓고 가나요? 하고 묻던 목소리에서 맥코넬은 묘화의 외로움이 계절 탓이 아니라 사람 때문이라는 걸 알았다. 같이 영화 보러 갈까 물었을 때 묘화는 천천히 고개를 흔들었다. 어려서부터 좀처럼 속내를 드러내지 않는 아이였다. 가끔씩 비명을 지르며 잠에서 깨어날 때도 있었지만 울거나 품을 파고들지도 않았다. 조용히 책을 읽었고, 맥코넬의 말에 귀를 기울였고, 제 주변을 감싸고 있는 사물들에 눈길을 주었다.

묘화가 권번에 들어가고자 했을 때, 맥코넬은 놀랐다. 한 남자를 만나 사랑하고 결혼하고 한집안에 메여 사는 일은 하지 않겠다고 했다. 맥코넬의 일을 돕고 싶다고도 했다. 맥코넬은 아득했다. 자신도 모르게 자신의 사상을 이 아이에게 주입한 것은 아니었나 우려되었다. 이 나라는 여자의 정절을 목숨처럼 여겼다. 그런데 그것을 일부러 버리겠다고 하다니. 게다가 맥코넬의 일을 거들겠다니. 맥코넬에게는 문제가 생겨도 얼마든지 우월한 국가적 지위를 이용해 빠져나갈 구멍이 있었다. 하지만 묘화는 아니었다. 식민지 국민으로서 목숨을 담보해야 할지도 모르는 일이었다. 몇 번 해월관으로 자금 보내는 일을 심부름시킨 게 잘

못인 것 같았다. 맥코넬이나 집사가 해월관을 출입하는 것
보다 묘화가 출입하는 게 자연스러워 몇 번 심부름을 시킨
것인데 묘화는 어느새 그 심부름이 무슨 심부름인지도 알
고 있었던 것이다. 영민한 아이였다. 묘화를 설득했지만 소
용없었다. 무엇이 묘화로 하여금 이런 생각을 하도록 굳혔
는지 알 수 없었다.

11

봄이 오면서부터 기담은 몇 번이고 그때 그 골목으로 사라진 묘화를 쫓아가지 말았어야 했다고 후회를 했다. 시간이 지날수록 그 골목으로 사라진 이가 어쩌면 정말 묘화가 아니었을 거라는 생각이 들기도 했다. 묘화와 뒤태가 비슷한 다른 여인일 수도 있었다. 기담을 병원으로 데려간 것도 병원비를 낸 것도 모두 다른 이가 한 일일 수 있었다. 그 여인이 묘화가 아니라면 어떤 사정이 있었던 것인지 알 필요는 없었다. 묘화만 엉뚱하게 기담의 추궁을 받은 셈이었다. 골목으로 사라진 이가 묘화가 아니었다면 사과를 해야 했다. 기담은 날이 흐를수록 그렇게 해월관에 갈 명분을 찾아 스스로를 합리화했다.

기담은 만취한 어느 날 기어이 해월관으로 찾아들었고, 마당에서 묘화를 찾아 고래고래 소리를 질렀다. 그러나 방에 들어서자마자 기담은 방 안의 따뜻한 온기에 와락 눈시울이 젖었다. 속이 울렁거렸다. 멈출 사이도 없이 먹은 것을 모두 게워내고는 한쪽으로 쓰러져버렸다.

　머리가 깨질 듯 아팠다. 머리맡을 더듬어 주전자 주둥이를 입에 가져다 대고는 벌컥벌컥 물을 들이켰다. 방 안을 둘러보았다. 깨끗한 보료, 발아래 잘 개켜진 옷, 격자무늬의 창, 그보다 먼저 맡아지는 은은한 향. 해월관을 찾던 것까지는 기억이 났다. 잠꼬대처럼 묘화를 찾았던 것도 같다.

　문이 살며시 열렸다. 묘화가 들어섰다. 기담은 묘화를 바로 볼 수 없어 애꿎은 주전자의 물을 따라 한 컵 더 들이켰다.

　"일어나셨군요."

　"어젠 실례가 많았소."

　"네, 물론이지요. 기담 선생이 아니었다면 마담이 당장 쫓아내고도 남을 만한 소란이었지요."

　묘화가 싱긋거리며 말했다. 어제 본 사이처럼 친근했다. 일하는 아이가 물이 담긴 세숫대야를 들여다 놓고 갔다. 묘화가 수건에 물을 적셨다.

　"그냥 두게. 내가 하지."

"아니요. 오늘은 제가 하고 싶습니다."

묘화는 아무 말 없이 기담의 왼손을 끌어다 손바닥에서 손등, 손가락까지 일일이 닦아주었다. 묘화의 부드러운 손길, 따뜻한 옥양목 물수건이 지나간 자리마다 서늘했다. 다시 오른손을 잡아끌어 손바닥, 손등, 손가락을 닦아주기 시작했다. 기담은 물끄러미 바라보고 있다가 와락 묘화를 끌어안았다.

"묘화, 이렇게 조금만, 이렇게 조금만 아무 말 없이 있어줘."

묘화를 안자 눈물이 쏟아질 만큼 감정이 격해졌다. 그동안 뼛속까지 외로웠다는 생각이 들었다. 이렇게 올 수 있는 걸 왜 그리 머뭇거렸는지 한심했다.

"미안해, 정말 미안해. 묘화를 오해했어."

"밖에 꽃들이 한창이에요. 이러다간 올해도 봄나들이 한번 못하고 갇혀 지내겠어요. 오늘은 이미 단장을 끝냈으니 아침을 드신 후 같이 소풍이나 갈까요?"

기담은 어리둥절했다. 묘화가 자신의 사과를 받아준 것만으로 고마운데 둘이 봄나들이를 가자고 하지 않는가. 지난여름 끝 뱃놀이를 갔던 기억이 떠올랐다. 묘화와 단둘이 물결 따라 흔들리며 배를 타지 않았던가. 역에서 만나고 배를 타고 같이 밥을 먹던 그 모든 일들이 아직도 생생했다.

자신에게 내어주던 묘화의 입술까지.

월미도 둑길로 벚꽃 놀이를 가자고 할 줄 알았는데 사람 많은 곳은 불편하다고 응봉산으로 가자고 했다. 기담은 응봉산까지 산책하는 동안 발이 땅에 닿지 않는 것 같았다. 같이 길을 가는 동안 지나가는 치들이 묘화를 힐끗거리는 것조차 신경이 쓰였다. 닳아 없어질 것만 같았다. 혼자만 몰래 아껴가며 보고 싶었다. 묘화가 햇살을 피하려 살굿빛 양산을 펴 들었을 때, 기담은 얼른 양산 손잡이를 잡아 묘화의 얼굴에 햇빛 한 줌 들지 않도록 가려주었다.

산이라고는 하지만 언덕과 다름없어 산책로를 따라 천천히 걸어가며 꽃구경하기 좋았다. 꼭대기에 만국공원이 있으니 돌아볼 만할 것이다. 그녀는 진달래를 따서 깨물어 먹기도 했고 기담의 입에 넣어주기도 했다. 눈에 잘 띄지 않는 작은 풀꽃을 눈여겨보기도 했고, 숨을 깊게 들이마시며 환하게 웃기도 했다. 일부러 벚나무 가지를 흔들어 꽃잎을 날리게도 했다. 그녀의 소소한 행동이나 말이 고스란히 기담에게 각인되었다. 산 정상까지 올라갔을 때는 그녀의 귓불 뒤로 땀방울이 흘러 목을 타고 내렸다. 그녀가 귀퉁이에 자잘한 꽃이 수놓아진 손수건으로 이마의 땀을 누르고 길고 흰 목덜미로 흐른 땀을 닦아낼 때 기담은 그녀의 땀을 혀로 닦아주고 싶은 충동을 눌러야 했다.

만국공원에서 바라본 바다는 언제나 같은 모습이었다. 묘화는 저 바다의 배 중 우리 것은 몇 척이나 될까를 생각했다. 몇 년 전부터 조기 파시도 호황을 누리지 못한다는 것을 알고 있었다. 일본인들이 안강망 어선으로 조기를 싹쓸이하고 있었다. 이 공원 아래 좋은 땅에 자리 잡고 조계지를 만들어놓고 제 땅입네 행세하는 일인이나 청인들을 떠올렸다. 척박한 땅에서 굶주리며 살아야 하는 백성을 생각했다. 이렇게 봄나들이한다고 나와 있는 자신이 죄스러웠다.

기담은 하늘과 맞닿을 듯 푸른 바다를 보았고, 망망한 바다 끝에 몸을 부린 배들을 바라보았다. 언젠가 아버지와 함께 월미산에서 배를 향해 오줌을 누던 기억이 먼저 떠올랐다. 저 배에 실렸던 신문물 중에 영화가 있었고, 자신은 그 영화를 연행하며 살고 있었다. 그때 아버지가 정녕 두려워했던 것은 무엇일까.

산에서 내려올 때는 올라올 때와 다르게 창영동 쪽으로 길을 잡았다. 묘화가 앞장섰다. 기담은 길을 가다가 바로 앞에 보이는 맥코넬의 집을 가리켰다.

"저 집은 맥코넬이라는 서양인의 집이야. 내가 전에 묘화를 봤다고 착각했던 곳이지. 그는 늘 큰 개와 함께 내가 살던 동네를 산책했어. 때론 어린애들에게 얼마간의 돈을 쥐여주기도 하고."

묘화가 기담의 얘길 들으며 대문 너머 집 안을 들여다보더니 너무도 자연스럽게 대문의 둥근 손잡이를 두드렸다.

"무얼 하는 거야?"

기담이 놀라 바라보자 묘화가 빙그레 웃었다. 안에서 집사가 나오더니 묘화를 보고 반갑게 문을 열어주었다. 묘화가 기담의 소매를 잡아끌었다. 잠깐만 앉아 계셔요. 묘화는 기담에게 마당에 놓인 의자에 앉게 하고는 안으로 들어가버렸다. 뒤통수를 한 방 맞은 기분이었다.

묘화도 맥코넬을 알고 있었던 것일까. 그때 그녀가 묘화가 맞았던 것일까? 맥코넬과는 어떻게 아는 사이일까. 그녀도 맥코넬에게 십 전을 받은 적이 있었던 것일까. 그러다 기담은 마당의 나무를 바라보았다. 노랗고 여린 꽃들이 다글다글 나뭇가지 끝에 붙어 있었다. 햇살이 넉넉하게 꽃에 깃들고 있었다. 아련해지는 꽃 빛이었다. 갑자기 집 안으로 사라진 묘화를 기다리는 동안 기담은 자신을 둘러싼 세계가 꽃 빛으로 물들어 도무지 현실 같지 않았다.

맥코넬이 스케이트 타는 것을 본 적이 있었다. 겨울마다 넓은 빙판으로 변한 송림동 논바닥 일대에서 학생들과 양인들이 뒤엉키다시피 스케이트를 타곤 했는데 우연히 거길 지나가다가 스케이트를 타고 있는 맥코넬을 보았다. 그는 종횡무진으로 스케이트를 타고 있었는데 마치 어린아이처럼 신이 난 얼굴이었다. 해 지는 더러운 골목길을 조용하게 걸어가던 모습만 보아오던 기담은 그처럼 신난 모습이 오히려 신기해 오랫동안 바라보았다. 이국땅에서 교류하는 이도 없이 저녁 이스름 길을 산책하던 그보다, 신이 나 스케이트를 타는 모습이 기담에겐 더 애잔하게 다가왔다. 그는 어쩌면 흥이 많은 사람일지도 모른다는 생각이 들었다. 그러나 이국땅에서는 그런 흥을 펼칠 아무것도 없었다.

묘화는 봄나들이를 생각했을 때부터 맥코넬의 집에 들를 생각을 했다. 집사와 해월관의 명선 말고는 아무도 맥코넬과의 관계를 아는 사람이 없었다. 조직 문제로 나중에 묘화나 맥코넬에게 무슨 일이 생겨도 서로를 보호하기 위해서였다. 그래서 해월관에 들어간 뒤로는 일부러라도 맥코넬을 자주 찾지 않았다.

맥코넬에게 기담을 소개해주고 싶었다. 두 계절이 가도록 자신의 마음을 떠나지 않던 사람이었다. 기담이 술에 취해 해월관이 떠나가도록 자신의 이름을 불러댈 때 묘화는 환하게 안도했다.

묘화는 영화가 좋았다. 맥코넬이 음악을 들으며 위로받는다면 묘화에게는 그것이 영화였다. 명선과 처음 영화를 보러 갔던 날을 잊을 수 없었다. 장막에서 살아나는 인생.

이야기책보다 생생한, 살아 움직이는 그림과도 같은, 아니 그림이 아니라 자신과 똑같은 사람들이 등장해 웃고 아파하고 사랑했다. 묘화는 영화를 보면서 자신의 삶에서 많은 것이 빠져 있다는 것을 알았다. 수치를 모르던 삶에는 배고픔과 아버지의 폭행만 없으면 되었다. 맥코넬과의 삶에서는 맥코넬만 있으면 그만이었다. 사람들과 어울릴 필요도 없었고 그렇게 하고 싶지 않았다. 맥코넬이 회사에 출근하고 나면 집사와 돌아다니기도 했고, 정원에서 놀기도 했고 맥코넬이 사다 주는 책을 읽으면 그만이었다. 책 속에 모든 것이 있었다. 맥코넬 안에서의 삶은 조용하고 단조롭고 안온해서 좋았다. 혹시라도 아버지와 마주칠까 봐 밖에 나가지 않았고 사람들과 사귀지도 않았다. 밖으로 나가고 싶지 않았지만 무심코 밖을 내다보다 보면 눈물이 나기도 했다. 맥코넬이 아무리 따뜻하게 품어줘도 사람이 무서웠다. 세상엔 맥코넬 같은 사람만 있는 것이 아니었다. 아버지 같은, 제 자식을 발가벗겨 밖으로 내쫓는 그런 짐승도 있는 것이다.

영화를 보는 동안 묘화는 편안했다. 객관적 거리 때문이었다. 아무리 실감 나는 싸움이나 눈물도 아픔도 자리에서 일어서는 순간 끝이었다. 영화를 보는 동안에도 상황에 맞지 않는 연기나 표정 때문에 오히려 맥이 빠지기도 했다.

변사의 해설도 과장되기는 마찬가지였다. 그러나 기담은 우리말을 부릴 줄 아는 사람이었다. 그는 영화가 상영되는 내내 잠시도 쉬지 않았다. 말로 영화와 관객을 숨 쉴 틈 없이 이어주었다. 영화가 그로 인해 더 살아났다. 영화를 보는 동안 다채로운 삶들이 묘화를 스쳐갔다.

묘화는 한 번도 들끓어본 적이 없었다. 바다처럼 기세 좋게 포말을 일으키며 밀려들고, 바위에 부딪히고, 출렁이는 마음이 되어본 적이 없었다. 배꼽을 잡고 웃는 일도, 소리 내어 울어본 일도, 누군가를 죽도록 사랑해 가슴 아파본 적도 없었다. 파문조차도 일지 않는 조용한 호수, 그것이 자신의 모습일지 모른다고 생각했다. 자신의 감정으로 사는 삶이 아니라 대의를 위한 삶을 살기로 결심한 것은 어쩌면 당연한 일일지도 몰랐다. 이성으로서 남자를 만나는 일이 두렵기도 했다. 그런 일을 아예 만들고 싶지 않았다. 그러나 기담이 유리공예로 된 백조를 내밀고, 물에 빠진 자신을 구해주지 않아 냉정한 여자라고 말했을 때 웬일인지 가슴이 아팠다. 그 흔들림이 놀라웠다.

기담에게로 향하는 자신의 마음을 다잡을 수가 없었다. 해월관으로 찾아와 마주했을 때부터, 그 옛날 굴 껍데기에 베인 자신의 상처를 감싸준 이가 그라는 것을 안 뒤부터, 강에 빠져 사랑한다고 말해달라고 조를 때부터, 어쩌면 그

골목으로 사라진 자신을 알아보고 쫓아오던 그 밤부터였을
지 모르겠다. 장옷으로 얼굴을 가리고 인력거에서 내리자
마자 골목으로 들어간 그 짧은 시간에 하필 기담의 눈에 띄
었단 말인가. 그는 해월관의 손님일 뿐이었다. 자신이 좋아
하는 영화 연행을 하는 변사일 뿐이다. 그가 다른 변사와
차별성을 갖기 위해, 좀더 나은 영화를 위해 나름의 최선을
다한다는 것도 알고 있었다. 그의 연행을 듣다 보면 재치
있는 입담에 깜짝 놀랄 때가 있었다. 책을 읽다 의외의 구
절이 오래도록 눈길을 붙잡을 때와 같았다. 그러나 기담은
오로지 새장 속 세상밖에 모르는 사람이었다. 새장 밖에는
관심조차 두지 않는 사람이었다. 겨우 한 여자의 마음을 얻
고 싶어 전전긍긍하는 사내였다. 그런 그에게 마음이 쓰이
는 걸 묘화는 이해할 수 없었다. 그보다 나은 사람들은 얼
마든지 있었다. 그런데 이 망국의 땅에 살면서도 작고, 여
리고, 자기 일밖에 모르는 저 기담에게 왜 마음이 쓰이는지
알 수 없었다.

오래지 않아 묘화와 맥코넬이 마당으로 걸어 나왔다. 집
사가 뒤를 이었다. 기담은 맥코넬에게 늘 영화 표를 갖다
주곤 했다는 말까지 묘화에게 꺼내지 않은 게 다행이라는
생각이 들었다.

"여긴 애관극장의 유명한 윤기담 변사예요. 전에 말했던

굴 껍데기에 손을 베였을 때 내 상처를 동여매준 사람이기도 하고요. 여기 계신 분은 제 아버지와도 같은 분이세요."

맥코넬이 반갑게 웃으며 먼저 손을 내밀었다. 기담도 엉거주춤 내민 손을 맞잡았다.

"반가워요. 꼭 한번 보고 싶었어요."

맥코넬이 어눌하게 말했다. 기담은 아직도 노란 꽃 빛에서 헤어나지 못한 사람처럼 허둥거렸다. 맥코넬을 아버지 같은 분이라고 하지 않았던가. 아버지가 아닌 아버지와도 같은 사람이란 도대체 어떤 사람인 걸까. 기담은 두 사람 사이가 궁금해 미칠 지경이었다.

헤어지려 할 때 집사와 기담이 보고 있는데도 맥코넬은 묘화의 양볼을 감싸 쥐고 이마에 입술을 대었다. 묘화도 그의 볼에 입술을 대고 인사를 했다. 기담의 얼굴이 화끈 달아올랐다. 둘은 아무렇지 않은 듯 손을 흔들고 헤어졌다. 골목을 벗어날 때까지 맥코넬은 대문 앞에 서 있었다.

"배고파요, 맛있는 거 먹어요."

"으응, 그러지."

그는 건성으로 대답했다. 그의 마음이 하루에도 여러 번 묘화로 인해 들끓고 있는 것이 괴로웠다. 담담하려 해도 잘되지 않았다.

화평각 주인은 둘을 호젓한 방에 안내했다. 구두를 벗고 들어가던 묘화가 발을 살짝 절뚝였다. 아무리 낮은 동산이라 해도 굽이 있는 신발로 내내 걸어 다녔으니 발이 아플 만도 했다. 옆 무릎으로 앉으려는 그녀의 발을 잡아당겼다. 묘화는 발을 빼려 했지만 기담은 놓아주지 않았다.

"아침에 나를 닦아주었잖아. 이번엔 내 차례야."

묘화는 부끄러운 듯 발목을 빼려 했지만 기담은 놓아주지 않았다. 발뒤꿈치를 잡고 발을 돌려주고 발바닥 오목한 곳을 눌러준 뒤 발가락 전체를 뒤로 젖혀 힘을 주었다가 발가락 하나하나를 비비듯 만져 풀어주었다. 따뜻한 물이 있다면 담가 씻겨주고 싶었지만 그리하기는 어려웠다. 비록 흰 양말을 신고 있긴 했지만 그녀의 가늘고 갸름한 발을 잡는 것만으로도 기담은 행복했다.

묘화가 해삼탕과 양장피를 맛있게 먹는 모습을 물끄러미 바라보았다. 해월관에서는 그녀가 맛있게 무언가를 먹는 것을 본 적이 없다는 생각이 들었다. 묘화와 눈이 마주치고 나서야 기담도 해삼탕을 먹으며 쓰린 속을 달랬다. 기담보다 먼저 더 많이 먹던 묘화가 배가 부른지 젓가락을 내려놓았다.

"고마웠어요. 덕분에 봄놀이 호사를 누렸네요. 얼마 만인지 모르겠어요."

"그럼 그 보답으로 내 물음에 대답해주겠어?"

묘화의 얼굴이 설핏 굳었다.

"맥 아저씨는 더러운 시궁창에 빠진 어린 저를 구해준 분이에요. 저를 키워주신 분이고요. 맥 아저씨가 아니었다면 저의 삶은 이미 오래전에 끝났을 거예요. 제겐 은혜로운 분이죠."

묘화는 기담의 물음이 뭔지 알고 있다는 듯 서둘러 말했다. 기담은 무슨 까닭인지 목청이 닫히는 걸 느꼈다. 얼마간의 정적이 흐른 뒤 묘화가 다시 입을 열었다.

"거기까지. 그밖에는 무엇이든 궁금해하지 마세요. 알려고도 하지 마시고요. 제겐 제 삶이 있고 선생껜 선생의 삶이 있지요. 서로의 삶을 존중해주어야 관계가 오래간답니다. 저는 선생과 오랫동안 영화 이야기를 나누며 소소한 기쁨을 누리고 싶어요."

묘화는 분명한 경계를 그었다. 기담의 가슴이 널을 뛰고 있다는 걸 알고 있었다. 그보다 자신의 감정이 두려웠다. 기담이 경계를 부수기 전에 자신이 먼저 부술지도 모른다는 생각이 들었다. 기담에게 치는 경계가 아니라 자신에게 하는 다짐이었다. 이렇게 말이라도 뱉어놓고 나야 좀더 견딜 수 있을 것 같았다.

기담은 묘화의 말에 동의하듯 고개를 끄덕였다. 언젠가 스스로 얘기하게 만들리라 생각했다. 오늘 아침 겨우 사과를 하고 편해졌는데 다시 어려운 관계가 되기 싫었다. 묘화를 보고 싶은데 참아야 하는 짓 따위는 더는 하고 싶지 않았다.

"뭐가 느껴지세요?"

묘화가 펼쳐 보인 것은 한 폭의 수묵화였다. 묵의 농담을 이용해 그린 텅 빈 하늘, 그 아래로 첩첩이 겹친 겨울산, 그 아래로 서너 채 집과 나무 몇 그루가 전부인 그림이었다. 그림에 문외한인 기담은 적이 당황했다. 묘화 앞에서 무엇이든 잘난 것만 보여주고 싶었다. 자신의 약점 따위를 들키고 싶지 않았다. 그러나 그림을 볼 줄 모르는 기담으로서는 어쩔 도리가 없었다.

그림뿐이 아니었다. 기담은 영화 해설을 제외하면 특별히 잘하는 것이 아무것도 없었다. 아는 것도 많지 않았다. 그림이든 음악이든 그 무엇이든, 그 앞에서 기담은 그저 어촌 구석의 범인(凡人)에 지나지 않았다. 더러 그런 쪽으로 격식이 있는 치들과 술자리를 갖게 되면 기담은 묵묵히 고개를 끄덕이거나 술잔을 기울이거나 일찌감치 그 자리를 피했다. 뼛속부터 양반인 치들이 있었다. 어려서부터 보아온 것, 누려온 것이 다르고, 입고 먹는 것이 다른 치들과 기담은 근본적으로 다를 수밖에 없다는 생각이 들었다. 허

울만 양반인 기담으로선 어떻게 해볼 수 없는 벽이었다. 수치심이 이는 건 어쩔 수가 없었다. 적당히 분위기를 맞춰주고, 감탄해주는 것으로 그 자릴 모면해왔다. 그러나 기담도 알고 있었다. 그들이 겉으로는 같이 어울려주는 척해도 실상은 비웃고 있다는 것을. 격이 다른 기담을 끼워주고는 은근히 조롱한다는 것을.

그때마다 기담은 오래 전 경성에서 보았던 서용호 변사를 떠올렸다. 그는 가장 원초적인 자극으로 관객들의 인기를 한 몸에 받았다. 기담이 서용호를 떠올린 것은 그가 내는 방귀 소리 때문이었다. 그는 다른 무엇도 아닌, 단순하기 그지없는, 그러나 체면상 남 앞에서는 참아야 하는 방귀를 관객 앞에서 뀌어 보임으로써 예의니 체면이니 격식이니 하는 것을 애초에 까발려버렸고, 사람들은 그의 방귀가 인위적인, 가짜 방귀임을 알면서도 그의 익살맞은 방귀 소리에 호쾌하게 웃을 수 있었다. 그는 관객들이 오로지 영화만을 위해 극장을 찾는 것이 아님을 일찌감치 간파한 것이다. 극장은 자리를 남녀로 구분 짓고 있었지만 어둠 속에서 은밀한 눈빛을 주고받고 농지거리를 할 수 있는 공간이기도 했다.

기담은 서용호 변사의 방법을 택하지 않았다. 관객이 자신을 동류로 느끼는 것이 아니라 우러르게 하고 싶었다. 영화 속 배우들을 우러르듯 자신을 도달할 수 없는 무엇으로 선망하기를 바랐다. 그가 대본을 자신의 방식에 맞게 고칠 때도, 농담을 끼워 넣거나 익살을 부려야 할 때조차 기담은 함부로 범접할 수 없는 위의를 가지려고 했다.

기담은 매일 신문을 샅샅이 훑고, 책을 사서 읽곤 했지만 부족했다. 그걸 잘 알고 있었지만 묘화 앞에서는 어떻게든 잘 보이고 싶은 마음이었다. 밑바닥이 드러나 보이는 지식의 한계, 짐승 같은 모습을 묘화에게 들키고 싶지 않았다.

"내가 그림에 대해 뭘 알아야지."

기담은 얼버무리면서 술잔을 들어 단숨에 비웠다. 어떻게든 이 자리를 피하고 싶었다. 묘화는 왜 난데없이 그림을 들이밀고 있단 말인가.

"그냥, 느낌이요. 이 그림을 보면서 문득 어떤 생각이 드시는지, 그게 궁금할 뿐이에요."

기담은 흘낏 보았던 그림을 다시 바라보았다. 겨울 산은 황량하고 쓸쓸하고 메말랐다. 빈 하늘 때문에 그 쓸쓸함에는 단 한 방울의 물기조차 없어 보였다. 이 그림을 그린 이는 어쩌자고 저런 그림을 그렸단 말인가.

"쓸쓸해. 아주 차갑고 외로운 기분이 들어. 누구와도 그 기분을 나누고 싶지 않다는 도도함까지 느껴지는군."

기담은 겨우 그렇게 몇 마디를 내뱉었다.

"그렇지요? 저도 그랬답니다. 이 그림을 보고 있으면 한 없이 외로워지고 쓸쓸한 기분이 들곤 했지요. 그런데 그 기분은 저 빈 하늘을 볼 때 정점으로 치달았어요. 이 그림에 이렇게나 넓은 빈 공간을 둔 탓에 더더욱 외로워 보이는구나 했지요. 그런데, 선생님, 영화는 어떨까요? 이 여백과 같이 쓸쓸함을 더 쓸쓸하게, 감동을 더 극대화하는 건 무얼까, 문득 그런 생각이 들었습니다."

"글쎄, 그게……"

기담은 긴장했다. 영화에서 감정을 끌어올려 감동을 주는 것은 당연히 변사가 하는 영화 해설에 있다고 생각했다. 그게 영화에서 변사가 필요한 이유이고, 변사가 어떻게 해설하느냐에 따라 흥행 정도가 달라진다는 것을 묘화도 모르지 않을 터였다. 그런데도 그녀는 지금 기담 앞에서 그 질문을 하고 있는 것이다. 기담이 당황하는 것은 어쩌면 당연했다. '내 연행에 문제가 있는 것인가.' 기담은 자신도 모르게 방어적인 자세가 되어 되물었다. 배우의 목소리가 되기도 하고 배경이 되기도 하고, 때론 제3의 누군가가 되면서 때론 격하게, 때론 아주 천천히 배우와 호흡을 하며, 관객의 감정을 끌어올리기 위해 애쓰지 않았던가. 목소리는 당연히 억양의 폭이 크면 클수록 좋다고 생각했다. '어머니' 한 단어를 소리 낼 때에도 상황에 따라 '어'를 높게 시작하거나 중간의 '머'를 높게 잡거나 했다. 4.3조의 리듬을 타듯, 노래하듯 호흡이 끊어질세라 쉴 사이 없이 줄을 타는 광대처럼 뛰어오르고, 내려찍고, 아슬아슬하게 줄 위를 밟았다. 때론 더욱 실감 나게 하기 위해 발을 구르고 책상을 두드리고 소리를 지르기도 했다. 단조로운 영화는 그런 기담의 노력으로 호흡을 하고 화려하게 치장할 수 있었던 것이다. 다른 어떤 것도 아닌 그 부분만큼은 기담의 영역이었고 누구보다 자신 있게 잘할 수 있는 분야였다. 그런데 묘화의 질문은 무엇이란 말인가.

"제 술 한 잔 받으시고 저도 주셔요. 그냥 그런 생각이 들었다는 것뿐입니다. 영화를 좋아하다 보니 영화에 대한 갈증이 생겼다고 할까요? 우리 영화는 너무 도식적이에요. '아' 하면 '아'뿐인 거죠. 고통의 신음일 수도 있고, 아기가 아버지를 처음으로 부르기 위해 힘겹게 내뱉은 말일 수도 있고, 한탄이거나, 감탄일 수도 있죠. 열락에 가까운 고통스러운 신음일 수도 있겠지요. 그 모든 것을 한마디로 보여주고 정의해버려요. 그게 답답하게 느껴질 때가 있다고나 할까요. 선생님이라면 그 답답함을 풀어줄 것도 같은데요."

"내가 뭘…… 난 요즘 우리나라 영화가 재미없어서 영화 해설하는 일이 괴로울 때가 있어. 너무 뻔한 얘기들, 이

번의 유랑도 늘상 있던 치정극에서 벗어나지 못하잖아."

"왜 감독들은 그런 영화만 만들까요? 어쩌면 그게 우리네 삶과 가장 가깝기 때문은 아닐까요. 저는 고상 떠는 치들한텐 넌덜머리가 난답니다. 저급하다니요? 저는 그 저질을 아주 좋아한답니다. 그 저질이야말로 삶의 본모습 아닌가요? 아무리 아름답게 치장을 한들 벗겨보면 매한가지지요. 바다에 나가보지 않았던가요? 물이 빠지기가 무섭게 저 갯벌에 호미를 박아야 사는 사람들의 모습을요. 외면한다고 외면해질 수 있는 건가요? 항구에 정박해 있는 저 정크선에는 우리나라 각지에서 나온 흰쌀이 가득 실려 일본으로 건너가겠지요. 우리네는 보리밥도 제대로 먹기 어려워도 말이죠. 나라가 힘이 없을 때 가장 고통받는 것은 백성이지요. 아무리 잘난 척해도 이슬만 먹고는 살 수 없는 법이니까요."

"그런가? 난 묘화야말로 이슬만 먹고사는 줄 알았는데."

기담은 슬쩍 얘기를 다른 곳으로 이끌려고 농담을 했지만 묘화는 아니었다.

"저도 요즘 들어 우리나라 영화가 안타까워요. 좋은 영화들도 더러 있지만 그저 카메라를 갖다 대고, 배우 세우고, 적당히 치정이나, 팔려가는 여자나 죽음을 내세우면 영화가 된다고 생각하는 감독들 때문에 화가 나요. 하지만 저는 그런 영화들도 기꺼이 본답니다. 선생이 연행을 어떻게 할까 궁금해서요. 구태의연한 영화를 그렇지 않게 만드는 힘이 선생껜 있잖아요. 지금 같은 때일수록 선생의 노력이 더 필요한 때인 것 같아요. 그렇지 않나요?"

"내가 뭘, 재주가 있어야지."

묘화의 거침없는 생각이나 말은 늘 기담을 주눅들게 했다. 그런 말들은 단순히 주워들어서 할 수 있는 말이 아니었다.

해가 바뀌면서 우리나라 영화는 다시 내용이나 형식이 비슷비슷해졌다. 조잡한 영화도 많았다. 억지웃음과 울음을 강요하는 영화들은 연행할수록 화가 나기도 했다. 그렇다고 영화를 직접 만들 실력이나 배포는 없었다. 다행히 외국에서 들어오는 영화들이 위안이었다. 우리나라 영화는 외국 영화에 비하면 한참 수준이 떨어지는 영화들만 수두룩했다. 촬영 장비나 기술은 물론이고 도대체 영화란 영화들이 하나같이 지루하고 뻔한 치정극 판이어서 나중에는 그 영화가 그 영화 같았다. 그런 영화까지 모두 말을 입혀야 하는 일이 기담을 질리게 했다. 그렇다고 영화판에 끼어들 아무것도 없었다. 하지만 영화를 직접 만들지 못한다고 해도 보는 눈마저 없진 않았다. 그것은 영화 속 상황은 벌건 대낮인데도 어두워지는 골목이라고 해설해야 하는 것처럼 구질구질하면서도 얼치기 같은 것이기도 했다.

기담은 오래전 기생들이 만들었다는 잡지를 떠올렸다. 그 잡지의 표지에 그려져 있던 새장 속의 새가 떠올랐다. 그리고 새가 뜻밖에 자신처럼 느껴진다는 데 놀랐다. 기담이 갇힌 곳은 말의 조롱이었다. 말은 유일한 재능이어서 기담을 키우고 살찌우게 하지만 그 말에 갇힐 것 같은 느낌이든 것이다. 전혀 근거 없는 생각이었다. 그러나 근거 없는 생각일수록 보이지는 않지만 생득적으로 느껴지는 뭔가가 있기도 하다는 생각이었다. 관객들도 한국 영화엔 슬슬 재미를 못 느끼는지 점점 발길이 뜸해졌다. 대신 러시아나 일본, 독일에서 들어오는 외국 영화에는 객석이 찼다. 기담도 그런 영화가 들어올 때는 목소리가 달리 나왔다. 저절로 흥이 나서 영화가 다 끝나고 나서야 자신이 뭘 했는지 알 정도였다.

기담은 묘화와 다시 만나게 되면서 집을 알아보았다. 몇 군데 들러본 기담은 마당 한쪽에 능소화가 가득 피어 있는 집을 오래도록 둘러보았다. 바닥에도 제법 많은 능소화가 떨어져 있었다. 어떤 꽃들은 가지에 매달려 제 몸의 빛깔과 수분을 다 버리며 시드는가 하면 어떤 꽃은 절정의 순간에 제 몸을 버린다. 아직도 제 모양 제 색을 가지고 있으면서 떨어져버린 능소화로 정원 바닥이 환했다. 지대가 높아

장마 걱정을 하지 않아도 되고, 골목이 뒤엉켜 다닥다닥 붙어사는 곳이 아니라 시끄럽지 않을 거란 생각도 들었다. 무엇보다도 정원이 좋았다. 능소화가 그의 눈길을 끌었다. 집을 갖는다면 그가 심고 싶어 했던 꽃이었다. 정원 두 곳에 둥근 등이 설치된 것도 마음에 들었다. 유리등. 몇 년 동안 유리가 보급되긴 했지만 아직도 귀했다. 기담에게는 제물포구락부에서 보았던 유리가 너무 깊게 각인되어 있었다. 할 수만 있다면 창문도 유리로 하고 싶었지만 어려웠다. 자신이 쓸 방을 특별히 신경 썼다. 그 집에서 묘화와 살고 싶었다. 같이 밥을 먹고, 이야기를 나누고 따뜻한 잠을 자고 싶었다. 정원을 묘화와 가꿔나가고 싶었다. 기담은 그 집을 시세보다 더 주고 샀다. 집을 몇 군데 손보는 동안 기담은 가끔씩 들러 어둠이 짙어져 능소화마저 보이지 않게 되었을 때까지 툇마루에 앉아 있다가 정원의 등을 켜곤 했다. 보름달처럼 환하고 둥근 등에서 흘러나온 불빛이 마당을 은은하게 감쌌다. 이 순간을 만끽하고 싶어서 기담은 어둠을 기다렸다. 잠을 자고, 먹고, 씻기 위한 집이 아니라 누리기 위한 집이었다. 집의 개념 자체가 다른 집이었다. 마무리 공사 중인 집을 둘러본 계순은 휘둥그레진 눈으로 기담을 바라보았다. 당장이라도 이사 올 기세였다. 호사스러운 집이었다. 이사할 때는 전에 살던 집에서 쓰던 집기며 가구는 모두 버리게 할 생각이었다. 실상 쓸 만한 것도 없을 테지만 이 집에 어울리는 것들로 채우고 싶었다.

12

맥코넬은 정원에서 뜰 일을 하고 있었다. 면장갑에는 흙이 잔뜩 묻어 있었고, 가슴과 겨드랑이가 땀으로 흥건하게 젖어 있었다. 밀짚모자를 쓰고 있었는데도 얼굴이 복숭앗빛으로 붉게 달아 있었다. 오, 매화. 맥코넬은 묘화를 보자 환하게 웃었다. 고른 치아가 붉은 얼굴 때문에 더 도드라져 보였다. 밀짚모자가 제법 잘 어울렸다. 맥코넬은 묘화를 정애라고 불렀지만 매화라고 부르는 적도 있었다. 발음이 잘 안 되는 탓이었는데도 묘화는 매화라고 부르는 것이 싫지 않았다. 맥코넬은 정원에 매화 향이 가득 차면 일부러 집사를 해월관으로 보냈다. 매화가 피었다고. 그러면 묘화는 다음날로 맥코넬의 집으로 찾았다. 하루 종일 아무것도 하지 않고 매화 향만 맡았다. 그러고 나면 속이 뻥 뚫리는 것만 같았다.

맥코넬은 장갑을 벗고 두 손을 벌렸다. 묘화를 어린아이 품듯 안았다.

"뭘 하고 계셨어요?"

"나무 커. 사이 간격 좁아. 나무 숨 못 쉬어. 내 욕심 컸어."

맥코넬은 엉거주춤 키를 낮춰 눈높이를 묘화와 맞추며 말했다. 그러고 보니 작약과 수국의 위치가 달라져 있었다. 한여름 꽃들은 절정이었다. 그 절정이 묘화는 오히려 안쓰러웠다. 절정일 때가 벌써 시들기 시작하는 때라는 걸 알기 때문이다. 묘화는 경쟁하듯 향기를 뿜어대는 꽃들을 향해 숨을 들이켠 다음 방 안으로 들어갔다. 맥코넬이 직접 주스를 들고 왔다. 유리컵 밖으로 물방울이 맺힌 걸 보니 벌써 시원해진 느낌이었다.

레코드 음반에서는 피아노곡이 잔잔하게 흘렀다. 튀지 않는 곡이었다. 묘화는 주스를 천천히 마시며 피아노곡에 귀를 기울였다. 잔잔하게 흐른다고 생각했는데 꼭 그런 것만도 아닌 것 같았다. 가만히 듣고 있자니 음 아래로 들끓고 있는 음들이 또 있었다. 다만 도드라지지 않을 뿐이었다. 맥코넬은 음악을 들려주긴 해도 무슨 곡인지 구태여 가르쳐주지 않았다. 묘화도 묻지 않았다.

"매화, 얼굴 어두워. 걱정 있어?"

웃으며 고개를 저었다. 그런데 갑자기 묘화의 입술이 일
그러지며 눈물이 쏟아졌다. 이러려고 온 것은 아니었다. 맥
코넬을 만나고 이렇게 음악을 듣고 그냥 그러려고 온 것인
데 자신도 모르게 눈물이 쏟아졌다. 쏟아질 준비를 하고 있
었던 듯 눈물이 멈추질 않았다. 맥코넬이 당황하여 어쩔 줄
을 몰랐다.

묘화가 모임에서 웃터골에서 영화를 상영하자는 제안을
했다는 것을 맥코넬은 나중에 들었다. 민족의 뼈아픈 현실
을 알리기 위해서는 많은 군중을 동원할 수 있는 집회가 필
요했지만 어떻게 사람을 모을지 난관이었다고 했다. 뭔가
호기심을 끌면서도 참여하기 부담스럽지 않은 행사여야 하
는데 묘안이 떠오르지 않아 고심하던 차에 묘화가 웃터골
에서 무료 영화를 상영하는 건 어떠냐는 제안을 했다는 것
이다. 영화 보는 걸 싫어할 사람은 없을 테고, 게다가 무료
영화 상영이라면 늦여름 밤의 가족 나들이로 좋을 것이었
다. 무리가 따르는 일이라고 반대가 있긴 했다. 하지만 묘
화의 제안은 솔깃했다. 영화를 보러 많은 사람이 모일 테
고, 성공만 한다면 근래에 보기 드문 집회가 될 것이다. 게
다가 무대와 마이크까지 갖춰진 시설이니 이보다 좋은 조
건은 없을 것 같았다. 지역 유지들과 극장주, 경찰서장을

설득하는 일은 그리 어렵지 않을 것이라는 의견도 나왔다. 토론이 깊어질수록 웃터골 영화 상영은 구체화되었다. 어쩌면 독립의 불씨를 개항 요충지인 이곳에서 지필 수 있을 거라는 생각이 들었다.

묘화는 깊은 상념에 빠졌다. 꼭 영화 상영이어야 하지는 않지만 영화 상영이 최선의 방법인 것도 사실이었다. 그 제안을 하기 전에 고민을 안 한 것은 아니었다. 기담에게 자신이 누구인지 어떻게 살고자 하는 사람인지 터놓아야 했다. 영화 연행을 하기는커녕 자신을 거짓말쟁이로 생각할 수도 있을 것이다. 대의보다는 사랑에 눈이 멀어 이 일을 수락할 수도 있다. 아니 이 일로 그가 떠나간다면 어떻게 할 것인가. 무엇보다도 그가 이 일 때문에 다치길 원치 않았다. 어찌될지 모르는 일이었다. 그러나 한 번은 맞닥뜨려야 하는 일이었다. 날이 갈수록 묘화는 도대체 뭐라 정의 내리기 어려운 감정들에 휩싸였다. 기담을 잃고 싶지 않았고, 자신의 모든 것을 감추지 않고 기담에게 보이고 싶었고, 자신을 사랑하는 것처럼 이 나라에 대해서도 눈뜨길 빌었다. 어느 것이 먼저이고 어느 것이 중요한지 알 수 없었다. 주사위는 던져졌다. 어떤 방향으로든 시일이 지나면 결론이 날 터였다. 그렇게 생각했는데 시일이 지날수록 마음이 여려지고 흔들렸다. 자신을 좋아하는 기담을 이 일에 이용하려는 마음은 없었던 것인가. 정말 기담이 자신을 떠나 간다면 어찌할 것인가. 결국 묘화는 맥코넬 앞에서 눈물을 보이고 만 것이다.

맥코넬은 묘화가 사랑에 빠졌다는 것을 눈치챘다. 그이가 어쩌면 변사일 거라는 짐작도 갔다. 누군가를 집에 데려온 적이 없었다. 변사를 소개할 때 발그레 빛나던 묘화의 얼굴. 사랑에 빠진 사람의 얼굴이라는 걸 잘 알고 있었다. 묘화가 해월관으로 들어갔을 때, 아직도 인간의 사랑을 믿지 않고 있다는 것을 알았다. 그것은 설명으로 될 이야기가 아니었다. 살면서 겪어가야 했다. 때론 이성으로 누를 수 없는 사랑의 감정이 광풍처럼 휘몰아치기도 한다는 것을. 평생을 그 여풍 속에서 사는 사람도 있다는 것을.

"도움이 필요해요."

흐린 불빛 아래 묘화 얼굴의 음영은 더욱 또렷해 보였다. 도움이 필요하다니. 자신이 도와줄 수 있는 일이 도대체 무엇이란 말인가. 기담은 언뜻 불안의 기미를 느꼈으나 애서 물리쳤다.

"무슨, 내가 묘화를 위해 도울 수 있는 일이라면 뭐든 해줄게."

묘화는 선뜻 말을 꺼내지 않았다. 분명 쉽지 않은 부탁일 터였다. 묘화에게 쉽지 않다면 기담에게도 마찬가지일 것이다. 묘화는 여린 녹차 잎을 우린 차의 찻잔을 검지 끝으로 문지르고만 있었다. 아니, 말을 고르고 있을 것이다.

"어려운 부탁이에요. 선생이 다칠 수도 있어요."

작년 초봄의 그날처럼 묘화의 이마에 자잘한 땀이 맺혔다. 아직 그리 덥지는 않았다. 기담은 성급하게 재촉하지 않았다. 묘화가 말을 꺼낼 때까지, 솟았던 땀이 다시 스며들 때까지, 묘화의 이마와 곱게 쪽 찐 머리, 그 너머 마당에 무성하게 초록빛을 더해가고 있는 이파리를 바라보고 있었다. 아무 말 하지 않고 있어도 좋은 날이었다.

기담은 도대체 무슨 부탁을 하려고 하는지 짐작도 하지 못한 채 묵묵히 앉아 있었다. 머뭇거리던 묘화는 결심이 선 듯 기담의 눈을 똑바로 바라보았다.

"영화를 상영하려고 해요. 웃터골에서 무료로 상영하는 영화예요. 모든 준비는 저희 쪽에서 하고 선생은 거기서 연행만 해주시면 되는 거예요."

기담으로서는 금시초문이었다. 극장 밖에서 연행하는 일도 없었을뿐더러 그런 일이 있었다면 그건 묘화보다 기담이 먼저 알고 있어야 할 일이었다. 게다가 묘화는 저희가 알아서 준비한다고 하질 않는가. 도대체 누가 영화 상영을 주도한다는 말인가.

"저희라니? 누굴 말하는 거지?"

머뭇거리던 묘화가 결심한 듯 입을 열었다.

"이 나라의 독립을 위해 애쓰는 사람들이 있어요."

기담은 아득했다. 이것이었나. 묘화에게 구체적인 얘길 들으면 들을수록 암담했다. 묘화를 갈망하면 할수록 미궁 같던 묘화의 속에 이런 또 다른 세계가 있었단 말인가. 기담으로서는 꽤 충격적이었다. 받아들이기 쉬운 일이 아니었다. 기담뿐만 아니라 묘화가 다칠 수도 있지 않은가. 이 일에 그녀는 얼마나 관여되어 있는 것인가. 언제부터 이 일을 계획한 것일까. 위험천만한 일이었다. 발각되면 경찰에게 모진 고문을 당할 수도 있고, 삶이 송두리째 바뀔 수도 있고, 목숨을 내놓아야 할지도 모른다. 이 나라가 독립되면 좋기는 하지만 하루아침에 될 일인가. 그런 일에 왜 연약한 묘화가 끼어들어 있단 말인가. 그런데 왜 그 사람들이 영화를 상영하자고 한단 말인가. 자신을 만나온 것이 이런 부탁을 하기 위한 의도적인 접근이었던 것인가. 모든 것이 뒤죽박죽 헝클어진 기분이었다. 도대체 뭐가 뭔지 알 수가 없었다. 기담은 녹차를 단숨에 비웠다. 차가 아니라 술을 마셔야 할 것 같았다. 꼬리를 잡고 휘두르는 의문 속에서 화평리 골목으로 사라지던 묘화의 뒷모습이 다시 떠올랐다. 그것이 기담의 착각이 아닐 수도 있다는 생각이 다시 들었다.

"묘화, 도대체 무슨 말이야. 차근차근 얘기해줘. 다 필요 없고 묘화 얘기부터 해줘. 그때 그 골목으로 사라진 여자, 묘화가 맞았던 건가? 묘환 왜 그런 위험한 일을 하고 있는 거지? 난 모든 게 궁금해. 묘화에 대해 다 알고 싶어."

묘화와 눈이 마주쳤다. 기담은 처음으로 묘화의 눈을 피하지 않았다. 그녀의 맑은 흰자위, 잘 익은 버찌 같은 검고 깊은 눈동자. 그 검은 눈동자 안에 혼란스러워 두려워하는 기담이 있었다.

"제 이름은, 정애예요. 이정애. 그때 그 골목으로 사라진 여자, 저 맞아요. 선생이 저를 봤으리라고는 생각도 못 했지요. 밖에서 소란스러운 소리가 나서 나와봤을 때, 선생은 이미 나를 미행한 기관의 끄나풀로 오해를 받아 만신창이가 되어 있었어요. 그때 선생 입에서 나온 제 이름이 아니었다면 저도 몰라봤을 거예요. 선생을 병원으로 옮기고 고통에 신음하는 모습을 보는 내내 심란했지요. 선생이 제 곁에 있게 된다면 보게 될 미래를 먼저 보는 것 같았어요. 그래서 선생이 깨어나는 기미가 보이자마자 도망쳤던 것이지요. 어떻게든 멀리하려고요. 제 인생이 밝고 빛났다면 그렇게 스산하진 않았을 거예요. 저는 만신창이예요. 제 인생에 끼어들면 누구라도 불행해질 거라는 걸 잘 알아요. 맥코넬이 저를 구해주지 않았다면 저는 아직도 뻔뻔한 얼굴로 구걸을 다니고 있을지도 몰라요. 저는 그늘과 같은 사람이에요."

"웃터골에서 영화를 상영한다는 건 무슨 말이야?"

묘화는 다시 머뭇거렸다.

"그날 거기 모인 사람들을 하나로 묶는 거예요. 영화를 보러 온 많은 사람에게 이 민족이 처한 현실을 알리려고 해요. 언제까지나 일본의 식민지로 살 수 없어요. 무릎 꿇는 삶을 하루빨리 청산하고 자주적인 나라를 이뤄내야 해요. 그날 선생은 영화 연행만 하시면 돼요. 모든 일은 그 후에 일어날 거예요. 하지만 저들이 혹시라도 문제를 삼을 수는 있어요. 우린 약자니까요. 저희는 선생이 꼭 그 일을 해주었으면 해요. 그렇게 해주면 많은 사람이 다치는 것을 막을 수 있을 거 같아요. 하지만, 선생의 마음이 제일 중요해요. 내키지 않으면 못하겠다고 하셔도 돼요."

생각지도 못한 부탁이었다. 나라의 독립을 위해 싸우는 사람들이 있다는 것은 알았지만 기담이 그 일을 해야 된다는 생각은 한 번도 해본 적이 없었다. 그런 사람들을 우러르긴 했지만 그것은 사상과 신념이 투철한 사람들의 얘기였지 기담은 아니었다.

"난 그런 거 몰라. 설마 이런 부탁을 하려고 날 만나왔던 것은 아니겠지?"

엇나가고픈 심정이 되었다. 기담이 아는 묘화는 앞에 없었다. 묘화는 아무 말도 하지 않았다. 대신 주안상을 들이게 했다. 기담도 목이 마르던 차였다. 억병으로 술을 쏟아부어 취해버리고 싶었다. 묘화는 아랫입술을 지그시 깨물었다.

"이 일을·제안한 사람은 저예요. 우린 어떻게든 사람을 모아야 했고 여러 방법이 모색되었죠. 영화 상영이 저들이 눈치를 채지 않게 모일 수 있는 가장 좋은 방법이라고 생각했어요. 제가 선생을 잘 알고 있었고 선생께 부탁하면 들어줄 거라고 생각했어요. 이 일을 준비하는 사람들은 반대했죠. 솔직히 말하면 선생을 믿을 수 없기 때문이었어요. 변사로서 많은 돈을 벌고, 미두에 손을 대고, 사회 돌아가는 것이나 정치에 아무 관심도 없는 선생을 이 일에 끌어들인다는 것은 대단히 위험하다는 중론이었어요. 저는 이 방법이 가장 좋다고 생각했기 때문에 어떻게든 선생을 설득해보겠다고 했지요. 하지만 제가 선생을 만나왔던 게 이 일 때문이라고 생각하신다면 조금 전 제가 꺼낸 제안은 안 들은 거로 해주세요. 그리고 지금 돌아가주세요."

묘화는 술상만 들여놓고 방을 나가 돌아오지 않았다. 기담은 술을 잔에 따르지도 않고 주전자 주둥이를 입으로 가져가 들이부었다. 아무리 마셔도 취하지 않았다.

며칠 동안 기담은 생각하고 또 생각했다. 묘화는 어떻게 그런 일에 뛰어들 생각을 했던 것일까. 자신은 어째서 사내면서도 자신의 안위만을 위해 살아온 것인가. 아니, 대의를 위해 사는 삶이 꼭 옳은 것인지 기담은 어느 것 하나 자신이 없었다. 묘화는 어떤 여인인가. 사람들이 제 곁에 있으면 왜 불행해진다고 생각하는 것일까. 자신을 왜 그늘로 생각하는 것일까. 묘화에 대해 무엇 하나 제대로 알지도 못하면서 묘화를 사랑한다고 할 수 있는가. 위험을 감수하고라도 끝까지 사랑할 수 있는 여자인가. 기담은 「벤허」를 떠올렸다. 로마 식민지가 된 유대 민족의 삶을 보면서도 우리 민족의 삶과 같은 궤로 놓지 못했다.

기담은 술에 취한 채 묘화를 찾았다. 맨정신으로 찾아가지 못하고 술에 취해 묘화를 보려는 자신이 한심했지만 그것밖에 못 되는 인간이라고 자위했다.

"날 설득해봐. 내가 그 일에 뛰어들 수 있도록, 무슨 일이 생기더라도 후회하지 않도록 나를 설득해줘."

묘화는 고개를 저었다.

"그 일은 잊어주세요. 마음 쓰지 마세요."

마음이 쓰이기는 묘화도 마찬가지였다. 묘화는 이 일에 기담을 끌어들이지 않기로 다짐했다. 그가 자신을 사랑하는 것 때문에 이 일을 하게 해서는 안 되었다. 시일이 더

걸리더라도 다른 방도를 구해야겠다고 생각했다. 기담에게
무슨 일이 생긴다면, 그건 묘화도 감당할 수 없는 일이었
다. 그때 기담이 바로 승낙했다면 묘화는 제 마음을 들여다
보지 못했을 거라는 생각이 들었다.

"묘화, 난 모르겠어. 나는 나라니 민족이니 독립이니 그
런 거창한 거 입에 올리는 것도 두려운 졸장부야. 난 그냥
묘화의 그늘을 없애주고 싶어. 묘화가 밝은 빛을 쬐도록,
생이 얼마나 충만한지 알도록, 유리처럼 투명하게 반짝이
며 나와 오래도록 사랑하며 살기를 바랄 뿐이야. 나랑 같이
그렇게 살면 안 되는 건가? 정말 안 되는 건가?"

기담은 금방이라도 젖어 들 듯한 그녀의 눈에 입을 맞췄
다. 순식간에 밀물이 밀려들 듯 그녀를 향한 애틋함에 가슴
이 터져버릴 것만 같았다. 묘화라 불리는 정애의 속눈썹이
젖어 들었다. 버려진 삶, 정애를 버리고 묘화에 갇혀 살아
야 하는 삶, 그러기에는 슬프도록 아름다운 흰 목선.

묘화가 처음 들어보는 단가를 두 곡 구슬프게 뽑았다.
깊어가는 밤, 모두 잠드는 밤, 기담은 묘화의 노랫가락을
들으며 한없이 깊고 푸른 바다 밑으로 가라앉는 기분이 들
었다.

묘화를 안았다. 고름을 풀고, 치마끈 고리를 잡아당겼
다. 비녀를 뽑고 땋았던 머리를 풀었다. 기담은 서두르지

않았다. 그녀의 이마, 속눈썹, 콧등, 인중, 입술에 입을 맞췄다. 목과 가슴, 배꼽에서부터 발가락까지 혀로 핥았다. 묘화에게 달라붙은 그늘을 없애기라도 하려는 듯 집요한 놀림이었다. 묘화의 입에서 신음이 터져 나오고 기담의 허리를 휘감아올 때까지 멈추지 않았다. 마당 어느 나무엔가 잠들지 않은 새가 밤새 울어댔다.

묘화는 연행을 하고 있는 기담을 바라보았다. 그는 다른 날과 다름없이 무대 오른쪽에 앉아 화면 속 처녀의 목소리를, 바람둥이 청년의 목소리를, 어린아이 목소리를, 늙고 병든 이의 목소리를 대신하고 있다. 며칠 새 훌쩍 야윈 얼굴이다. 연행하는 목소리에 미묘한 차이가 있었다. 기름기가 빠져나간 듯 담백하다고나 할까. 아주 작은 차이였지만 묘화는 그 변화가 어디에서 비롯된 것인가를 알기 때문에 가슴 한쪽이 아렸다. 머지않아 기담이 다시 찾아오리라는 것을, 없던 일로 하자고 했던 청을 들어주리라는 것을 알고 있었다. 사실 그 계획은 사람을 결집할 방안이 없어 난항을 겪고 있었다. 물론 장날이나 정크선이 들어오는 날이나 사람이 많이 모이는 날을 택해서 거사를 벌일 수도 있었다. 그러나 그렇게 하자면 이 일을 주동한 조직원들이 너무 눈에 띈다는 점, 하루 벌어 하루 생계를 지는 많은 사람이 북새통에 엉뚱한 피해를 볼 수 있다는 점 때문에 쉽지 않았다.

연행이 끝나고 객석의 불이 켜지고 사람들이 하나둘 자리를 털고 일어나 극장을 빠져나갈 때까지 묘화는 자리에 앉아 있었다. 보통 때도 늘 맨 마지막에 나가기는 했지만 어쩐지 자리에서 일어나고 싶지 않았다.

"저녁에 들를게."

묘화는 동기와 일어서 돌아 나가려다 멈췄다. 아무렇지 않게 그 말을 들을 수가 없었다. 가슴이 뛰었다. 돌아서서 그를 본다면, 그의 야윈 뺨을 본다면 묘화는 그를 안아버리고 말 거라는 생각이 들었다. 묘화는 뒤돌아보지 않은 채 천천히 걸어 나왔다. 짧은 순간 기담이 묘화의 손을 잡았으나 이내 놓았다.

기담이 온다면, 이 일을 하겠다고 한다면 어찌할 것인가. 묘화는 상념에 빠져 길을 건너려다 치맛자락을 잡는 손길에 화들짝 놀랐다.

"한푼만 줍쇼."

어맛! 같이 걸어가던 동기가 놀라 소릴 질렀다. 걸인이 묘화의 치맛자락을 움켜쥐었다. 묘화는 걸인의 손아귀에서 얼른 치맛자락을 뽑으려 애썼다. 그러나 아귀힘이 만만치 않았다. 길거리에서 잘못하다가는 봉변을 당할 수도 있었다. 묘화는 얼른 치마 안주머니에서 잡히는 대로 지전을 한 장 꺼내 걸인에게 주었다.

"얼른 이 치마 놓으세요!"

동기가 묘화의 치맛자락을 걸인의 손아귀에서 다시 뽑았다.

"예 예, 고맙습니다. 복 받을 겁니다요, 아씨."

묘화의 가슴이 쿵 내려앉았다. 복 받을 겁니다요. 까마득히 잊었던 말이었다. 더럽고 비열한 말이었다. 아버지가 구걸할 때마다 굽실거리며 쓰던 말이었다. 잊고 있었는데 한순간 선연하게 되살아나 모골이 송연해졌다. 걸인은 뜻밖의 횡재에 신이 나, 몇 번 더 허리를 굽히더니 예의 복 받을 겁니다요, 인사하고는 황급히 걸어갔다. 묘화는 손이 부들부들 떨렸다. 저만치 걸어가던 그가 뒤를 돌아보았다. 온몸이 얼어붙는 것만 같았다.

"아이, 기분 나빠, 얼른 가자."

동기의 말이 귀에 들리지 않았다. 묘화는 걸인에게서 눈을 떼지 않았다. 걸인은 다시 한 번 묘화를 바라보고 굽실거리면서 빠르게 길을 건넜다. 그때였다. 둔탁한 소리와 함께 외마디 비명 소리가 들리고 긴 말 울음소리가 났다. 여기저기서 사람들이 몰려들었다.

"이를 어째, 마차에 치였어. 말발굽에 밟혀 내장이 터져버렸나 봐."

"마차가 오는 것도 못 봤나? 못 보던 사람인걸? 여기 사람 아닌가?"

"흘러들어온 거진가 봐. 요 며칠 전부터 이 길에서 구걸을 하더라고."

"즉사했네그려."

묘화는 꼼짝할 수가 없었다. 누군가 시신에 거적때기를 덮었다. 발바닥부터 발끝까지 얼음 위에 올라선 듯 시리고 맹렬하게 저려왔다. 무서워서 꼼짝할 수가 없었다. 어떻게 해월관으로 돌아왔는지 기억나지 않았다. 묘화는 제 방으로 들어서자마자 쓰러졌고 열에 들떠 헛소리를 했다. 이불을 덮어도 벌벌 떨렸다.

명선은 기담을 묘화의 방으로 데려갔다. 열에 들뜬 묘화가 헛소리처럼 기담을 찾았다고 했다. 영화를 보고 해월관으로 돌아오던 길에 걸인을 만났다던가. 묘화가 준 지전을 받아들고 길을 건너던 거지가 달려오던 마차에 치여 즉사했다지 뭐예요. 그 광경을 본 묘화가 그 자리에서 쓰러져버렸답니다. 기담은 물수건으로 묘화의 이마를 닦아주었다. 입술이 온통 거스러미가 일만큼 열이 높았다. 어찌된 일일까. 아버지이. 묘화의 입에서 새어 나온 소리였다. 의원이 오고 나서 약을 먹인 뒤에도 열이 내리는 데는 서너 시간은 족히 걸렸다.

"정신이 들어?"

묘화는 자신의 잠재의식 속에 아버지가 그렇게 크게 자리하고 있는 줄 몰랐다. 걸인은 아버지가 아니었다. 아버지와 닮지도 않았다. 그런데도 묘화는 그 걸인의 말에서 몸짓에서 아버지를 기억해냈다. 끔찍했다. 다 떨쳐버린 줄 알았다. 해월관에 들어가면서, 자신의 몸을 버린 뒤로는 다 잊었다 생각했다. 그런데 하필 이런 때에. 불길한 전조처럼 낮의 기억을 떨쳐낼 수가 없었다.

기담은 묘화의 눈물을 닦아주었다. 이마에 달라붙은 머리카락을 쓸어주고, 반듯한 이마에 찬 물수건을 얹어주고, 희미해진, 그러나 흉터가 분명한 엄지손가락 근처를 가만가만 쓸어주는 것 이상 아무것도 할 수 없는 자신이 원망스러웠다. 기담은 묘화의 고통을 지고 싶어 했지만 질 수 있는 고통은 고작 그 정도였다.

기담이 그 일을 하겠다고 했을 때 묘화는 단호하게 고개를 저었다. 이미 취소된 일이라고 했다. 거사가 얼마나 커지는가에 따라 기담이 위험하게 될 수도 있다고 했다.

"당신만 위험에 빠지는 걸 보고 있을 순 없어. 내가 이일에 끼어들지 않아도 당신은 어떤 방법으로든 이 일을 할

거잖아. 내가 이 일을 맡아준다면 좀더 수월하게, 사람들이 덜 다치고 할 수 있다고 했잖아. 만에 하나 당신이 다치기라도 한다면 난 평생 내 가슴에 칼자국을 내며 살게 될 거야. 그렇게 사는 것보다는 나아. 독립운동을 하는 모든 사람이 사상이 투철하고 사명에 불타 이 일을 하는 것이라고는 생각지 않아. 사상이나, 철학, 신념 이전에 인간에 대한 사랑이 먼저일 거야. 나도 그래 볼까 해."

기담은 그렇게 말했다. 묘화는 이념으로만 무장된 자신보다 기담이 훨씬 더 훌륭해 보였다. 오랜 망설임 끝에 입을 열었다.

"당신은 단지 영화 연행만 하는 거예요. 그걸 명심해야 해요. 대본을 보고 좀 웃기고 재치 있게 바꾸는 건 당신의 몫이지만 그 어떤 선동 문구도 넣어서는 안 돼요. 사람들이 재미있게 영화를 볼 수 있게만 하면 되는 거예요. 그 이상은 절대 나서지 않겠다고 약속해줘요."

기담은 아직도 자신은 영화 연행밖에 모르는, 무지한 인간이라는 걸 잘 알고 있었다. 자신이 거사에 뛰어들어 무언가를 할 재주도 없다는 걸 잘 알고 있었다. 민족적 분개도 적었다. 자신이 이 일을 한다면 미키오 경관과는 어떻게 되는 것인지, 그런 작은 것에까지 마음이 쓰였다. 고작 그런 인간이 자신이었다. 하지만 묘화가 그 어려운 일에 뛰어들어 어찌될지 모르는데 그냥 손을 놓고만 있을 수는 없었다. 기담은 자신이 그 일을 맡아준다면 좀더 수월할 수 있다는 말을 떠올렸다. 사람들이 덜 위험해질 수 있다지 않은가. 자신이 그 일을 하지 않아 묘화가 곤경에 빠진다면 평생 자학을 하고 살지 모른다는 생각이 들었다. 제 사랑 하나 지켜주지 못한 못난 놈이 되는 것이다. 어떻게든 묘화를 지켜야만 했다.

애관극장 개관 10주년 기념 무료 영화 상영!
「비 오는 포구」
그동안 영화를 사랑해준 모든 분들께 보답하는 뜻으로 웃터골에서 무료 영화 상영 결정!

광고전단이 여기저기 나붙기 시작했다.
물론 사전 검열을 거쳤다. 운동장에서 밤에 상영하는 것 때문에 극장주를 비롯하여 지역 유지들이 서장을 매일 밤 구워삶아야 했고, 돌아갈 때는 두둑하게 봉투를 찔러주는 걸 잊지 않았다.
사람들 사이에 소문은 빠르게 퍼졌다. 그날은 다 웃터골로 모여 한판 놀아보자는 분위기였다. 부두에서 일하는 사람들도, 제분공장, 성냥공장, 빙수공장, 소금창고에서 일하는 사람들도 모두 그날은 일찌감치 손 털고 집에서 저녁을 먹은 다음 웃터골로 모이자는 약속이 자연스럽게 이어졌다. 기철과 몇몇은 역에서 내리는 사람들에게 무료 영화 상영 전단을 나눠주었다. 그렇게 시간은 착착 흘러갔다.

기담은 맥코넬을 만났다. 일부러 만난 것은 아니었다. 다른 때와 마찬가지로 영화 표를 주러 갔다가 문을 열고 나오던 맥코넬과 만난 것이다. 맥코넬은 기담을 알아보고 안으로 들어와 차 한잔 같이하자고 했다. 기담은 머뭇거리며 안으로 들어갔다. 정원은 전에 보았던 것보다 훨씬 아름다웠다. 꾸미지 않은 듯, 잘 가꿔진 정원이었다. 꽃과 나무와 돌이 처음부터 그 자리에 있었던 것처럼 잘 어울렸다.

맥코넬과 마주앉게 되자 기담은 묘한 기분이 되었다. 맥코넬은 기담을 묘화에게서 소개받은 변사 정도로 알고 있을 것이다. 다락방에 보관하고 있던 십 전. 한없이 쓸쓸한 그의 뒷모습. 그리고 묘화를 돌봐준 것에 대한 고마움과 가벼운 질투. 그런 것에 대해 기담은 아무 말도 하지 않았다.

"매화, 따뜻한 사랑이 필요한 아입니다. 그 아이 옆에서 힘 돼주세요. 매화, 강해 보여도 깨지기 쉬운 유리 같은 아입니다."

기담은 테이블의 나뭇결을 따라 눈길을 주고 있다가 번쩍 고개를 들었다. 그의 입에서 유리라는 말을 듣게 될 줄은 생각도 못했다. 극장에서 묘화를 처음 보았을 때 까닭 없이 유리를 떠올렸었다. 그 어떤 색도 가지지 않은 유리, 보는 것만으로도 깨질 것 같아 조심스러웠던 유리. 빛을 사방으로 조각내 영롱하게 반짝이게 하던 유리. 유리를 닮은 묘화. 유리의 어떤 부분이 묘화와 닮아 있는지 알지 못했다. 그래도 묘화를 보면 유리가 떠올랐다. 묘화가 꼭 그런 것만은 아니었다. 묘화는 기담이 생각했던 것보다 훨씬 강했다. 당찼고, 거침없는 소신이 있었다. 유리보다는 훨씬 단단하고 강한 도자기라고나 할까. 그러나 맥코넬이 말하는 뜻을 알 것도 같았다. 열에 들떠 울던 묘화가 스쳐 지나갔다.

기담은 고개를 끄덕였다. 아무에게나 할 수 있는 말이 아니었다. 기담이 묘화를 좋아하고 있다는 것을 알고 하는 말이었고, 묘화를 부탁할 만큼 묘화 역시 기담을 마음에 두고 있다는 것을 알아야만 할 수 있는 말이었다. 맥코넬 역시 기담을 신뢰하고 있다는 말이기도 했다. 기담은 십 전을 떠올렸고 인연에 대해 생각했다.

기담은 날이 가까워져 올수록 가슴속에서 불덩이가 타고 있는 듯 더워 자주 활랑활랑 부채질을 해야 했다. 그 불덩이의 뜨거움이 기담은 싫지 않았다. 묘화와 함께한다는 것 말고도 부끄럽지만 민족적 자존심까지 생기는 듯했다.

묘화의 말대로 사상이나 신념이 지식으로 생기는 것이 아니라 삶 속에서 생긴다는 말을 이해할 수 있을 것도 같았다. 자신도 모르게 자주 주먹이 쥐어지고 입이 굳게 다물어졌다.

검열을 맡은 영화 대본 「비 오는 포구」는 잘 곳이 없는 소녀와 사나이와의 만남을 그린 영화였다. 그러나 영화는 물론 대본도 검열 받은 것과는 조금 달랐다. 마지막 오 분이 다른 영화 필름과 짜깁기되어 상영되는 것이다. 문제가 되더라도 기담은 그런 사실을 전혀 모르고 있었던 것으로, 그날 필름이 바뀐 부분부터 어떻게 할지 몰라 자신도 임기응변으로 연행한 것이라고 하면 되었다. 그 오 분의 필름조차도 그리 문제 될 것은 없었다. 감정을 격하게 끌어올리기만 하면 되는 것이다. 그동안 기담이 연행하면서 쌓은 실력으로는 얼마든지 중의적으로 표현할 수 있을 것 같았다.

기담은 다음 주부터 상영할 채플린의 영화 「황금광」과 대본을 받아들었다. 채플린 영화는 기담으로서는 처음이었다. 이 영화를 다른 지역에서는 이미 몇 년 전에 상영했었다. 필름이 돌고 돌아 인천에서는 이제야 상영할 수 있게 된 것이다. 기담은 작년에 경성에서 채플린이 만들고 주연한 「서커스」를 본 적이 있었다. 채플린은 희극배우이긴 하지만 보고 있으면 묘하게 가슴을 아프게 하는 배우였다. 채플린이 「서커스」에서 사랑하는 연인을 태운 마차가 떠난 뒤 몇 초간 짓던 그 울 듯한 표정은 지금도 기억에 선명했다.

「황금광」은 금광을 찾는 떠돌이 이야기였다. 기담은 해설지를 훑어본 다음 기사에게 필름을 돌려보도록 했다. 영화를 보며 해설과 장면을 맞춰보아야 했다.

　황금을 찾기 위해 알래스카 산중으로 떠나는 떠돌이 찰리, 마치 냉혹한 대자연 속에서 하나의 점처럼 애처롭구나. 눈은 쌓여 발목까지 빠지고 한 걸음 한 걸음 옮길 때마다 발이 눈 속에 파묻혀 떨어지질 않는구나. 게다가 우스꽝스럽게 찰리의 뒤를 어정어정 따라가는 곰까지, 정말 가지가지 하는구나. 그런데 저 안내판은 무언가. 아, 드디어 황금광을 찾는 것인가. 안내판을 향해 달려가는 찰리. 이럴 수가. 황금광 표지판이 아니라 조난 당한 사람의 묘지였으니.

기담은 입을 다물었다. 얼굴 근육이 씰룩였다. 필름 감기는 소리가 극장 안의 적막을 더했다. 찰리가 조지아와 결혼하려고 결심하는 마지막 장면이 지나고 몇 초간 장막에 수많은 점과 빗금이 그어진 뒤 그것마저 끊겼다. 극장 안은 어둠에 싸였다.

"변사님, 어떻게 한 번 더 돌릴까요?"

영사실에서 기사가 소리쳤다. 아무런 대답이 없자 한 번 더 틀라는 것으로 이해했는지 필름을 감아 다시 돌렸다. 차륵 차륵 차르륵. 필름 돌아가는 소리가 쇠사슬 끌리듯 무겁게 들렸다. 기담은 대본을 볼 생각도 못 한 채 영화의 장면 장면이 바뀌는 것을 바라보았다. 쇳소리만이 귀에 가득 찼다. 기담은 영화 해설을 하는 동안은 필름 돌아가는 소리를 의식하며 들어본 적이 없었다는 것을 알았다. 그 소리, 쇠사슬 끌리는 소리는 기담을 포박하고 질질 끌고 가는 것만 같았다. 기담은 숨소리조차 내지 못했다.

채플린 영화를 만난 기담은 혼란에 빠졌다. 영화를 해설하는 일에 근본적인 회의가 들었다. 그의 영화에 어떠한 해설이 필요하단 말인가.

벼랑 끝에 아슬아슬하게 서 있는 산장에 갇힌 찰리와 빅 짐. 찰리는 배고픔을 참지 못하고 자기가 신고 있던 큰 구두를 삶아 먹는다. 그것이 얼마나 먹음직스러워 보였는지 마치 닭고기 뼈를 발라내듯 못을 빼내고, 스파게티라도 먹는 것처럼 구두끈을 먹는다. 또 파티에 초대한 조지아가 오지 않자 외로운 찰리는 혼자서 춤을 춘다. 몸으로 추는 춤이 아니라 빵을 포크로 찍어서 추는 춤이다. 포크는 다리가 되고 빵은 그의 커다란 구두처럼 보인다. 춤을 추는 동안 그의 표정은 행복하면서도 쓸쓸하다. 부자가 된 찰리는 떠돌이 시절의 습성을 버리지 못하고 갑판에 떨어진 여송연을 줍는다.

기담은 영화를 보는 내내 온통 얼굴이 일그러졌다. 그 어떤 말도 배우의 생생한 표정을 능가하지 못한다는 것 때문에 괴로웠다. 채플린은 온몸으로 말하고 있었는데 그가 무표정을 지을 때조차도 그의 몸에서는 그 어떤 말보다 정확하고 의미 있는 말들이 전해지고 있었다. 우리 영화와는 달리 서양에서는 영화를 상영할 때 변사가 필요 없었다. 대신 중간중간 화면에 몇 줄의 자막이 떴다. 자막으로 대사 처리를 하는 것이었다. 배우들이 연기를 하고 있는데 중간에 필름이 잘리고 자막이 뜨고 다시 배우의 연기를 보여주고 하는 식이었다. 건조했다. 그런 서양 영화들이 들어오면 변사가 말을 입혔다. 자막으로 뜨는 외국 말을 관객이 모르기도 했지만 꼭 그것만은 아니었다. 말이 없어 무미건조하던 영화가 변사의 연행으로 인해 아연 활기를 띠는 느낌이었다. 어떤 영화든 변사인 자신으로 인해 빛났다고 생각했다.

채플린 영화는 달랐다. 말이 필요 없었다. 아니, 말이 영화를 방해하고 있었다. 채플린 영화 앞에서 속수무책이 되고 마는, 아니 그래야만 하는 기담은 한없이 초라해졌다.

감동을 주는 해설로 독자를 영화 속에 끌어들이고자 했던 지금까지의 연행은 모두 무엇이란 말인가.

기담은 문득 묘화가 보여주던 동양화가 떠올렸다. 텅 빈 허공. 그 빈 하늘로 인해 겨울 산의 풍경이 한껏 쓸쓸하게 되살아나지 않았던가. 그림처럼 그 빈 공간에 무엇을 더 넣는 것이 아니라 그대로 비워주어야 했던 것이다. 구태여 배우의 행동에 어떠한 말을 덧붙인다는 것 자체가 사족이었다. 기담은 큰 충격을 받았다. 지금까지 영화와 함께 쉴 사이 없이 떠들었던 시간이 공허하게 느껴졌다. 그날 묘화가 보여주었던 동양화의 빈 하늘은 어쩌면 기담의 말 없음과 같은 것일지도 모른다는 생각이 들었다. 관객에게 '아'라고 보여주고 '아'만 느낄 수 있도록 가두고 있는 것이 실상은 변사의 연행이었는지도 모른다는 뼈아픈 자각이었다.

기담은 어젯밤 꿈을 떠올렸다. 말들이 떠다니는 꿈이었다. 연행 도중 분명 웃어야 할 부분에 관객은 냉담한 표정으로 기담을 바라보곤 했다. 긴장된 기담은 과장된 몸짓을 하고 더 활달하게 연행을 하지만 그럴수록 말들은 허공에서 뒤엉키고 꼬였다. 화면이 변할 때마다 관객의 얼굴은 소름 끼치도록 차갑게 얼어붙어 있었다. 수문통에 빠져 허우적거리다 몸이 굳어 꼼짝 못할 때처럼 기담의 얼어붙은 입은 움직이지 않았다. 꿈일 뿐이었고 기담도 그것이 꿈이라는 것을 꿈속에서도 알고 있었다. 하지만 번번이 무기력해지는 건 어쩔 수 없었다. 한국 최고의 영화 「아리랑」이 기담에게 변사로서의 자신감을 주었다면 세계 최고의 영화 중 하나인 채플린의 영화는 그에게 깊은 절망을 안겨주었다. 당대 최고의 영화로 기쁨과 절망을 맛보아야 했다. 불행하게도 절망이 현재였다.

기담은 이내 고개를 흔들었다. 그것이 전부는 아니었다. 영화에서 그 무엇도 아닌 변사만이 보여줄 수 있는 것들이 분명 있었다. 채플린과 같은 영화는 많지 않았다. 말놀이, 말의 재미. 영상으로 도저히 보여줄 수 없는 우리말이 가진 재미를 살리는 것이야말로 변사가, 기담이 해내야 하는 사명 같은 것이라고 위로했다. 하지만 기담은 처음으로 말로 상처를 입었다. 스스로 낸 상처였고 깊었다. 하필 웃터골에서 영화를 상영하기 전날 이런 생각이 들다니. 기담은 긴 숨을 내뱉었다.

기담이 극장 문을 나선 시간은 저녁 일곱시가 넘어서였다. 비가 내리고 있었다. 많이 올 비는 아니었다. 현관에 서서 어둠을 적시는 비를 무연히 바라보았다. 필름이 다 돌아가고 난 뒤의 빈 장막에 흐르던 빗금처럼 쓸쓸한 비였다. 묘화가 보여준 화폭 속의 텅 빈 하늘과도 같은 한기가 밀려들었다. 묘화가 보고 싶었다. 그녀는 내일 거사 준비로 바뻘 터였다. 내일 일은 어떻게 흘러갈 것인가. 기담은 영화를 상영할 때 연행만 하면 되었다. 일이 어떻게 돌아갈지 몰랐다. 알려고도 하지 않았다. 서로를 위한 배려였다. 조직이 들통나도 기담은 영화 연행을 한 개인으로 남을 테니 기담에게 문제가 생겼을 때에도 조직을 보호하기 위해서 그편이 나았다. 기담은 그게 맞는 일이고 당연하다 생각하면서도 왠지 쓸쓸해지는 기분은 어쩔 수 없었다.

인력거 한 대가 빗속을 뚫고 재바르게 달려오고 있었다. 이 밤에 도대체 누가 무슨 급한 일이 있기에 빗속을 달려온단 말인가. 기담은 극장 옆으로 선 인력거에서 사람이 내리고 나면 그걸 타고 갈 생각으로 인력거를 바라보았다. 사람이 내리기 전 우산이 먼저 펴졌다. 우산에 가린 얼굴은 볼 수 없었지만 치맛자락이 보였다. 혹시, 묘화인가 하는 마음이 들었다. 고개를 저었다. 묘화가 이 밤에 한가하게 자신을 찾아올 상황이 못 된다는 것을 누구보다 잘 알고 있었다. 우산 쓴 여인이 내려서고 길을 가기 위해 고개를 들어 인력거 앞으로 뛰어가다 걸음을 멈췄다.

"묘화!"

기담은 신음처럼 묘화를 불렀다.

"묘화, 무슨 일 있는 거야?"

"못 만나면 어떡하나 걱정했어요."

어찌된 일인지 묻는 게 먼저가 아니었다. 기담은 떠나려는 인력거를 세웠다.

"해월관······"

"아니, 해월관 말고 다른 데로 가요."

기담은 이사 갈 집으로 방향을 잡았다. 공사는 이미 마무리되어 있었다. 며칠 동안 계순과 홍란은 신이 나서 장롱을 맞추고 이불과 그릇을 사고, 또 얼마쯤의 돈은 뒷주머니에 쑤셔 넣었다. 계순은 당장이라도 이사하고 싶어 안달했지만 기담은 손 없는 삼 일 뒤에 이사하겠다고 했다. 손 없는 날은 핑계였다. 웃터골 영화 상영을 끝낸 뒤 이사할 생각이었다.

기담은 묘화를 데리고 집으로 들어갔다. 묘화가 해월관이 아닌 곳으로 가길 원했을 때 퍼뜩 집을 구경시켜주고 싶은 생각이 들었다.

"여긴 어디예요?"

"우리 집이야. 사흘 뒤 이사 오려고 해."

"이사하는 줄 몰랐어요. 좋은 집을 얻으셨네요."

"그나저나 이 밤에 무슨 일이라도 생긴 거야? 놀랬잖아."

"아니요, 아니에요. 아무 일도."

묘화는 천천히 기담의 눈을 바라보았다.

"내일 일, 후회하지 않으세요?"

"모르겠어. 아니, 후회하지 않아. 난 늘 하던 대로 영화 해설을 위해 최선을 다할 거야. 그게 내가 할 수 있는, 유일하게 잘할 수 있는 일이니까. 아니, 요즘은 그조차도 자신 없어. 내 해설이 영화를 망치고 있는 건 아닌가 하는 생각도 들어. 사실은 오늘, 말이 영화를 망칠 수도 있다는 생각을 했어. 찰리 채플린이라는 이가 만든 「황금광」이라는 영화를 보면서 말이야. 예전에 묘화가 내게 보여주었던 그림도 떠오르고. 영화가 시작되면 나는 어떻게 하면 좀더 재미있게 좀더 많은 말을 할까를 고민했지, 한 번도 말을 줄여볼 생각은 하지 않았어. 단 한 번도. 말을 하지 않는 시간도 영화의 시간인데 말이야. 끊임없이 내 감정을 관객의 감정인 양 하지 않았나 되돌아보게도 되고. 어쩌면 나는 영화를 살린 게 아니라 망치고 있었는지도 몰라. 그래서 심사가 좀 우울했어. 말로 먹고살았는데 그 말이 무섭다는 생각이 들더라고."

"말에 대해 고민을 할 줄 아는 당신은 최고의 변사예요. 당신 덕분에 얼마나 많은 사람이 영화에 빠져 삶의 위로를 받았는지 잘 아시잖아요. 나 역시 그랬고요. 지금까지 그래왔던 것처럼 내일도 많은 사람이 당신의 연행에 감탄하며 영화에 빠져들 거예요. 내일 일은, 잘되겠죠? 잘돼야 하는데. 절대 당신이 다치면 안 되는데. 난 왠지 두려워요. 한 번도 이런 적이 없었는데 바보 같아요."

기담은 묘화를 안았다. 그녀의 고른 숨결이 가슴에서 느껴졌다. 기담도 두려웠다. 도무지 짐작할 수조차 없는 일이었다. 그러나 지금, 묘화가 내 가슴에 안겨 있는 이것이면 되었다 싶었다.

"잘될 거야, 걱정하지 마. 묘화가 이 밤에 나를 찾아와 준 것만으로도 나는 충분해. 내일 그쪽이 원하는 대로 일이 끝날 수 있도록 잘 도울게."

"아니, 그럴 필요 없어요. 그런 생각도 마셔요. 그냥 영화를 사람들에게 보여주는 것, 그것만 해주시면 돼요. 어떠한 경우에도 선생은 나서면 안 돼요."

"알았어, 고마워. 오늘 같이 있게 돼서 다행이야. 우리 집도 보여주고, 이 집에서의 첫 밤을 묘화와 보낼 수 있게 돼서 더 좋고. 모든 게 다 좋아."

묘화는 기담이 힘주어 말한 우리 집을 생각했다. 기담과 이 집에서 함께 살 수 있을까. 묘화는 검지로 굴 껍데기에 베인 상처가 남긴 흉터를 만져보았다.

"잠깐 나와봐. 보여줄 게 있어."

기담은 묘화를 데리고 마루로 나왔다. 묘화의 손을 잡고 그 손으로 벽 스위치를 올렸다. 어둠에 잠겨 있던 정원 양편에 둥근 달이 뜬 것처럼 환한 불이 들어왔다.

아, 묘화가 짧은 감탄사를 내뱉었다. 불이 들어오자 내리는 빗방울이 자세히 보였다. 그 등 아래로 희미하게 꽃들이 어울려 피어 있는 것도 보였다. 기담은 묘화의 어깨를 감쌌다. 당신과 저 환한 정원을 가꾸며 같이 살고 싶어. 묘화의 귀에 속삭였다.

기담은 눈을 뜬 뒤에도 금방 몸을 일으키지 않았다. 밖이 수런거리지 않는 걸 보니 비가 멈춘 모양이었다. 문을 열어보진 않았지만 맑은 날인 것 같았다. 아직 새근거리며 자고 있는 묘화를 가만히 안았다. 어젯밤 묘화는 그 어느 때보다 격정적이었다. 여러 차례 안이 뜨거워 터질 것만 같았다. 어제 묘화는 깨지기 쉬운 유리가 아니라 빛을 가르고, 꺾고, 부드럽게 다듬어 영롱한 빛으로 반짝이는 샹들리에 같았다. 한 알 한 알 모두 제빛을 되받고 있는 유리였다.

기담은 조심스럽게 일어나 커튼을 젖히고 멀리 바다를 바라보았다. 바다는 잔잔했다. 붉은 해가 천천히 떠올랐다. 갈겨라. 아버지가 내항으로 들어오는 정크선을 향해 내뱉던 그 말이 문득 떠올랐다. 개벽 세상을 두려워하던 몰락한 양반, 아버지. 기담이 아버지를 떠올리는 경우는 겨우 제사 때나 명절 때 정도였다. 그때마다 떠오른 것은 아버지의 다른 어떤 모습이 아닌 병풍 뒤에서 흘러나오던 시취였다. 기담은 특별히 아버지를 싫어하거나 좋아하지 않았다. 그런데 아버지를 생각하면 왜 그 지독하게 썩은 냄새가 먼저 오는지 알 수 없었다. 이 아침에 아버지가 떠오른 것도 의외였지만 그것이 아버지의 시취가 아니라는 데 기담은 묘한 안도감을 느꼈다. 갈겨라. 술 취한 아버지가 단호하게 내뱉던 그 한마디가 묵직하게 기담을 눌렀다. 묘화가 곁으로 다가와서 바다를 바라보았다. 기담은 묘화의 어깨를 감쌌다.

"오늘이야."

"네, 오늘이에요."

"해가 참 붉어."

"네, 참 붉어요. 꼭 꿈속에서 보는 경치 같아요."

"보세요, 정애 씨. 세상이 아직 다 일어나지도 않은 이 새벽에 저 해는 무얼 찾으려고 저렇게 밝게 비추고 있는 줄 아세요?"

"저는 그런 것은 몰라요."

"사랑하는 사람들의 마음이 얼마나 붉은지 보여주려는 것이랍니다."

"아니에요. 오늘 우리가 하려는 일을 미리 축하하느라 붉은 것이에요."

"정애 씨."

기담과 묘화는 서로 마주안고 미소를 지었다. 묘화가 「유랑」 한 부분을 흉내 내면서 시작한 말놀이이긴 했지만 기분이 좋았다. 묘화가 기담 안으로 한 발짝 더 들어온 기분이었다. 기담은 묘화를 끌어안고 생각했다. 매일 아침 이렇게 말장난하듯 영화의 한 장면을 연행하며 아침을 맞고 싶다고. 이 얼굴을 매일 보며 아침을 맞고 싶다고.

13

　낮부터 웃터골은 분주했다. 한쪽에 광목천으로 대형 장막을 만들고 화면을 좀더 잘 보이게 하기 위해 장막 위로 검은 천막을 높게 쳐 최대한 빛을 차단했다. 어디서 공수해 온 것인지 마당 외곽으로 여섯 개의 대형 음향기기를 설치했다. 기담은 생각했던 것보다 훨씬 많은 사람이 이 일에 동참하고 있고 조직적으로 움직이는 것에 적이 놀랐다.

　바닥에는 수백 개의 가마떼기를 깔았다. 날이 어스름해지기 시작하면서 한두 명씩 사람들이 웃터골 안으로 몰려들기 시작했다. 미리부터 앞쪽의 좋은 자리를 맡기 위해 온 사람들이었다. 그동안 극장에서 보아온 얼굴들도 있지만 처음 보는 얼굴들이 더 많았다. 생전 처음으로 영화를 본다는 노인도 있었다. 사람들은 놀이패가 노래하고 줄을 타고 불을 삼키는 등의 기예를 보러 갈 때처럼 호기심 가득한 얼굴로 하나둘 모여들기 시작해 어느새 자리가 가득 찰 지경이었다. 기담은 이 많은 사람 앞에서 연행을 해야 한다는 생각을 하자 목이 마르는 기분이었다. 그동안 극장 안에서 연행할 때와는 기분이 전혀 달랐다. 막힌 공간이 아니니 소리도 좀더 크게 하고 또렷하게 할 필요가 있다는 생각도 들었다. 처음 영화를 보는 사람들의 놀랄 얼굴도 떠올랐다. 무엇보다도 오늘 일이 계획대로 잘될 수 있을까 걱정이었다.

소문이 얼마나 났던지 청인들도 있었고 일인들도 꽤 끼어 있었다. 그동안 영화 표를 갖다 주어도 한 번도 오지 않았던 맥코넬도 보였다. 계순과 홍란, 기철과 성만의 모습도 보였다. 해월관 식구들도 보였다. 묘화도 그들 사이에 있었다. 바다를 거쳐온 시원한 바람도 불었다. 어둠이 내리고 드디어 '비 오는 포구'라고 흘려 쓴 영화 제목이 대형 장막에 떴다. 환호와 박수 소리가 요란했다. 새삼 가슴이 벅찼다. 기담은 엉덩이를 실룩거리며 무대 중앙으로 걸어갔다. 뿡, 뿡, 뿡, 뿡. 걸을 때마다 가랑이 사이에서 방귀 소리가 났다.

"아이고, 오늘 저녁 보리밥을 먹었더니 요놈의 방귀가

멈추질 않느만요."

객석에서 그 어느 때보다 큰 웃음이 터졌다. 기담은 다시 몇 걸음 더 빠르게 옮겼다. 뿡뿡뿡뿡. 조금 전보다 더 큰 웃음이 요란하게 터져 나왔다. 이거 참. 기담은 어깨를 으쓱거리며 난처한 표정을 지었다. 그러고는 다시 또 몇 걸음. 뿡뿡뿡뿡. 다시 터지는 더 큰 웃음. 배꼽을 잡고 뒹구는 이들도 있었다.

"이러다 날 새겠습니다. 정식으로 인사드리겠습니다. 안녕하셨습니까. 변사 윤기담올시다. 날도 선선해지고 추수준비로 정신없을 때인데 웃터골을 꽉 메울 만큼 많은 분이 왕림해주셔서 제 가슴이 새삼 꽉 차오릅니다. 감개무량합니다. 오늘 처음 영화를 보시는 분들도 계실 겁니다. 깜짝 놀라지 마시고 오늘같이 좋은 날 마음껏 영화를 즐겨주시기 바랍니다. 저도 여러분에게 멋진 해설 해드리겠습니다!"

인사를 하는데 갑자기 울컥 목울대가 뻑뻑해졌다. 기담은 얼른 말을 마치고 해설대로 걸어갔다. 뿡, 뿡, 뿡, 뿡. 기담이 자리를 옮기는 동안 방귀는 쉴 사이 없이 터져 나왔다. 다시 한바탕 웃음이 웃터골을 흔들었다. 어둠이 좀더 깊어졌다.

기담은 낮에 일부러 부평에 있는 자전차포까지 가서 공기클락숀을 구했다. 서용호 변사처럼 가랑이 사이에 그것을 집어넣고 방귀 소리를 낼 생각이었다. 변사가 되고 지금까지 관객 위에 서려고 했던 자신이 부질없다는 생각이 들었다. 그런 것은 중요하지 않았다. 영화를 보러 온 사람들이 충분히 영화를 즐기고 여흥을 함께할 수 있으면 되는 것이다. 채플린의 희극적인 모습을, 실수를, 표정을 잊을 수 없는 것은 그가 가장 낮은 자리에 내려와 그들의 아픈 삶을 건드렸기 때문이라는 생각이 들었다. 그게 아니더라도 오늘은 다른 어떤 날보다 흥겹고 즐거운 축제가 벌어지는 날이 되길 원했다.

　　인천 항구에 안개비가 소리 없이 나리는 밤, 자정이 넘을락 말락 할 때, 가뜩이나 늦은 밤이라 행인조차 끊어졌건마는, 한 소녀만이 홀로 해안 벤치에 앉아 있구나. 나이는 십칠팔 세 되어 보이고 얼굴은 보통 이상으로 아름다웠으나 어디인지 피곤해 보이는 적막한 빛이 보였다. 소녀가 앉은 뒤에서 들리는 사나이의 굵직한 바리톤 목소리.

　　"누구를 기다리십니까?"

　　소녀는 깜짝 놀라 일어나려고 하다가 간신히 고개를 흔들며 대답한다.

　　"혼자요?"

　　소녀는 기운 없이 고개를 끄덕끄덕하며, 무서운 것을 겨우 억제하는 듯이 참고 있다가 무엇을 결심한 듯이 묻는다.

"저, 성냥 가지셨어요?"

"네, 있습니다. 담배 가지셨습니까?"

소녀가 머뭇거리다가 대답하는구나.

"담배 그만두겠어요."

"내가 드리리까?"

"아니요, 저, 저는 오늘 밤 잠잘 곳이 없어요."

사나이는 소녀의 얼굴을 물끄러미 보다가 말없이 소녀의 손을 잡고 끌고 가버리는 것이었다.

연행은 순조롭게 진행되고 있었다. 기담은 막바지로 흘러갈수록 발끝이 떨려오는 걸 감지하고 있었다. 발끝에 힘을 주었다. 갑자기 수 초 동안 검은 정적. 필름이 끊겼다. 환하던 스크린이 어두워졌다. 필름을 바꿔 끼우는 잠깐 동안, 그것은 얼마의 시간이었을까. 10초, 30초, 1분. 짧은 시간이었다. 기담의 등으로 한줄기 땀이 흘러내렸다.

아아아, 이 중요한 순간에 필름이 끊어지다니. 오늘은 무사히 지나가나 했더니, 방앗간에 참새 들르듯 그냥 가질 못하는구나. 에라이, 빨리 돌려라 돌려. 물레방아 돌아가듯이 돌고 돌려라, 이러다 애타 죽겠구나야.

다시 장막에 들어온 영상은 「비 내리는 포구」가 아니었다. 부두에 늘어선 배, 쌀가마니를 지게에 져 나르는 사람들, 배에 가득 실린 쌀. 이것이었던가. 그토록 가슴 졸이게 하던 큰일이 지금 벌어지려 하는 것인가. 기담은 얼른 정신을 가다듬었다.

아니, 이것은 또 무엇이란 말이냐. 정신이 어질하다. 배가 등장할 차례가 아닌데, 아니 그런데 저 배에 실리는 쌀들은 다 뭐란 말이냐? 도대체 알다가도 모를 일이네. 그나저나 저렇게 흰쌀을 보니 괜히 주린 배가 고파지는걸. 따뜻한 밥에 굴비 얹어 먹으면 그야말로 꿀맛인데. 뭐하냐, 얼른얼른 필름 제대로 끼워라. 다들 밤참 먹으러 가겠다.

객석이 술렁이기 시작했다. 모두 어찌된 일인가 어리둥절해하고 있었다. 기담도 당황한 듯 고개를 좌우로 살폈고, 말도 더듬었다. 지게로 쌀을 져 나르는 사람들, 배에 쌀을 싣는 사람들. 그들의 야위고 추레한 몰골. 그 배에 실린 쌀들이 어디로 가는지 사람들은 잘 알고 있었다. 웅성거림이 파도처럼 일었다. 넋 놓고 영화를 보던 사람들이 하나둘 자리에서 들썩였고, 분위기는 한순간 얼음을 끼얹은 듯 차가워졌다. 파고가 점점 높아지고 있음을 기담은 온몸으로 느낄 수 있었다. 할 일은 다한 것인가. 그때 누군가 무대로 뛰어올랐다. 그는 기담의 마이크를 뺏어 격앙된 목소리로 외쳤다.

"우리는 그동안 일제의 수탈을 견디며 살아왔습니다. 우리 땅, 내 논에서 나는 곡식들이 먹어보기도 전에 일본으로 건너갔습니다. 응봉산 아래 좋은 땅들은 모두 일본 쪽발이들이 차지하고 있습니다. 우린 모두 죽었습니까, 매일매일 배에 가득 실려 도둑맞은 우리 쌀을 보면서도 우리는 왜 침묵하고 있어야만 합니까. 일어서십시오, 일어서서 한민족의 자존심, 우리의 본때를 보여줍시다."

몇 년 전 3·1운동 이후, 크고 작은 소요가 있었다. 사람들은 침묵했지만 그만큼 응어리는 컸다. 누군가 불을 붙여주기만 기다렸다는 듯이 소요는 걷잡을 수 없었다. 객석에 미리 준비한 전단이 살포되고 있었다. 전단은 흩뿌려졌고 서로들 집으려고 일어섰다. 복면 쓴 이가 무대 아래로 사라지면서 외쳤다.

"우리 쌀을 다시 찾아옵시다. 우리를 감시하고 핍박하는 쪽발이 경찰서를 습격합시다."

사람들이 우르르 일어났다. 일어납시다, 갑시다. 우리 쌀을 찾아옵시다. 배고파 죽겠습니다. 흰쌀밥 한번 먹어봤으면 소원이 없겠네. 난 배 터져 죽는 게 소원일세. 절 따라오십시오. 한 건장한 남자가 외쳤고 기생들이 그 뒤를 따랐다. 남자들이 주춤주춤 일어서기 시작하더니 우르르 나섰다. 기생들도 나서는 판에 우리라고 가만있을 수 없지.

암, 그럴 바에야 그걸 잘라버리고 치마나 입고 다녀야지. 온갖 말들이 날아다녔고, 높은 파고를 일으켰고 사람들이 휩쓸려 몰려다니기 시작했다. 기담은 무대 위에서 이 모든 광경을 고스란히 보고 있었다. 그것은 밀물이 밀려올 때와 같았다. 물보라가 일고 저만치 아득하게 보이던 물이 순식간에 밀려들던 때. 아차 하는 순간 물에 휩쓸리는 그 두려운 밀물과 같았다. 가슴이 벅차오르는 장한 광경이었다.

갑자기 일어난 사태에 경찰들은 어리둥절하여 어쩔 줄을 몰랐다. 그사이 밀려든 사람들이 경찰을 무장해제시켰고 일부는 도망쳤다. 총도 무용지물이었다. 그것이 사람의 힘, 무리의 힘이었다. 그날 자정이 다가오도록 이삼십 명씩 몰려다니던 사람 중에는 곡식을 짊어진 사람들도 있었고 조직적으로 경찰서의 무기고를 턴 사람도 있었다. 물론 무기고를 턴 사람들은 조직원들이었다. 경찰까지 모두 웃터골에 구경 나와 있었기 때문에 경찰서는 당직 한 사람만 있었던 터라 아무 힘을 쓰지 못했다.

극장주와 경찰서장은 모두 경악했다. 경찰서장은 술을 마시다가 풀어놓았던 허리띠도 제대로 매지 못한 채 뛰쳐나왔다. 극장주는 극장 말아먹을 일 있냐고 흥분했고, 경찰서장은 이례 없는 폭동에 어찌 대처해야 할지 몰랐다.

영사기사는 필름을 갈아 끼운 뒤 사라져버렸다. 서장은

흥분해서 길길이 날뛰었지만 어둠 속에서 순식간에 일어난 일이라 주동자를 잡을 수가 없었다. 극장주와는 같이 술을 마시고 있었으니 나중에 연행하긴 했으나 명분이 없었다. 극장주는 오히려 주동자들을 꼭 잡아 손해배상을 받게 해달라고 흥분했다. 그러니까 그날 그 행사에서 유일하게 얼굴이 알려진 사람은 기담 한 사람이었다. 그러나 기담조차도 구속할 뚜렷한 명분이 없었다. 선동을 한 것도 아니고 연행을 한 것뿐이었다. 그가 한 연행 대본은 이미 검열을 통과한 것이었으니 문제 삼을 수도 없었다.

쌀을 탈취한 사람들은 그 밤으로 호롱불을 밝히고 아궁이에 불을 지펴 밥을 했다. 늦은 밤에 먹는 밥이었지만 얼마 만에 먹어보는 쌀밥인지, 꿀처럼 흘러들어갔다. 그렇게 배가 부른 식구들은 밤새 남은 쌀을 숨길 궁리를 했고, 조금씩 쌀을 나눠 들키지 않을 곳에 숨겼다. 밤도 늦고 배부르니 졸릴 만도 했건만 그들은 아무도 잠들지 않았다. 흰쌀밥을 먹은 감격도 감격이지만 그 많은 사람이 도도(滔滔)하게 함께 움직여 힘을 발휘했다는 놀라움 때문이었다. 그 사람들은 그동안 알던 이웃의 무지렁이가 아니었다. 쪽발이라고 뒷구멍으로 욕만 하고 다니던 사람들이 아니었다. 언제 한번 속 시원하게 그들에게 대항하거나 항의해본 적이 없는 그들이었다. 그들은 밤새 벌였던 일을 무용담처럼 얘기하고 또 얘기하며 밤을 새웠다. 두렵기도 했지만 그 많은 사람 속에 자신도 끼어 있다는 데에 대한 자부심도 숨길 수 없었다.

다음날 아침부터 집집마다 수색이 시작되었다. 일경들도 어젯밤의 소요를 잘 알기 때문에 함부로 뒤지지 못하고 요식행위에 그쳤다. 대부분의 사람이 소요에 가담했으니 누굴 잡아들이고 말고 할 일이 아니었다. 잘못하다가는 일이 더 커질지도 모를 일이었다.

서장은 이날 일에 대해 일체 함구령을 내렸지만 분을 삭이지 못했다. 그는 유치장에 극장주와 변사, 지역 유지 몇 사람을 잡아 가두긴 했지만 속 시원하게 사건 전말을 파헤칠 수도 없었다. 한밤, 순식간에 일어난 일이었기 때문이다. 게다가 그 행사는 뒤로 돈을 먹은 자신이 합법적으로 허용한 공간이라는 점에서 더더욱 어찌할 수 없는 일이었다. 서장은 무식하고 순종적인 줄만 알았던, 누르면 어디까지고 납작 엎드릴 줄 알았던 조선인들이 기세 좋게 일어나 인천 부두를 해방구처럼 점령하다시피 한 충격이 쉽사리 가라앉지 않았다. 경찰 생활 이십오 년 동안에 처음 있는 일이었다. 무슨 수를 써서라도 이번 일을 계획한 배후를 밝혀내지 않으면 언제 또 이런 일이 벌어질지 모르는 일이었다. 경찰 사기에도 큰 문제였다. 윗선의 문책을 피하려면

이 일을 최대한 조용히 처리하면서, 시위를 주도한 사람들을 남김없이 색출해야 했다.

그는 변사를 족치는 수밖에 없다는 결론에 도달했다. 극장주를 잘못 건드렸다가는 뇌물수수로 자신까지 위험해질수 있었기 때문이다. 극장 임관을 맡은 미키오도, 극장주도, 지역의 유지들도 그가 조직에 가담할 만한 위인이 못된다고 했다. 그는 다만 변사일 뿐이었다. 영화밖에 모르는사람이었다. 그래도 경찰서장은 일단 기담을 가뒀다. 면회조차 허용되지 않았다.

어제만큼 가슴 벅찬 적이 없었다. 답답한 극장 안이 아니었다. 표를 살 수 있는 사람만이 볼 수 있는 것도 아니었다. 노인부터 어린아이들까지 그 들뜬 표정은 서커스단이마을로 들어올 때 반기던 표정들과 비슷했다. 영화 해설을하는 동안 이렇게 열렬한 호응을 받아본 적도 없었다. 영화와 사람들 사이에서 기담은 접착제와도 같았다. 홍란이, 오라버니 대단해요, 하고 외쳤고, 맥코넬은 엄지를 치켜세웠다. 기철과 성만은 무리들과 몰려갔는지 보이지 않았다. 미키오 경관도 눈에 띄지 않았다.

집으로 돌아가는 길에서 만난 사람들은 기담을 보고 손을 흔들어 알은체를 했고, 박수를 쳤고, 악수를 청해왔고, 무작정 뛰어와 끌어안기도 했다. 어떤 이는 엉덩이를 뒤로

쑥 빼고 기담의 걷는 흉내를 내며 입으로 뿡뿡거리며 배꼽을 잡고 웃었다. 배가 아플 지경이라고 했다. 허리가 구십 도로 꺾인 노인이 지팡이에 몸을 겨우 의지한 채, 내 살면서 이렇게 신기하고 재미있는 구경은 처음 했다고, 이 사이 바람 빠지는 소리로 말할 때는 기담도 노인의 손을 꽉 잡았다. 노인은 어서 죽길 기다렸는데 세상이 이렇게 좋아지는 걸 보니 오래 살아야겠다고 클클클 바람 빠지는 소리로 웃었다. 몸 둘 바를 몰랐다. 이렇게까지 호응이 좋을 줄 몰랐다. 「황금광」을 보며 들었던 연행에 대한 복잡한 심사는 사라지고 없었다.

묘화는 보이지 않았다. 누구보다 바쁠 터였다. 일이 어떻게 돌아갈지 종잡을 수 없었다. 미곡장을 턴 것인지 쌀자루를 쥐고 서둘러 집으로 돌아가는 사람들이 많았다. 치마 폭이나, 윗저고리, 쌀을 담을 수 있는 것은 무엇이든 자루가 되었다. 묘화나 이 일을 추진했던 사람들이 원하는 대로 된 것인지도 알 수 없었다.

변사가 그날 좀 수상했다는 얘기가 흘러나왔다. 평소엔 고상을 떨더니 그날은 이상하게 걸을 때마다 뿡뿡뿡 방귀 소리를 내질 않나, 다른 날보다 더 큰 소리로 연행하면서 소릴 지르지 않나, 이상하게 사람들을 흥분시키더라는 것이다. 서장은 영화를 본 적이 거의 없을뿐더러 세상일을 흥내 내는, 요컨대 영화나 연극 같은 그런 것들을 경멸하는 축에 속했다. 당장 제 앞의 삶을 헤쳐 나가기도 버거운데 한가하게 그런 가짜 놀음을 보고 웃고 울고 탄식한다는 게 이해되지 않았다. 더군다나 식민지 국민이면 국으로 열심히 먹고사는 데나 정신을 쏟을 일이었다. 그런 차에 변사란 작자가 영화를 해설한답시고 무대에서 저속하게 방귀 소리를 내고 다녔다니, 기가 찰 노릇이었다. 어떻게든 엮어서 누군가는 책임을 지게 해야 했다.

14

　혀끝에 묵직한 통증이 전해졌다. 입을 벌린 상태였고 무
언가 가득 처박혀 있는 느낌이었다. 고통이 기담의 정신
을 깨웠다. 죽지는 않았구나. 기담은 고통을 느낄 수 있다
는 것에 안도했고, 동시에 그 통증이 혀에서 오는 것이라는
걸 알고 절망했다. 혀끝에 닿던 차가운 가윗날. 비린 쇠 냄
새가 다시 떠올랐다. 혀가 잘리면 피를 너무 많이 흘려 죽
는다고 했던가. 혀가 안으로 말려들어 기도가 막혀 죽는다
고 했던가. 기담은 몇 번이고 깨어났다가는 이내 정신을 놓
았다. 어떻게든 정신을 수습해보려고 했지만 머릿속은 오
래된 영상처럼 무수한 빗금에 갇혀 어찌해볼 수가 없었다.
혀를 제대로 쓸 수 없을지도 모른다는 공포가 다시 그의 정

신을 앗아갔다. 더 이상 관객을 웃기고 울리고 감동에 젖어 들게 할 수 없을지도 모른다는 생각이 들자 기담은 까무룩 꺼져버렸다.

연인을 태운 마차가 먼지를 날리며 떠나고, 후줄근한 차림의 한 남자가 바퀴 자국이 남아 있던 자리에 떨어진 별 모양의 종이쪽지를 주워 든다. 사랑하던 여인이 마차에 붙였던 쪽지였다. 꿈인지 아니면 헛것의 들림인지, 그 와중에도 기담은 그 장면이 채플린이 주연한 「서커스」 마지막 부분이라는 것을 기억했다. 화면에 등을 보이고 있는 남자는 당연히도 채플린이었다. 영화 속에서 채플린은 그 종이쪽지를 잠깐 들여다본 후 미련 없이 차버리고 무릎을 직각으로 올려 세우듯 자못 씩씩하고 쾌활하게 걷는다. 그러나 기담의 꿈속에서 채플린은 쉽사리 얼굴을 보여주지 않는다. 조바심이 났다. 얼른 종이쪽지를 던져버리고 모험과 자유와 새로운 사랑이 기다리는 미래를 향해 경쾌하게 걸어가는 채플린을 보고 싶었다. 그러나 기담은 또 쪽지를 던져버리기까지의 몇 초 동안을 참을 수가 없다. 채플린이 쪽지를 주워 들고 만지작거리는 몇 초 동안 그만이 지을 수 있는 우는 듯 웃는 듯 애잔하면서도 한없이 쓸쓸한 그 표정을 마주 대할 수가 없다. 기담은 눈을 감는다. 감은 눈 속에서도 영상은 계속된다. 채플린은 울고 있다. 아니, 그는 어떠한 경우에도 눈물 따위는 흘리지 않는다. 기담은 그 눈물이 자신에게서 흘러나오는 것이라는 걸, 눈물이 관자놀이를 지날 때의 차가우면서도 축축한 감촉으로 알아챘다. 몇 년 동안 단 한 번도 자신의 삶을 영화와 떼어놓고 생각해본 적이 없는 기담이었다. 변사로서 살 수 없다면 앞으로의 삶이 어떻게 흘러갈지 도무지 짐작도 되지 않았다. 선생께 영화는 무엇입니까. 묘화의 물음이 왜 그 순간 떠올랐는지 기담은 알 수 없었다.

기담이 눈을 떴을 때, 고통은 여전했다. 그 고통으로 기담은 살아 있음을 실감했다. 그는 오른손을 들어 천천히 혀끝에 갖다 댔다. 붕대라고 보기엔 딱딱한 무언가가 혀끝을 감싸고 있었다. 유치장에서 취조실로 끌려갈 때 일이 복잡해질 수도 있겠다는 우려를 했다. 서장은 다 알고 있다는 듯 무조건 기담에게 조직원을 불라며 광분했다. 자신은 영화 해설만 했을 뿐이라고 항변했지만 소용없었다. 기담이 알고 있는 조직원이라면 묘화밖에 없었다. 이럴 때를 대비해서 묘화는 끝까지 그들과의 접촉을 주선하지 않았는지도 모른다. 기담도 그게 편했다. 자신은 아무것도 아는 게 없었다. 영화 잔치를 벌였고, 변사인 자신이 할 수 있는 영화 연행을 한 것뿐이었다. 잘 알면서 왜들 이러시는지 모르겠다고 하자 서장이 들고 있던 봉으로 탁자를 내리쳤다. 눈알

이 튀어나올 듯 디굴디굴 굴리며 가위를 벌려 혀끝에 들이
대던 서장의 모습이 떠올랐다. 젠부 하나세!

　눈동자를 굴려 주위를 살펴보았다. 창밖을 바라보는 묘
화가 눈에 들어왔다. 기시감이 들었다. 어디서였나. 저렇게
여린 뒷모습을 본 적이 언제였나. 기담은 묘화를 부르려 했
지만 말을 할 수가 없었다. 소리가 되어 나오지 않았다. 병
원! 골목으로 사라진 묘화를 쫓다가 몰매 맞고 실려온 병
원에서 희미하게 눈을 떴을 때 보았던 모습이었다. 묘화가
그대로 사라져버리지나 않을까 조바심이 났다. 고개를 돌
린 이가 묘화가 아니라면 어쩐다. 그땐 끝내 아니라고 잡아
뗐었지. 기담의 숨소리가 조심스러워졌다. 기척을 느꼈는
지 그녀가 돌아보았다. 묘화! 기담은 숨을 길게 내쉬었다.
　"괜찮아요?"
　빨갛게 충혈된 묘화의 눈에서 다시 눈물이 주룩 흘렀다.
기담은 묘화의 손을 잡고 고개를 저었다. 누구의 잘못도 아
니었다. 영화 「벤허」에서 벤허의 누이가 떨어뜨린 기왓장
한 장이 운명을 바꿔놓듯이 비껴갈 수 없는 운명의 굴레 같
은 것이었다고 기담은 생각했다. 그러나 예측할 수 없는 앞
날에 대한 두려움이 밀려드는 건 어쩔 수 없었다. 혀를 잘
린 것만은 분명했다. 조금 잘린 거라면 아무 문제 없을 수

도 있다. 아니, 무슨 문제가 생겨서는 안 된다. 다른 곳도
아니고 혀이지 않은가.

어찌된 거요.

묘화의 손바닥에 검지로 썼다.

"제가, 제가 나빴어요. 끝까지 당신을 이 일에 끌어들이
는 게 아니었는데. 이렇게 될 줄 알았다면 도망쳐버릴 걸
그랬어요. 정말 미안해요."

가늘게 떨고 있는 묘화의 몸이 그대로 느껴졌다. 기담은
묘화의 손을 잡았다. 땀이 촉촉하게 밴 손이었다.

"미친 서장이 분을 못 이겨 당신 혀를 자를 뻔했어요. 경
관이 말렸을 때는 이미 혀에서 피가 쏟아져 나왔대요. 다
행히 완전히 잘리기 전에 서둘러 봉합했어요. 누구도 당신
을 함부로 할 수 없어요. 당신은 이미 인천의 유명 인사니
까요. 괜찮을 거예요, 꼭 괜찮아야 해요. 얼른 나아서 다시
사람들 앞에서 영화 해설을 해주세요. 웃터골에서의 당신,
그동안 제가 본 중에서 최고였어요."

묘화가 격하게 기담을 안았다. 그렇구나, 꿈이 아니구
나. 혀가 잘리다니. 그렇다면 말은 어떻게 되는 것일까. 말
을 제대로 할 수 있는 것인가. 거사에 가담하면서 만약 문
제가 생긴다면 어떤 위험이 닥칠까 생각해봤다. 혀가 잘리
리라고는 단 한 번도 생각하지 않았다. 혀는 말의 몸. 내

전부가 아니던가. 앞으로 어떻게 되는 것일까. 기담은 어딘가가 맹렬하게 가려워 참을 수가 없었다. 영화 연행을 할 수는 있을 것인가.

혀가 나왔을 때, 맨 처음 떨며 부른 이름은 묘화였다.

"모아……!"

기담은 흠칫 놀라 입을 다물었다. 분명 묘화를 발음했건만 소리가 되어 나온 것은 묘화가 아니었다. 기담은 손발이 오그라들 것만 같았다. 입을 열어 말을 한다는 것이 무서웠다. 말로 먹고살고 말로 놀았는데, 그 말을 한다는 것이 이리 두렵고 엄청난 일이 될 줄 몰랐다. 기담은 입을 다물었다. 아무 말도 뱉을 수가 없었다. 무서웠다. 입안이 근질거렸다. 무슨 말이든 내뱉고 싶었고 입을 막아버리고도 싶었다. 말이, 말이 되어 나올 것인가. 다시 한마디를 내뱉는 일이 이렇게 어렵게 느껴질 줄은 몰랐다. 기담은 몇 번이고 주먹을 쥐었다 펴곤 했다. 손에 땀이 고였다. 묘화만 없었다면 소리쳐 무슨 말이든 하고 싶었다. 혀가 어느 정도 상했는지, 말은 어느 정도 할 수 있는지 미칠 지경이었다. 하지만 결국 기담은 아무 말도 내뱉지 못했다. 가혹했다. 필름이 끊긴 것만 같았다.

웃터골 영화 상영 이후 근 한 달간 기담은 죽은듯이 지냈다. 잘린 혀가 붙긴 했지만 발음이 정확하지 않았다. 말을 할 때마다 입안에서 혀가 엉키는 느낌이었다.

아! 누가 노래를 부르나. 누가 노래를 부르나. 그만 노래를 끝내다오. 지금에는 모든 것이 다 저주일 뿐이다. 행복에 웃고, 희망에 성장하며 사랑에 노래 부르고, 예술의 광명에 살아가던 모든 것이 인제는 다 허사였다. 두 눈의 광명이 사라지던 그때로부터 나의 생애의 전부는 모두 파괴되고, 지금에는 다만 암담한 적막이 휩싸고 있을 뿐이다. 오, 일체의 고통이여, 슬픔이여! 나를 더 괴롭게 굴지 마라! 지금 내가 찾으려는 것은 영원한 망각이다.

이상했다. 말이 제대로 나오지 않게 되자, 어쩐 일인지 변사가 되려고 시험을 볼 때 연행했던 내용이 고스란히 떠올랐다. 한 문장 한 문장이 가슴 깊이 박혔다. 이제 내가 찾아야 하는 것은 말을 잊기 위한 망각인가. 기담은 속으로 되뇌고 또 되뇌었다. 결코 예상하지 못한 일이었다. 그렇다고 누구를 원망하거나 후회하지는 않았다. 다만, 자신의 모든 것이나 다름없던 아름다운 자신의 목소리를 다시는 듣지 못하게 되었다는 사실을 확인할 때마다 뼛속까지 바람이 들락거리는 것처럼 시리고 또 시렸다.

극장주 최태석은 몇 차례 병원을 들락거렸지만 기담이 더는 변사로서 일을 할 수 없다고 판단했는지 끌끌 혀를 차다가 병원비에 보태 쓰라고 봉투를 내밀고 돌아갔다. 얼마 뒤 경성에서 새로운 변사가 내려왔다는 얘기가 들렸다. 기담은 혀를 제대로 놀릴 수 없으므로 모든 것을 잃었다.

미키오 경관이 집으로 찾아오기도 했다. 그는 아무 말도 하지 않았다. 다만 기담 옆에 오 분 정도 앉아 있다가, 모자를 벗어 옆구리에 낀 다음, 허리를 깊숙이 숙여 인사를 하고는 돌아 나갔다. 미키오 경관은 한 번도 말하지 않았지만 영화를 사랑하는 일본 청년이었다. 그는 어쩌면 굳은 얼굴로 임검석에 앉아 영화를 보고, 영화를 보는 사람들을 보고, 그리고 멀리 고국의 어느 날을 떠올렸는지도 몰랐다. 그는 늘 무표정한 얼굴이었지만 그 말 없음 속에는 짙은 외로움이 겹쳐 있었다. 같이 몇 번인가 술을 마신 적도 있었다. 주머니에서 꺼낸 바랜 사진 속에는 이가 빠진 노모가 웃고 있었다. 그의 어머니가 서른아홉에 낳은 늦둥이였다. 그의 어머니는 그가 네 살이 될 때까지 한시도 그를 등에서 내려놓으려 하지 않았다고 한다. 다리가 바깥쪽으로 휜 것도 다 어머니가 너무 오랫동안 자신을 업어준 탓이라고 했다. 손케이시마스! 그는 딱 한 번 그렇게 말했다. 미키오 경관이 돌아가고 난 뒤 기담은 뜰의 잡풀을 뽑았다.

말을 못하는 것이 아니었다. 발음이 새고, 어눌했다. 그렇게 나오는 목소리는 기담의 목소리가 아니었다. 기담의 자존심이 말을 막았다. 그 정도면 살아가는 데는 아무 문제 없었다. 그러나 그는 그 누구도 아닌, 최고의 변사였다. 모든 사람이 그의 말의 성찬을 즐겼다. 그런 그들 앞에 아무도 거들떠보지 않을 상을 차릴 순 없었다. 하루해가 어떻게 뜨고 지는지 기담은 알 수 없었다. 멍하니 뜰을 보고 밥을 먹었고 잠을 잤다. 어떤 날은 웃터골에서 영화를 상영하던 자신이 떠오르기도 하고 어떤 날은 묘화와 자던 밤의 새 울음소리가 들리기도 했다.

"오빠, 오빠, 나와보세요."

진즉에 눈을 뜨고 있었지만 기담은 열린 창문 틈으로 들기 시작하는 햇빛이 자리를 옮겨가는 모양을 천천히 보고 있었다. 기철과 싸우기라도 했는지 어제 아이 둘을 데리고 와서는 아직까지 엉덩이를 붙이고 있던 홍란이 밖에서 소리쳤다. 기담은 엉덩이걸음으로 몸을 움직여 문을 열었다. 묘화가 대문 앞에 서 있었다. 대문 밖에 짐을 잔뜩 실은 손수레가 서 있는 게 보였다. 기담은 벌떡 일어나 마당으로 나왔다.

"어마, 놀래라! 이게 무슨 일이래?"

뒤늦게 부엌에서 나오던 계순이 방정을 떨었다.

"살려고 왔어요."

묘화는 눈 하나 꼼짝 않고 말했다.

"짐을 안으로 들이세요."

묘화가 밖에 대고 말했다.

계순과 홍란의 눈이 가늘어지면서 묘화를 짯짯이 훑었다.

기담은 묘화의 잠든 얼굴을 오랫동안 조심스럽게 바라보았다. 처음으로 사랑한 여자였다. 이 집에서 사랑을 하고, 영화 얘기를 나누고, 정원을 가꾸면서 살고 싶었다. 지금은 아니었다. 묘화 앞에서 기담은 평생 벙어리여야 했다. 입을 다문 기담을 보며 사는 동안 묘화는 죄책감이라는 또 다른 상처를 평생 만지며 살아갈 터였다. 그렇게 금이 간 유리를 기담은 바라볼 자신이 없었다. 언제고 깨질 준비를 하고 있는 유리, 그 유리를 기담이 깨버리게 될 것 같아 괴로웠다. 기담은 인천을 벗어나본 적이 거의 없었다. 떠나는 것이 두려웠다. 자신의 손으로 깨는 한이 있더라도 묘화를 곁에 두고 싶었다. 하지만 묘화를 위해서는 그럴 수 없었다. 날카로운 파편은 묘화의 몸에 수많은 상처를 내고 피 흘리게 하리라는 것을 잘 알았다. 기담은 아직 어둠이 채 가시지 않은 새벽에 집을 나섰다. 정원의 둥근 불빛이 새벽안개에 부옇게 빛났다. 기차를 타기 전에 맥코넬의 집으로 가서 써놓았던 편지를 우편함에 넣었다.

기담은 정처 없이 떠돌았지만 어딜 가든 극장 주변을 맴
도는 자신을 발견했다. 다른 변사의 연행을 보면서 쓸쓸해
지는 기분이 드는 건 어쩔 수 없었다. 자신이 연행했던 영
화조차 다르게 보였다. 영화에 적당한 거리를 두자, 영화가
더 잘 보였다. 기담은 부산에서 오래 머물렀다. 부산은 인
천과 많이 닮아 있었다. 일부러 집에 소식을 전하거나 하지
않았다.

기담이 부산에 있는 동안, 나운규의 시대가 끝나가고 있
었다. 나운규가 일본인이 만든 영화 「금강한」에 호색한으
로 출연했다는 소식을 들은 사람들은 모두 아연실색했다.
나운규는 그 누구도 아닌 「아리랑」을 만들고 주연했던 이
가 아닌가. 제2의 「아리랑」을 기대했던 사람들의 분개는
대단했다. 유신방이라는 배우와 연애하느라 영화를 잊었다
는 말까지 떠돌았다. 기담은 벌버리묵을 떠먹여주던 유신
방을 떠올렸다. 그럴 리가 없다고 고개를 저었지만 더 이상
나운규의 시대는 없었다.

「금강한」을 보고 온 날 기담은 몸을 가누지 못할 만큼 술
을 마셨다. 「아리랑」을 떠올렸다. 변사가 되어 처음으로 연
행했던 영화 「아리랑」. 나운규의 실성한 연기, 아리랑을 부
르던 마지막 장면, 난데없이 화면이 바뀌면서 등장하던 '진
시황도 죽었다지?'라고 쓰인 자막, 영화를 보다 말고 영진

을 끌고 가는 경관을 쳐죽이겠다고 지팡이를 휘두르며 뛰쳐나오던 노인까지. 연행하는 내내 긴장해서 떨리던 발끝, 그러나 목소리는 스스로 놀랄 만큼 우렁차고 유장했다. 그렇게 기담에게 힘을 실어준 영화, 「아리랑」. 기담은 술에 취해 눈물을 흘렸다. 묘화가 뼈에 사무치게 그리웠다. 어느새 해가 바뀌고 있었다.

15

　기담은 마루 끝에 앉아 정원을 바라보았다. 앙상한 나무들과 누렇게 시든 잎들이 불빛 아래 희미했다. 일 년 넘게 떠돌다 집으로 돌아왔을 때 묘화는 없었다. 이미 홍란네 상점에 들러 묘화가 떠났다는 소식을 들었다. 맥코넬과 함께 영국으로 떠났다고 했다. 맥코넬이 중병이 들었다는 소문이었다고 했다. 기철은 일본에서 들어오는 물품을 받으러 부두에 나갔다가 선착장에서 맥코넬과 묘화를 보았다. 묘화는 배에 오르기 전 여러 번 기철을 바라봤지만 결국 아무말도 남기지 않더라고 했다. 기담은 맥코넬이 자신의 부탁을 들어주어서 고마웠다. 묘화에게 맥코넬을 소개받기 전까지 기담은 늘 그 앞에서 왜소해지는 것을 느꼈다. 그럴 이유는 없었다. 맥코넬은 기담으로서는 도저히 오를 수 없는, 도달할 수 없는 세계였다. 어떻게 평생을 그렇게 한결같이 높고, 시리고, 쓸쓸한 표정을 지을 수 있는 것인지 알 수 없었다. 그런 그가 묘화를 보살펴주어 다행이었다.

유리로 된 백조는 기담 방의 탁자 위에 올려져 있었다. 그리고 백조 아래로 접은 편지가 있었다. 기담은 편지를 열어보지 못했다. 백조만 만지작거렸다. 그가 묘화에게 주었던 유리로 된 백조를 모를 리 없었다. 그 맑고 매끄러운 몸을 오래도록 만졌다. 날이 어두워질 때까지. 그렇게 날이 어두워지고 어둠에 기대서야 편지를 읽을 수 있었다.

당신이 내게 준 유리 백조를 봅니다. 이것을 제 손에 쥐여주던 당신의 쑥스러워하던 모습, 강물이 햇빛에 잘게 부서지며 빛나던 광경, 당신이 물에 빠져 허우적거리던 것까지 모두 떠오릅니다. 당신이 이걸 제게 주며 유리 같은 여자라고 했던 말도 기억합니다. 유리는 여러 특성이 있지요. 제가 유리의 무엇과 닮았는지 물어보지 못한 것이 새삼 안타깝습니다.

당신, 순정한 당신.

처음에 영화를 볼 때는 그저 나와 다른 이의 삶, 우리나라가 아닌 더 넓은 세상에 사는 사람들의 모습, 내가 느끼지 못하는 희로애락이 좋았습니다. 영화에 감초처럼 등장하는 사랑 얘기도 재미있었습니다. 그러다 당신을 만났고, 당신이 영화 해설을 하는 동안 극장 안에 모인 사람들이 당신의 목소리에 귀를 기울이고, 당신도 그 사람들이 반응하는 것에 따라 해설이 조금씩 바뀌고, 서로 하나가 되는 과정을 보았죠. 일방적인 보여주기가 아니라 함께 호흡하기. 당신은 그 한가운데 있었습니다. 그건 당신의 놀라운 힘이었습니다.

저는 남에게 마음을 주는 일이 서툽니다. 서툰 정도가 아니라 아예 할 줄 모른다는 말이 맞겠지요. 맥 아저씨와 집사 아저씨, 해월관의 언니나 동무조차도 제겐 영화 속의 인물들을 보는 것과 크게 다르지 않습니다.

당신이 제 안으로 들어왔을 때, 그래서 저는 혼란스러웠습니다. 까닭 없이 눈물이 흐르는 이유도, 가슴이 답답한 이유도, 느닷없이 당신의 얼굴이 떠오르는 이유도 몰랐습니다. 그런 변화를 제일 먼저 알아챈 건 맥 아저씨였죠. 누군가를 사랑하고 있구나. 누군가를 사랑하고 있구나 하던 맥 아저씨의 울림이 오랫동안 가슴에 남았습니다. 그래요. 당신을 사랑한다는 걸 뒤늦게 알았습니다. 당신을 사랑하는 동안 달콤하고, 황홀하고, 설레고, 괴로웠습니다. 당신을 거사에 끌어들인 나를 저주했습니다. 동지들을 배신하고 함께 도망이라도 치고 싶었습니다. 아무도 모르는 곳에서 둘만 살고 싶었습니다. 오히려 당신이 그런 나를 붙들어주었지요. 그렇게 되면 평생 죄책감을 가지고 살리라는 것을 잘 알고 있기 때문이었겠죠. 그러나 당신이 그런 일을 당하고 나니, 같이 도망가지 않은 제 발등을 찍고 싶었습니다.

당신은 제 곁을 떠났습니다. 당신 집으로 들어온 나를 두고 당신은 멀리로 떠났습니다. 돌아오실 줄 알았습니다. 제가 떠나지 않고 있는 한 돌아오실 줄 알았습니다. 그러나 시간이 흐르면서 내가 떠나기 전에는 당신이 돌아오지 않으리라는 뼈아픈 자각을 하게 되었습니다.

맥 아저씨가 같이 그의 나라로 돌아가길 원했습니다. 몸이 많이 아프다고, 같이 갔으면 좋겠다고. 맥 아저씨가 누구에게 부담을 주거나 기댈 분이 아니란 걸 잘 알고 있었습니다. 당신의 부탁인지 모른다고 생각했습니다. 당신이 떠도는 동안 상할 몸도 걱정이 되었습니다. 제가 없다면 당신은 다시 말을 하게 될지도 모른다는 생각도 했습니다.

내일이면 저는 우리가 공원에서 보았던 그 큰 배를 타고 상상할 수 없는 먼 나라로 갑니다. 그 뒤는 어떻게 될지 저도 모르겠습니다.

이 유리 백조를 여기 놓고 갑니다. 평생 제 품에 간직하는 것이 나을지 당신에게 드리는 것이 나을지 잘 모르겠습니다. 그러나 당신이 나를 기억할 무언가 하나쯤은 두고 가고 싶은 제 욕심을 어쩌지 못합니다. 진심으로 미안합니다.

다시 돌아올 수 있을까요?

기담은 어둠이 어둠을 더해 아무것도 보이지 않을 때까지 그렇게 앉아 있었다.

홍란과 기철은 애들을 잘도 싸질러놓았다. 홍란의 배는 불렀다가 꺼지기를 반복했고, 늘 애 우는 소리가 들렸다. 더러 죽기도 했지만 홍란과 기철은 애들을 굴비 꿰듯 낳아 길렀다. 툭하면 애들을 안고 끌고 집으로 들이닥친 홍란은 쌀독에서 한 움큼의 쌀을 집어 입에 털어 넣는 것으로 인사를 했다.

"에구, 저년이 내 명을 단축시키고 말 년이야. 먹을 게 천진데 도대체 왜 그놈의 쌀을 못 집어먹어 안달인지 모르겠네."

계순은 홍란이 쌀을 집어 우물거릴 때마다 질색을 했다.

"호호, 그러게. 그게 나도 궁금해. 밥을 먹지 못하는 것도 아닌데, 쌀을 먹고 있으면서도 내일은 과연 이 쌀을 먹을 수 있을까 나도 모르게 조바심이 나거든. 뻔히 먹을 수 있다는 걸 알고 있는데도 나도 모르게 손이 쌀로 간단 말이야."

"염병 앓는 데 까마귀 소리 하고 자빠졌네. 내가 너 때문에 땅내가 더 구수해져, 이년아."

기담은 방 안에서 둘이 투덕거리는 소리를 들었다. 쌀을 쌓아두고 먹으면서도 내일 쌀을 먹을 수 있을까 조바심이 난다는 홍란의 말이 오래도록 기담의 마음을 울렸다. 기담은 홍란의 아이들이 이 방 저 방 쿵쾅거리며 뒤지고 다니는 소리, 저희들끼리 싸우는 소리에 지레 지쳤다. 아이들이 바글거릴 때마다 정신이 없었다. 기담은 홍란이 오는 걸 달가워하지 않았지만 오지 말라고 할 수도 없었다. 아니, 홍란이 바빠서 집에 오지 않을 때는 은근히 왁자지껄한 소란이 그리워지기도 했다. 기담은 말을 잃은 뒤로 자신이 급격히 늙어간다는 생각이 들었다. 몸도 마음도 어디든 묶이질 않았다.

기담이 밖에 나갔다 들어와 보니 방 안엔 계순이 혼자가 아니었다. 세 살이나 되었을까. 계집아이가 계순이 먹여주는 약밥을 오물오물 받아먹고 있었다. 기담은 윗도리를 벗으며 아이를 바라보았다.

"홍란이 막내딸이야."

아이는 계순에게 바짝 붙어 앉아 계순의 치마폭을 잡은 채 말이 없었다.

"홍란이네는 이 애까지 여섯이야. 애가 아주 천덕꾸러기 신세더라. 적적하기에 두고 가라고 했다. 불쌍한 애야. 이 아인 젖도 제대로 먹지 못했어. 게다가 작년에 열병을 앓은 뒤로는 듣지도 못한댄다. 애가 있으니 심심찮아 좋다."

흘깃 아이와 눈이 마주쳤다. 기담은 아이의 눈망울이 검고 깊어 놀랐다. 홍란이 어떻게 구워삶았는지 모르지만 계순은 귀찮은 기색 없이 아일 돌봤다.

기담은 홍란의 상점에 들렀다 오는 길에 미키오 경관을 만났다. 집에 돌아온 뒤로 처음이었다. 미키오 경관이 기담에게 성큼 다가왔다. 만나길 바랐다는 태도였다. 경기도 경찰부에 다녀오는 길이라고 했다. 그는 놀라운 소식을 전했다. 외국에서 소리가 나오는 영화가 만들어졌다는 것이다. 기담은 귀를 의심했다. 영화에 대해 이러쿵저러쿵했지만 따지고 보면 풍광이든 사람이든 카메라라는 것으로 찍고, 얇고 투명한 필름이라는 것에 담아 영사기에 돌리기만 하면 사람의 움직임을 그대로 보여줄 수 있다는 것만으로 신기하기 이를 데 없는 것이 아닌가. 그런데 목소리까지 흘러나온다니 그게 가능하단 말인가. 그 말을 믿을 수가 없었다. 낭설이라고 생각했다. 결코 가능한 일이 아니었다.

처음 발성영화를 보았을 때 기담은 상상과 현실의 괴리를 맛보아야만 했다. 음향기기에서 입 모양에 맞춰 목소리가 나오고 분위기에 맞춰 음악도 나왔다. 외국 말은 알아들을 수가 없었기 때문에 변사가 해설을 해주긴 했지만 소리가 나온다는 것만으로 충분히 놀라웠다. 연극이나 창, 춤 등이 무대를 움직이지 못하고 한 공간에서 공연하듯이, 영화에서 소리는 움직이지 못하는 공간과 같다고 생각했다. 소리는 필름이 감당하는 것이 아니라 외부의, 그러니까 변사의 영역이라는 것을 한 번도 의심해본 적이 없었다. 게다가 배우의 목소리는 기담이 생각했던 것과 판이했다. 「안나 크리스티」에서 여주인공으로 나오는 그레타 가르보를 보고 깜짝 놀았다. 무성영화로 그녀의 연기만볼 때는 짐작조차 하지 못한 목소리였다. 여린 얼굴에 비해 굵고 거친 듯하면서도 깊은, 남자 목소리에 가까운 소리였다. 기담의 상상력이 무참히 깨지는 순간이었다. 그레타 가르보가 심하긴 했지만 다른 배우들의 목소리도 기담의 짐작과 달랐다.

우리나라에서도 발성영화가 만들어졌다. 외국 영화는 대사와 자막을 알려주기 위해서라도 변사가 필요했지만 우리

나라 발성영화는 아예 변사가 필요 없었다. 변사가 앉았던 해설대가 치워졌다. 악극단 자리도 없어졌다. 기담은 우리나라 첫 발성영화인 「춘향전」을 보면서 자꾸만 해설대 자리에 눈이 가 영화에 집중할 수가 없었다. 여자의 목소리가, 노인의 소리가, 얌전하거나, 까불거나, 화통한 목소리가 흉내가 아닌 배우의 입에서 직접 흘러나왔다. 변사의 흉내가 아니라 정말 여자의 목소리였고, 노인의 목소리였다. 훨씬 더 실감 났다. 이미 자신은 그 자리에서 물러난 지 오래되었지만 빈 해설대 자리를 바라보다 간단없이 쏟아져 나오는 음악과 여자의 목소리에 깜짝깜짝 놀랐다. 영화가 있는 한 변사는 영원하리라 생각했던 자신이 한없이 어리석게 생각되었다.

기담은 발성영화를 보면서 거사를 치르기 전날 보았던 채플린의 「황금광」을 자주 떠올렸다. 무성영화를 해설하던 변사의 목소리가 배우의 목소리로 바뀐 것만이 전부가 아니었다. 발성영화는 일일이 관객에게 설명하지 않았고, 동화되어 달라고 요구하지도 않았다. 그냥 보여줄 뿐이었다. 어떤 이는 기담이 생각지도 않았던 곳에서 감동하고 눈물을 흘렸고, 기담이 감동한 영화를 형편없는 영화라고 투덜거리는 사람도 있었다. 영화가 변사의 해설로 똑같은 느낌을 받는 것이 아니라 목소리만큼이나 다양한 평가가 이루어졌다.

무성영화가 상영되지 않는 것은 아니었다. 모든 영화가 다 발성영화로 만들어질 만큼 영화 제작 여건이 좋은 것은 아니었다. 그러나 이미 빛이 스러지고 색이 바랬다. 기담은 무성영화가 만들어지고 사라져간 세월만큼의 짧은 영화 한 편을 본 기분이었다. 내용을 짐작할 수 있지만 그렇다고 뻔한 영화는 아니었다는 생각이 들었다.

기담의 어미 계순이 죽었다. 나날이 살이 찌던 계순은 자다가 놀라 벌떡 일어나다 뒤로 자빠졌는데 며칠 전 사들인 나비장 모서리에 머리를 찧고 쓰러져서는 일어나지 못했다. 홍란은 장례식 중에 눈물을 흘리고 울다가도 입을 오물거렸다. 나중에야 기담은 입에 든 그것이 생쌀이라는 것을 알았다. 홍란이 언제부터 생쌀을 씹고 있었는지 알 수 없었지만 장례를 치르는 동안 몇 번이고 고개를 숙이고 입을 오물거리는 것을 보았다. 홍란 역시 어느 때부턴가 살이 찌기 시작하는가 싶더니 젊었을 적 몸매는 어디에도 없었다.

계순이 죽은 뒤에도 어쩐 일인지 홍란은 막내딸을 데려갈 생각을 하지 않았다. 어느새 기담도 선혜에게 정이 들어 홍란이 데려간다고 하면 퍽 섭섭할 듯했다. 이틀에 한 번씩 집을 돌봐주고 음식을 해주는 이가 왔다 갔다. 기담은 계순이 그랬던 것처럼 먹을 것을 주면 주는 족족 오물거리며 받아먹는 한 마리 어린 새 같은 선혜를 돌봤다. 홍란이 애들을 데리고 와 시끄럽게 할 때를 제외하고는 집 안은 내내 적막이었다. 온종일 아무 소리도 나지 않는 날이 많았다. 기담은 라디오를 샀다. 라디오에서 종일 뉴스와 노래와 만담이 흘러나왔다. 기담이 마루에 앉아 가만히 라디오에 귀를 주고 있으면 선혜도 그 옆에 앉았다. 라디오 소리가 들리기라도 하는 듯한 표정이었다. 기담이 뜰을 가꾸면 선혜도 옆에 와서 같이 풀을 뽑고 물을 주는 것을 구경했다. 기담은 자주 선혜를 안아주었다.

라디오를 듣다가 해방이 되었다는 것을 알았다. 일본 천황이 무조건 항복하겠다는 말이 라디오를 타고 흘러나왔다. 거리에서 관공서에서 모든 자리를 꿰차고 있던 일본인들이 모두 줄줄이 짐을 싣고 쫓기듯 본국으로 돌아갔다. 며칠 동안 행렬이 이어졌다. 기담은 멀리서 그들의 행렬을 지켜보았다.

해월관도 예전만 못했다. 여기저기 고급 요릿집이 생겼고, 호텔과 카후에(café)가 생겼다. 권번이 있는 전문 기생은 아니었지만 여급들과 싼값에 여흥을 즐길 수 있다는 점에서 어쨌든 해월관에 타격일 수밖에 없었다. 해월관이 주로 저녁에 손님을 받는 것에 비하면 이런 요릿집이나 카후에는 점심시간이 되기도 전에 문을 열었다. 게다가 바다와 멀리 월미도를 내다보며 요리를 즐길 수 있는 곳이나, 서양식 분위기가 나는 카후에는 호기심이 동한 남자들이 부담 없이 찾아 즐길 수 있는 곳이기도 했다.

기담은 면사무소에 가서 선혜를 자신의 호적에 올렸다. 입양이 아니라 아예 자기 자식으로 만드느라 호적에 늦게 올린 벌금까지 물었다. 홍란과 기철에게도 그리 알라고 일렀다. 둘은 당연히 그럴 줄 알았다는 듯이 별말이 없었다. 기담은 돌아오는 길에 마을 어귀 사진관을 보았다. 그러고 보니 평생 사진을 한 번도 찍은 적이 없다는 생각이 들었다. 집으로 돌아와 선혜에게 옷을 챙겨 입혀주었다.

'너는 이제 내 딸이다. 오늘을 기념하는 의미로 사진을 찍으러 가자.'

기담은 늘 하듯이 갱지에 적었고 글을 익힌 선혜는 그것을 읽었다.

사진은 액자에 넣어져 일주일 뒤에 배달되었다. 가족사진이었다. 기담은 마당에서 들어서다 보면 제일 잘 보이는 괘종시계 옆에 사진을 걸었다. 아침마다 괘종시계의 태엽을 감아 돌리면서 사진을 오랫동안 바라보았다. 사진 속 선혜는 처음부터 기담의 딸인 듯 닮아 있었다. 집 안에 훈기가 도는 듯했다. 기담은 자신이 늙어가고 있다는 생각이 들었다. 그럭저럭 사는 것을 경멸했던 자신의 젊은 시절이 새삼 떠올랐다. 기담은 이렇게 살 수만 있다면 좋겠다고 생각했다. 어떤 것도 깊이 가라앉은 기담을 흔들지 못했다. 변사가 되고 연행하고 묘화와 만나 사랑하고 혀를 잘릴 때까지 기담이 살아야 할 모든 생을 다 산 느낌이었다. 그냥 시간이 흐르는 대로 사는 게 좋았다.

16

기담은 마루 끝에 앉아 정원을 바라보았다. 전쟁은 끔찍
했다. 포화 속에서도 기담은 선혜의 손을 놓지 않았다. 밀
리고 미는 싸움이 계속되었다. 홍란은 전쟁 중에 끼니를 걱
정할 때도 한줌의 쌀은 어떻게든 제 입으로 가져갔다. 홍란
은 제 남편 몰래 한줌 쌀을 얻기 위해 가랑이를 벌리기도
했다. 기철과 홍란은 한동네에서 오래 살지 못하고 쫓겨나
기 일쑤였다.

전쟁 통에 기철이 기담을 찾아왔을 때 기담은 기철이 쓴
밀짚모자를 유심히 바라보았다. 설마! 기담은 가슴이 쿵쾅
거리고 다리가 휘청거려 제대로 서 있을 수조차 없었다. 기
철의 모자를 빼앗듯 벗겨 들고 모자를 두른 흑암색 테를 벗

겨 해가 있는 쪽으로 비춰보았다. 테에 사람과 풍경이 희미하게 보였다. 천도 아니고 비닐도 아닌 그것이 필름을 잘라낸 것인 줄 알았을 때는 그 자리에 주저앉고 싶었다. 무성영화 필름이었다. 필름이라니. 그 귀한 필름이 겨우 밀짚모자의 멋을 부리는 데 쓰이는 테가 되다니. 기철도 기담을 따라 테를 햇빛에 비춰보고서야 그것이 필름이라는 것을 알았다. 기담이 기철을 잡아끌었다.

기담은 기철을 데리고 며칠 동안 미친듯이 밀짚모자점에서부터 도매상을 훑어 공장까지 찾아갔다. 그리고 구석에 처박혀 있던 잘린 필름들을 발견했다. 심장이 찢어지는 듯했다. 필름을 들어 불에 비춰보고 또 비춰보았다. 분명 무성영화 필름이었다. 어떻게 이을 방도가 없었다. 잘린 필름을 들고 선 기담의 손이 덜덜 떨렸다.

"여기!"

기철이 잘린 필름 무더기 아래에서 비닐에 싸인 필름 한 통을 발견했다. 기담은 빼앗듯 돈뭉치를 던져주고 필름을 챙겨 들었다. 이렇게 버려둘 수는 없었다. 아무리 전쟁 통이라지만, 이젠 변두리에서나 겨우 무성영화가 상영된다고 하지만 이럴 수는 없는 것이다. 기담은 혀를 잘리고 말을 잃을 때만큼 큰 충격을 받았다. 며칠 동안 밥이 넘어가질 않았다. 자신의 삶을 송두리째 도둑맞은 것만 같아 허탈

했다. 기담은 무성영화 필름을 광목천으로 싸고 다시 비닐로 꽁꽁 싸맸다. 그나마 그것이라도 있어야 숨을 쉴 수 있을 것 같았다.

전쟁은 모든 것을 부숴버렸다. 남아 있는 것은 아무것도 없었다. 바다를 향해 빛나던 인천각도, 맥코넬의 집도, 해월관도 그랬지만, 기담의 집도 폭격으로 건넛방 쪽이 무너져버렸다. 그래도 안방은 어떻게 치우면 살 수 있을 것 같았다. 기담은 전쟁 통에도 끝까지 챙겼던 필름을 선혜에게 들고 있게 하고 정원 둥근 등 아래에서 한 발짝 집 쪽으로 걸어간 뒤 그 아래를 한 자쯤 팠다. 다행히 비닐로 몇 겹씩 꼭꼭 싸고 숨겨두었던 돈이 그대로 있었다. 기담은 혹시 몰라 몇 군데 나눠 숨겨두었던 곳도 팠다. 모두 그대로 있었다. 기담은 무너진 집을 보수하고 자리를 잡자마자 기철을 통해 백방으로 영사기를 구했다. 영사기를 구하는 데 일 년이 걸렸다.

기철은 전쟁 중에 아버지를 잃었다. 기철이 살던 동네는 모두 불바다가 되어 흔적도 없었다. 기철은 술만 마시면 울었다. 효심만큼은 지극한 녀석이었다. 온전한 것이 없었다, 많은 사람이 죽고 다쳤다.

기담과 선혜는 늘 같은 시간에 자유공원으로 이름이 바뀐 만국공원을 한 바퀴 걸었다. 선혜를 위해 개를 한 마리

샀다. 선혜는 개를 좋아했다. 선혜와 기담은 개를 데리고 산책하러 나갔다. 영리한 개는 절대 주인을 앞지르는 법이 없었다. 새로운 영화가 들어올 때마다 애관극장에 가서 영화를 보았다. 극장 안을 울릴 만큼 강한 서라운드 속에서 선혜는 졸기도 했다. '나는 남의 목소리를 흉내 내는 말로 먹고살았는데 너는 말없이 평생을 살아가야 하겠구나.' 기담은 선혜의 머리를 잘 받쳐주었다. 가끔 묘화의 단호한 물음이 떠올랐다. 선생께 영화는 무엇입니까. 묘화가 기담에게 던진 물음에 대한 답이 어쩌면 선혜와 자신 사이에 있을 것만도 같았다. 말 없음과 모두 말해지는 것 사이.

가끔 홍란이 아이들을 데리고 놀러 왔다. 홍란은 이가 모두 상했다. 그녀는 무른 음식들만 겨우 먹을 수 있었다. 애를 낳고 산후조리를 하는 동안에도 쌀을 먹었다고 했다. 언제부터 왜 쌀을 먹게 되었는지 몰랐듯이 어떻게 끊게 되었는지 모른 채 이제는 생쌀을 씹지 않게 되었다.

폐허 속에서도 영화는 눈부시게 발전했다. 그거면 된 거라고 위로했지만 영화를 보고 온 날은 막걸리라도 한잔 기울여야 마음이 풀어졌다. 사라지는 것들도 많았고 새로 생겨난 것들도 많았다. 그렇게 생겼다가는 수명이 다해 사라지고 또 생겨나고 그런 게 생이라고 자조했다.

묘화에게서는 세 통의 편지가 왔다. 모두 전쟁 전이었

다. 묘화의 외롭고 쓸쓸한 삶이 편지 행간마다 묻어 있었다. 맥코넬이 죽은 뒤, 묘화는 모든 것을 정리해 돌아오겠다고 했다. 그 편지가 마지막이었다. 전쟁이 터졌고, 묘화와는 연락이 끊겼다.

*

정환이 비(碑)와 맞닥뜨린 것은 기철의 장례식 이후 다시 영상을 돌려볼 때였다. 처음 영상을 재생했을 때는 천막 안 상황만 먼저 빨리 감기를 해서 보는 바람에 노인을 만나던 장면을 건너뛰었다. 다시 처음부터 노인의 뒤를 따라가는 장면을 보다가 영상에 빛이 들어와 있는 것을 보았다. 무언가 반짝이는 것이 있었다. 도대체 무엇이 햇빛을 받아 빛이 났는지 궁금했다. 노인을 뒤따라갈 때는 전혀 눈치채지 못했다. 빛은 대한제분공장 입구 쪽에서 나온 것이었다. 공장 건물 벽에는 대한제분의 상징물이기도 한 흰곰이 그려져 있었다. 그리고 그 앞에 비(碑)가 있었다.

화면 정지를 눌렀다. 비 가운데에는 1950년 9월 15일 인천상륙작전 상륙 지점(적색 해안)이라고 굵고 큰 글자로 음각되어 있었고, 왼편에는 한글로 된 안내문으로 '이 지점은 1950. 9. 15. 새벽 유엔군 사령관 더글라스 맥아더원

수가 전함 261척과 상륙군 미 해병 1사단, 한국 해병 1연대를 진두지휘하여 역사적인 인천상륙작전을 성공한 세 곳의 상륙 지점(적색 해안, 청색 해안, 녹색 해안) 중 한 지점임'이라고 쓰여 있었다. 오른쪽에는 같은 내용의 영문 안내문도 있었다. 이 내용은 정환이 익히 알고 있던 역사적인 사실이었다. 다만 이곳이 세 곳의 상륙 지점 중 한 곳이라는 것은 처음 알았다. 적색 해안, 영문으로는 Red Beach라고 쓰여 있었다. 왜 적색 해안으로 불리게 되었는지, 다만 작전에 필요한 용어였는지 몰라도 적색 해안이라는 단어가 주는 묘한 위화감이 있었다. '적색'이라는 단어 때문일 터였다.

정환은 다시 카메라를 챙겨 들고 그곳으로 갔다. 정환이 태어나기도 전에 일어났던 전쟁 중 중요한 작전을 실행했던 바로 그 지점에 서 있다는 생각을 했지만 그날의 상황이 짐작도 되지 않았다. 그럼에도 정환은 어떤 소용돌이 속으로 빨려들어가는 느낌이었다. 그것은 급작스럽게 적색 해안으로 밀려드는 밀물 같다는 생각이 들었다. 어렸을 때, 어느 날인가 아버지는 누군가가 밀려들어오는 바닷물을 우습게 보고 여유 부리다가 미처 갯벌에서 빠져나오지 못한 적이 있다는 얘길 한 적이 있었다.

마음이 무거웠다. 월미산을 올라 멀리 바다를 바라보았

다. 바다는 검푸르게 출렁일 뿐이었다. 멀리 인천대교만이 위용을 자랑하고 있었다. 내려가는 길에 다른 길로 접어들었다. 집으로 가는 거리는 크게 차이가 없었다. 그 근처에 그린 비치가 있다는 것을 인터넷 검색을 통해 알고 있었다. 그러니까 상륙작전의 다른 한 곳이었다. 상륙작전 지점이라는 것 말고 레드 비치와 다른 차이는 없었다. 다만, 상륙 지점일 뿐이었다. 그린 비치 옆 잔디밭에는 낯선 조형물이 설치되어 있었다. 거대한 ㅁ자 녹슨 금속 프레임을 가운데 두고 깨진 대형 유리 조각 두 장이 금속 프레임 안과 앞쪽에 설치되어 있었다.

'떨어지는 것은 날아오른다. What falls is flying.'

설치 작품 제목이었다. 그 옆에 다음과 같은 글귀가 적혀 있었다.

'어떤 재료의 선택이 작가에게 물질 그 자체가 지닌 경이로움과의 필연적 만남으로 느껴질 때, 그것은 작가의 영혼에 불을 지핀다. 작가는 빛의 3차원적 표현을 위해 유리와 금속을 택했다. 투명한 유리와 녹슨 금속은 삶에서 느껴지는 정신세계와 물질세계, 영혼과 육체, 자연과 문명, 빛과 어둠 등과 같은 상반된 것들의 관계를 나타낸다. 정신은 물질을 꿰뚫고, 영혼은 우리가 원하는 곳에 도달하고자 한다. 그 과정 속에 삶의 기쁨과 아픔이 있다.'

과연 정신은 물질을 꿰뚫고 영혼은 우리가 원하는 곳에 도달할 수 있을까. 유리 끝에 햇빛이 날카롭게 매달려 빛났다. 떨어지는 것이 날아오를 수만 있다면. 정환은 한숨처럼 내뱉었다.

내려가는 길에 보랏빛으로 다글다글 붙어 있는 열매가 환해 보였다. 좀작살나무라는 푯말이 보였다. 보랏빛 열매가 녹슨 금속과 유리 사이에 녹아드는 것 같았다. 집 근처로 갈수록 갯비린내가 났다. 바닷속 싱싱한 것들의 냄새가 아닌 썩은 갯가 것들의 냄새였다. 문득 배가 고팠다.

레드 비치와 그린 비치까지 담고 나서 영상을 편집해나갔다. 할머니가 들어와서는 머리를 쓰다듬어주기도 했다. 정환이 뭘 하는지도 모르면서 쓰다듬어주는 손길이 고마웠다. 할머니는 정환이 주방에 들어서지 못하게 했다. 그래도 설거지만큼은 맡아서 했다. 설거지하는 동안 옆에서 어쩔 줄 모르던 할머니가 차츰 정환이 설거지를 할 동안 물끄러미 뒷모습을 바라보기도 했다.

이불자락을 잡고 다니던 노인의 영상을 편집하는 일이 생각처럼 쉽지 않았다. 정환은 이 영상을 에세이 필름으로 만들 생각이었다. 음악도 작위적인 배치도 없이 영상을 편집할 생각이었다. 포구로 배가 들어오는 광경, 레드 비치, 그리고 땅에 끌리는 이불자락, 그 이불 한 귀퉁이를 쥔 손,

노인의 종아리와 해진 신발, 굽은 등, 그 등에 내리쬐는 햇볕, 그리고 파생된 소리들, 그런 사소하지만 사소하지 않은 것들을 담았다. 그리고 천막 안에서의 영상은 롱테이크로 놔둔 채, 거친 그대로 담았다. 그리고 마지막은 그런 비치 조형물인 쇠 프레임과 유리 끝에 반짝이는 햇빛을 담았다. 어느 한 지점에서 멈춰버린 삶이 거기 있다고 믿었다. 영상은 12분 34초였다.

모든 편집이 끝났을 때 정환은 노트북에 저장된 영상을 텔레비전과 연결한 뒤 두 분을 모셔왔다. 에세이 필름의 특성을 이해하지는 못하더라도 어쩐지 이 영상은 두 분이 제일 먼저 봐야 할 것 같았다. 「날아오르는 빛」. 영상 제목이었다. 12분 34초의 시간이 한 시간은 족히 되는 듯 숨을 죽이게 되었다. 할머니는 치맛자락으로 눈물을 찍었고, 할아버지는 아무 말씀이 없으셨다.

다음날 아침 기담은 정환을 방으로 불렀다. 기담은 밤새 무언가 결정을 해야 할 때가 왔다고 생각했다. 기철이 아버지의 죽음을 끝내 끌고 다닌다면, 기담은 끝내 버리지 못한 필름을 붙들고 있는지도 몰랐다. 소리가 담겨 있지 않은 필름은 말이 입혀져야 했다. 기담은 고민하고 또 고민했다. 입을 열고 싶었으나 끝내 닫고 산 세월 저편에 있는 말의 향연을 정환을 통해 다시 살리고 싶었다. 얼마 전

술 취해 흉내 낸 것에 불과했지만 녀석의 목소리는 제법
쓸 만했다.

정환이 자유공원 아래 제물포구락부 옆에 차를 세웠다.
숲에서 뿜어져 나오는 초록빛 열기가 어지럽게 휘돌았다.
이 공원만 해도 많은 변모를 겪었다. 만국공원부터 이름
만도 몇 번이 바뀌어 이제는 자유공원으로 불리고 있지
않은가.

기담은 한 발 한 발 정환의 부축을 받으며 제물포구락부
로 들어섰다. 구락부에 들어서기 전 멀리 부두를 바라보았
다. 바다는 여전히 푸르렀다. 늘 보아오던 바다였는데 새삼
바다가 낯설었다. 기담이 나이를 먹는 동안 갯벌은 메워지
고, 길이 생기고, 공장이 세워지고, 집이 생겼다. 동네마다
쌓여 있던 굴이며 조개 껍데기들은 다 어디로 갔을까. 모두
가 아득했다. 그 아득함은 제물포구락부로 들어설 때 더했
다. 잿빛 소파, 유리 장식장, 길게 늘어진 육중한 커튼, 걸
을 때마다 울리는 마룻바닥. 그 어린 날 기담이 숨죽여 유
리창 안으로 들여다보던 제물포구락부였다. 제물포구락부
도 시절에 따라 많은 변모를 겪었다. 어린 시절 보았던 구
락부는 곧 일본인들이 다른 용도로 사용했고, 전쟁 통엔 미
군이 썼다던가. 그렇게 바뀌길 몇 번, 얼마 전에야 제물포

구락부라는 이름으로 그 당시를 재현해 다시 개관했다. 그러니 그 어린 시절 보았던 제물포구락부를 이제야 다시 만날 수 있게 된 것이다. 벽에 걸린 텔레비전에서는 그때 보았음직한 양인들이 나오고 춤을 추기도 했다. 영상을 보는 것만으로도 기담은 가슴에서 파도가 쳤다.

기담은 정환에게 글을 썼다. 마지막 유언과도 같은 것이었다. 발음은 어눌했지만 연행할 때의 말의 높낮이며 흥을 내는 방법 등을 정환에게 전수하고 필름을 넘겨주고 싶다는 내용이었다. 그러니까 마지막으로 기담은 정환이 연행하는 무성영화 「유랑」을 보고 싶은 것이었다.

걱정과 달리 정환은 바로 하겠다고, 무엇이든 가르쳐주는 대로 다 배우겠다고 했다. 정환은 자신이 아니면 누구 앞에서도 할아버지가 입을 열지 않으리라는 것을 알고 있었다. 무성영화 「유랑」을 상영할 수 있다면 그것만으로 우리 영화사에 중요한 사료가 되리라는 생각이 들었다. 그 대신 정환은 자신이 배우는 과정을 모두 필름에 담게 해달라고 했다. 정환은 기담에게서 영화 연행을 배웠다. 기담의 어눌한 말을 받아 적고 다시 고쳐 해설지를 만드는 일부터 변사의 억양을 배우는 것까지, 정환은 온 힘을 다했다. 그리고 카메라를 고정해놓고 그 기록을 다 담았다. 물론 탈색된 필름은 정환이 영화재단인지, 진흥공사인지 하는 곳에

복원을 맡겼다고 했다. 기담은 발성법부터 몇 번이고 되풀이해 따라 하는 정환이 대견했다. 정환 앞에서 제대로 발음도 안 되는 목소리를 내며 연행을 가르치는데도 부끄럽지 않았다.

「유랑」 상영이 가까웠다. 며칠 전 정환과 함께 기담을 찾아왔던 영화보존위원회 사무장과 직원, 신문기자 몇 사람이 다가왔다. 사진기자들은 기담이 의자에 앉기를 기다려 사진을 찍었다. 기담은 그들과 일일이 악수를 나눴다.

조명이 꺼지고 무대 한쪽 변사 자리에만 연한 불빛이 비쳤다. 기담의 자리, 기담에게 비추던 불빛이었는데 그 자리에 앉을 때는 빛이 저런 빛깔인지 미처 몰랐다. 객석에 앉고 보니 새삼 변사의 무게가 느껴졌다. 정환의 발걸음이 무대의 나무 바닥에 닿을 때마다 바닥이 가늘게 떨리는 듯했다. 정환은 스크린 왼쪽에 마련된 변사 자리로 걸어가서는 공연히 나비넥타이를 한 번 더 고쳐 매며 의자에 앉았다. 그 앞의 작은 테이블에는 양은 주전자와 컵이 놓여 있었다. 영화보존위원회에서 여러모로 신경 쓴 흔적이 역력했다. 1928년에 상영되었던 무성영화 「유랑」이 다시 관객들 앞에 섰다.

객석의 불이 꺼졌다. 천장의 부분 조명이 정환의 반대편

바닥에 둥근 원을 그리며 밝아졌다. 흰 저고리에 종아리까
지 오는 검정 치마를 입은 가수가 무대에 올라섰다.

산 넘고 물 건너 멀고 먼 나라. 끝없이 흘러가는 가련
한 신세. 어느 곳에 살든 정든 내 고향 어머니 품이여,
이 밤도 그리워라.

박수를 받으며 가수가 내려가고 정환의 연행이 시작되
었다. 유랑도 그 시절 활동사진을 많이 닮았다. 서로 좋아
하나 맺어지지 못하는 가난한 영진과 순이, 집안의 빚 때
문에 부잣집에 팔려가는 순이가 그랬다. 주인공의 사랑을
방해하는 병든 부모나 양반, 지주, 가난, 순진하게 속거나
어쩔 수 없이 순응해야 했던 삶이 활동사진 속엔 널려 있
었다.

정환은 윤길의 뜻하지 않은 등장 장면부터 호라차차차
기합을 넣었다. 윤길이 던진 돌이 교활한 일꾼 대식의 머리
통을 때릴 때는, 아, 이럴 때 박수 안 치는 사람들은 손가
락이 부러진 게 분명하다, 사설을 넣으며 관객의 박수를 유
도했다. 관객들도 신이나 박수를 쳤다.

웃터골에서 영화를 상영하던 순간들이 생생하게 되살아
났다. 자전거 공기클락숀을 가랑이 사이에 끼우고 뽕뽕뽕

소리를 내며 무대를 젓고 다닐 때가 떠올라 혼자 클클거리 기도 했고, 그날 아침 묘화와 바다를 보며 주고받았던 대사를 떠올리며 눈물을 흘리기도 했다.

  폭풍은 자고 안개는 걷히었다. 고개를 넘어오는 아침 햇살이 얼마나 그들의 가슴에 자유스러운 호흡을 넣어주었던가. 그들은 지친 몸을 서로 의지하고 돌아가며 아득한 고개를 천천히 넘어가고 있었으니 바야흐로 그들의 앞날은 어찌 될는지.

  정환은 단전에서부터 끌어모은 소리로 한껏 감정을 끌어 올려 떨리듯, 리듬을 타듯 마지막 연행을 덧붙였다. 기담도 어느새 마음속으로 연행을 하고 있는 자신의 모습에 흠칫 놀랐다.

  흉내에 불과하지만 냄새라도 맡을 수 있어 다행이다. 슬픔의 몸짓은 오히려 희극적이다. 어디에도 눈물은 없다. 현실성이 떨어지는 어색한 연기들. 무성영화는 눈물이다. 눈물이 없으면 영화가 아니지. 흉내 내는 것이 아무리 본질을 꿰뚫고 적나라해도 같을 수는 없다. 흉내는 포장일 뿐이다. 기담은 그 포장이 마음에 들었다. 자신의 구차한 삶들은 다 날아가고 그럴듯한 포장만 남아 있는 듯했다. 입이 바짝 말랐다. 기담은 주머니를 뒤져 누룽지맛 사탕을 꺼내 물었다.

선혜가 이럴 때를 대비해 늘 주머니마다 사탕 몇 개씩은 넣어두었다. 입안에 성급한 침이 고였다.

정환은 연행을 끝내고도 좀처럼 자리에서 일어나지 못했다. 다시 박수 소리가 들렸을 때에야 무대 중앙으로 걸어나가 고개 숙여 인사를 했다. 그리고 기담을 불렀다. 우리 시대 마지막 변사입니다. 윤기담 선생님을 모시겠습니다! 기담은 선혜의 부축을 받으며 무대로 올라가 인사를 했다. 박수가 쏟아졌다.

영화가 끝나고 기담은 제물포구락부 안을 천천히 둘러보았다. 걸을 때마다 나무 바닥이 울려 조심스러웠다. 그렇다고 그 울림이 싫은 것은 아니었다. 나무 바닥을 울리는 발소리는 오래된 과거로 자신을 데려다주는 것 같았다. 기담은 한쪽 편에 전시된 유리 장식장 안을 들여다보았다. 대불호텔, 인천각, 홈링거 양행, 알렌 별장. 그 당시의 빛나던 건물들이 종이 모형으로 자리 잡고 있었다. 어떻게 저렇게 만들 수 있었을까 싶게 세심하게 당시를 재현해놓고 있었다. 기담은 그 모형 하나하나를 찬찬히 들여다보았다. 스쳐 가기도 했고, 만져보기도 했고, 오랫동안 바라보기도 했던 건물들이었다. 그 건축물이 다 사라지고 이제는 종이 모형으로 재현되어 유리 상자 안에 자리 잡고 있다니. 기담은 살아 있는 자신이 오히려 생경했다.

다른 유리 장식장에는 당시의 기념품들이 나라별로 전시되어 있었다. 미국, 러시아, 이탈리아, 영국. 당시 쓰인 만년필, 인형, 찻잔, 도자기 등이 진열되어 있었다. 기담은 그 옛날을 되새기듯 찬찬히 그것들을 보다가 눈에 익은 물건을 보았다. 그것은 크리스털 백조였다. 묘화에게 건넸다가 다시 자신이 보관하고 있는 그 백조. 맑고 투명한 것은 모두 유리로 알고 있던 시절, 백조도 유리로 만든 것인 줄 알고 묘화에게 선물했던 그것. 그것이 유리냐 크리스털이냐는 중요하지 않았다. 백조는 불빛을 받아 오묘하게 빛났다. 짓물러오는 눈가를 눌렀다. 벨벳 커튼 사이로 눈부신 저녁노을 빛이 기담을 찔렀다. 기담은 백조를 보다가 다리에 힘이 풀리는 걸 어쩌지 못하고 그대로 마룻바닥에 주저앉았다.

오늘 아침 기담은 묘화에게 전화를 걸었다. 수십, 수백 번의 망설임 끝이었다. 전화는 연결되지 않았다.

내게 벚꽃이 휘날린다고, 첫눈이 온다고 사진을 찍어 보내고 문자를 해주던 그가 이제 곁에 없다. 아무렇지 않다고 되뇌어도 어디선가 금이 가는 소리가 들렸다. 그 소리가 너무 커 잠이 드는 게 무서웠다. 물속으로 빠져 들어가는 꿈을 꾸었다. 물이 입까지 차오를 때, 나는 물고기처럼 입을 뻐끔거렸다. 눈을 뜨면 뻐끔거렸던 입을 뭉개버리고 싶었다. 그로 인해 한 세계가 사라졌으므로, 나는 외발로 서서 세상을 이겨내야 했다.

자주 어두운 포구나 부두를 서성였다. 비린 냄새를 품은 시간 속에서 기담에게 물었다. 거기, 어떻던가요? 나는 자꾸 다른 세계를 기웃거렸다.

문장의 마침표를 찍는 일이 꼭 소 도살장에 끌려가는 심정이었다. 그런데도 말(言)을 붙들어야 했다. 형벌이었는데, 아주 지독한 형벌만은 아니었다. 말을 붙드는 동안에는 금이 가는 소리가 들리지 않았다. 숨을 쉴 수 있을 것 같았다.

인천에 진 빚을 갚기 위해 시작한 장편소설이었다. 빚을 갚기까지 오래 걸렸다.

이제 다시 숨을 쉬기 위해 이 책은 오롯이 그에게 바쳐야겠다.

2016년 12월

양진채